引きこもりだった男の異世界アサシン生活2

HIKIKOMORI'S LIFE AS ASSASSIN IN ANOTHER DIMENSION 2

服部正蔵

ILLUSTRATION BY
シロジ

TOブックス

CONTENTS

イラスト：シロジ
デザイン：TOブックスデザイン室

CHARACTER

佐藤悠馬（さとう・ゆうま）

元引きこもりの青年。
異世界で英雄に成り上がった。

サリー

悠馬が拠点にしている宿屋の娘。
料理がとても上手。

イグル

悠馬の冒険者仲間の弓使い。
女の子が大好き。

マリー

サリーのいとこ。
スカートが短くて何かと挑発的。

リサ

悠馬とサリーの友人。
マジックアイテム屋の娘。

【第四章】

おお、もう朝か。随分ぐっすりと寝られたようだ。

まあ、最近は戦いの連続の日々だった。おそらく疲れもたまっていたのだろう。

しかし、それも昨日で終わったんだ。

今日からはまた気楽に依頼でもこなして、地道にレベル上げでもするとしよう。

おっと、そう言えば今日はギルドマスターに話があると呼ばれていたんだったな。まあ、おそらくは大侵攻についての話になるだろう。

さて、それじゃ早速ギルドに行く準備をするとしますかね。

まあ準備といっても特にやることはないんだが。

「よいしょっと」

俺はベッドから体を起こして、ストレッチで体の状態を確認する。

よし、昨日はかなりの激闘を繰り広げたわけだが、特に体に異常はなし。

それにしても、この行動クセみたいになってるな。ルーティーンみたいなもんか。

確か毎日決まった行動をとる事により、集中力を高める行為だった気がする。

まあいいか。体に異常はなかった事だし、さっさと服を着て朝食を食べにいくとしますかね。

ちなみに俺は寝るときはいつも裸で、今も上半身には何も着ていない状態だ。

以前、外国の映画で男性が裸で寝ているのを見てかっこいいと思い真似したのが切っ掛けだ。

それが異世界に来た今も続いているってわけだな。

まあ、流石(さすが)に人前で裸で寝るなんて行動はしないけどね。

さて、それじゃ服を着るとしますかね。そう思い目の前のテーブルに置いてあるいつものパーカーに手を伸ばそうとしたその時、部屋の外から声が聞こえて来た。

「起きてますかユーマさん？　そろそろ朝ごはんの時間になりますよ」

どうやら部屋の外にいるのはサリーのようだ。俺の部屋にまで呼びに来るなんて珍しいな。

そう思いながら俺はベッドから立ち上がり、扉を開けサリーに朝の挨拶(あいさつ)をする。

「サリーおはよう。丁度今から朝ごはんを食べに行こうと思ってたところだよ」

サリーにそう告げると、なぜかサリーは顔を赤くして恥ずかしそうに言った。

「ユ、ユーマさん、その恰好は……」

ああ、そう言えば今の俺は上半身裸じゃないか。しまったな。

「済まないサリー。俺は寝るときはいつも裸なんだ。すぐに服を着るよ」

「ユ、ユーマさんの裸、凄いです……って何言ってるの私！　し、失礼しましたあああ！」

そう言い残し、サリーは顔を真っ赤にして走り去っていった。この廊下、割と狭いから走ったら危ないんだけどな。

それにしても、理由は分からないが、サリーのやつ少し嬉しそうだったな。まあ、多分気のせいだろう。俺のモヤシのような上半身を見て喜ぶやつなんているはずない。

そう考えながらお腹の辺りを触っていると、少し違和感を覚えた。

「あれ、俺の体ってこんな引き締まってたっけ」

この世界に来てから今まで意識した事なかったので気づかなかったのだが、どうやら俺の体は前の世界にいたころより圧倒的に引き締まっていた。

簡単に言うならば、細マッチョのような体つきになっていたのだ。

まさか、これも異世界に来た影響だというのだろうか。

それとも、レベルが上がり体力や筋力が増えた影響だろうか。どちらが正解かは俺には分からないが、これはかなり嬉しいな。

今までは見た目で侮られる事も少なからずあったが、これで少しはましになるだろう。

という事はだ、もしかしてサリーは俺のこの見事な体に見惚れちゃった感じなのか。まったく、俺も罪深い男だな。

まあ冗談はさておき、サリーには後で謝っておく事にしよう。

さて、俺の体が異世界仕様になったのは分かった事だし、今度こそ飯を食べにいくとするか。

俺はいつも着ているパーカーを身にまとい、一階に向けて歩いて行く。

まだ朝早いのですれ違う人などは当然いない。そして階段を降り一階に到着すると。

「お、こっちだユーマ」

声がした方向に目を向けると、いつものイグルがいた。本当にこいつはいつも朝が早いな。

そう思いつつも、いつものようにイグルの正面の席へと座る。朝ここでイグルと朝食をとるのも日課みたいなもんになってきたな。

「イグル、おはよう」

「おう！　ていうか昨日サイクロプスと戦って疲れているだろうに、今日も朝早いんだなお前。今日くらいはゆっくり休んでてもよかったんじゃねえか？」

「まあ俺もそうしたいところではあるが、そういうわけにもいかないんだ。実はギルドマスターに呼ばれていてな。おそらく大侵攻の話になるとは思うが」

「ああ、なるほどね。まあ大侵攻はもうお前が止めちまったんだ。多分お礼を言われるだけだろうさ」

お礼を言われるだけか、それなら楽なんだけどな。

そうしてイグルと話していると、サリーが朝食を持ってきてくれた。

「ユーマさんとイグルさん朝食です。ここに置いていきますね。では、私はこれで失礼します！」

そう言い残し、サリーはまるで逃げるようにこの場から立ち去っていった。

その様子を見ていたイグルがニヤニヤしながら話しかけてくる。

「おいおいユーマ、おめえまたサリーちゃんに何かやったんかよ〜。サリーちゃん、明らかにお前を見る時だけ顔を赤らめて恥ずかしそうにしてたぜ」

相変わらず、人の事をよく見ているやつだ。少し感心する。

流石は鷹の目のスキルを持っているだけはあるな。まあ関係ないかもしれないが。

「実はな、サリーに裸を見られてしまったんだ。まあ上半身だけだけどな」

部屋で起きた事をイグルに話すと、イグルは納得したように頷き。

「なるほどね。まあサリーちゃんみたいな純真な子が、おめえみたいなやつの裸を見たらああなっちまうのも仕方ねえってもんだな」

「そうなのか。なあイグル、やっぱり俺ってそこそこいい体してるのか？」

「嫌味かよユーマ。おめえがそこそこいい体なら俺の体なんてモヤシみてえなもんじゃねえか！」

ふむ、どうやらこの世界に住人であるイグルから見ても、今の俺の体は中々のもんらしい。

イグルの表情を見ている限り冗談を言っている様子ではない。これなら少し自信を持てそうだ。

「そうか、変な事を聞いてすまんな」

「まあいいけどよ。さて、じゃそろそろ朝飯を食べるとするか」

「そうだな、頂くとしようか」

その後、数分で朝食を綺麗に平らげたイグルと俺は。

「よっしゃ！　じゃあ俺はまたこの街の周辺で狩りでもしてくるとするわ」

「そうか、じゃあ俺もギルドに行くとするよ。また夜にな」

そうして俺とイグルは別れ、俺も席を立ちジニアから出て行こうとしたところ。

「あ、あのユーマさん。さっきはすいませんでした」

頭を下げサリーが俺に謝ってくる。

いやいや、どう考えても謝るのは俺の方だろう。俺は慌てて言った。

「いや、サリーが謝る事じゃないさ。俺の方こそいきなり変な物を見せてしまってすまなかった。これからは気を付けるようにするよ」

俺がそう謝罪をすると、サリーは少し恥ずかしそうに言った。

「い、いぇユーマさんは悪くないと思います。それに変な物でもなかったですし。あの、むしろ男らしくて、素敵でした……」

俺の耳が正常なら、確かにサリーは俺の裸を男らしくて素敵と言ったか⁉

やばいな、サリーにそんな事を言われるとは思っていなかった。不意打ちで俺の顔も赤くなる。

「そ、そう言われると俺も少し照れてしまうな。けど、ありがとな。体の事で褒められたのは生まれて初めてだった。嬉しかったよ」

俺がそう正直に話すと、サリーは安心したように笑った。

できる事ならもう少しサリーと話をしていたいところなんだが、今日はギルドで用事がある。

「じゃあサリー、俺はこれからギルドに行くからまた夜な。今日も夕飯楽しみにしてるからさ」

「は、はい。行ってらっしゃいですユーマさん！」

そうして俺はジニアを出てギルドへと歩いて行く。

ふと後ろを見てみると、サリーはこちらに向かい必死に手を振っていた。本当に可愛いな。

俺も軽くサリーに手を振り返し、今度こそギルドへ向かった。

「よし、着いた着いたっと」

無事にギルドへと到着したので、扉を開け中へと入っていく。

すると、すぐに周りの冒険者達から俺へと視線が突き刺さる。しかし、その視線に悪意のこもった物は一つもない。あるのは憧れや尊敬など善意のこもった視線ばかりだ。

そんな視線に少しだけ照れくさくなりながらも、俺は受付のメルさんの元へと歩いていく。

「こんにちはメルさん。早速ですがギルドマスターに会いたいのですが、今大丈夫でしょうか？」

「大丈夫よユーマ君。今丁度みんな集まってるところだから」

みんなが集まっている？　俺が今から会う人はグレンさんだけではないのだろうか。

そんな疑問をメルさんに質問しようか迷っていると、先にメルさんが口を開いた。

「それじゃユーマ君、今から案内するからちゃんとついてきてね」

そうしてメルさんに案内された部屋はいつもより若干広く豪華そうな部屋で、今まで俺が来た事ない部屋だった。そこにメルさんと共に中へ入っていく。すると。

「おお、来たか来たか。待っていたぞユーマ！」

部屋に入り最初に声をかけてきたのはグレンさんだ。

しかし、部屋の中にいるのはグレンさんだけではなく、両隣に二人の人物が座っている。

一人は四十代前後の品の良さそうな男性。もう一人は軽く七十を超えているような老人だ。

その二人の視線が俺に集まり、ほぼ同時に口を開く。

「この方がグレンさんが言っていたユーマ君なんですね」

「ほう、確かに優秀な冒険者のようじゃな。しかも、魔力の匂いを感じるのう」

どうやら二人とも事前に俺の事をグレンさんから聞いていたようだ。

しかし、この二人は一体何者なんだ。まあいい、とりあえずは自己紹介をしよう。

「初めまして、俺の名前は佐藤悠馬(さとうゆうま)、ユーマとお呼びください。Ａランク冒険者をやらせてもらっています。今回はギルドマスターに話があると呼ばれてきたのですが、お二人の名前を聞かせてもらってもいいでしょうか？」

俺がいつもより少し丁寧(ていねい)に自己紹介をすると、二人は少し驚き感心した様子だ。

そして、まず若い方の男性が話を始めた。

「なるほど、冒険者と聞いていたのですが、随分と丁寧な方のようですね。これは確かに将来が楽しみです。おっと、申し遅れました。私の名前はミゲル・ベリスタといいます。まだまだ若輩者の身ですがこの街の領主をやらせてもらっています。宜しくお願いしますねユーマ君」

続いてもう一人の老人も口を開く。

「そうじゃのう。お主どうじゃ、魔法が使えるのなら魔法学園に入学せんか？　見たところ年は問題なさそうじゃし歓迎するぞ。さて、わしの名はアルベルト・ローエンシュタインという。今はフロックス魔法学園の校長をやらせてもらっとる。今後とも宜しく頼むぞ」

ふむふむ、領主様に魔法学園の校長か。

つまり、現在この部屋にはこの街のお偉い方たちが集まっているという事か。

はあ、俺はこれからこの人達と話をしなければいけないのか。少しだけため息をつきたい気分だ。

さて、さっきも言ったが現在、この部屋にはフロックスのお偉いさん達が集まっている。

この豪華なメンバーで一体どんな話をするのだろうか。そう思い内心かなり緊張していた俺だったのだが、おそらく今の俺はかなり呆れた表情をしている事だろう。

その理由はというと、現在俺の目の前で繰り広げられている言い争いが原因だ。

「ふざけるなよじじい、ユーマは冒険者ギルドのものだ！　こんなとびぬけた逸材は滅多に現れないんだ。今はまだ若いが、ユーマには将来冒険者ギルドを背負って立つ存在になってもらうつもりだ。あんたらみたいな魔法馬鹿に渡してたまるか！」

「ふん、何がユーマは冒険者ギルドのもんじゃ。それを決めるのはお主ではない、ユーマ自身じゃという事を忘れるでない。それにじゃ、ユーマにはとんでもない程の魔法の才がある。将来は魔法学園の講師にだってなれるくらいの逸材じゃ。お主のような者たちばかりのところより、わしのところに来た方がええに決まっておる！」

俺を魔法学園に勧誘しているローエンシュタインさん、それを止めようとしているグレンさん。

この二人がもの凄い勢いで言い争っている。これではまるで子供の喧嘩のようだ。

俺がそんな事を考えていると、いつの間にか隣に来ていたベリスタさんが苦笑いしながら。

「すみませんねユーマ君。この二人は昔からこういった感じなんですよ。すぐに収まるとは思うので大目に見てくれると助かります」

どうやらベリスタさんは二人の事を必死にフォローしているようだ。

よかった、この人はまともなようだ。

そうして安心したのも束の間、二人の喧嘩の矛先がこちらに飛んできて。

「ユーマ、お前はどう思っているんだ。まさか、魔法学園みたいなところに行ったりしないよな⁉」

「いや、将来の事を考えるのなら冒険者などになるよりも、魔法学園に来た方がためになるぞ。冒険者など危険と隣り合わせの職業じゃ。その点、魔法学園は安全第一でしかも将来講師にでもなれれば給金も安定しておる。迷う理由はないと思うがのう」

はあ、できる事なら傍観しておきたかったのだが、このままじゃ収まらないか。

仕方ない。そう思い俺はローエンシュタインさんに向かい口を開く。

「ローエンシュタインさん、まず俺の事を魔法学園に誘って頂きありがとうございます。しかし、俺は魔法学園に入るつもりはありません。というかおそらく入学自体ができないでしょう。ですので、この先も冒険者を続けていくつもりです」

俺のその言葉を聞いたグレンさんは一気に機嫌が良くなり、逆にローエンシュタインさんは少しだけムッとしたような表情になる。

「そうか、お主がそう言うのならば仕方ないの。それと、わしの事はアルベルトでええぞ。じゃが、魔法学園に入学自体ができないとはどういう事じゃ。理由を聞いてもええかの？」

「分かりました。ではまずアルベルトさん、魔法学園とは何歳まで入学する事ができるのでしょうか？」

「ふむ、原則として十八歳までと決まっておるのう。しかし、お主なら問題ないのではないか？」

「いえ、その時点で俺には無理ですね。なんせ俺は今年で二十五歳ですので」

俺がそう発言すると、ベリスタさんとアルベルトさんがかなり驚いた表情になる。ついでにグレンさんもかなり驚いているようだ。あれ、言ってなかったっけ。

ただ、俺の年を聞いてもアルベルトさんはまだ諦めがつかないようで。

「それなら、学園の講師になるというのはどうじゃ？　お主なら十分にやっていけるだけの才を感じるんじゃがの」

俺が他人に魔法の使い方を教える？　無理だ、そんな事できるはずがない。

この世界に来てから俺はただ適当に魔法を使っているだけ。どんな原理で魔法が発動しているのかすら理解していないのだ。

ここまで熱心に勧誘してくれているアルベルトさんには悪いが、俺の答えは変わらない。

「すみませんがお断りさせて頂きます。せっかく誘ってもらったのに申し訳ありません」

俺がそうしてはっきりと宣言すると、アルベルトさんはようやく諦めてくれたようで。

「そこまで言われたのなら仕方ないのう。お主を魔法学園に誘うのは諦める事にしよう。まあ、もし困った事があったのなら遠慮なく会いにくるといい。いつでも相談にのるからのう」

「ありがとうございます。そのような時には頼りにさせて頂きますね」

よし、これでグレンさんとアルベルトさんの言い争いは片がついた。

やっと終わった。俺がそう思っているとベリスタさんも同じ事を思ったようで。

「ふむ、やっとひと段落ついたようですね。では早速、今日の本題である大侵攻についての話に移るとしましょうか」

ベリスタさんが大侵攻の話を切り出すと、ようやくこの部屋に集まっている人達の表情が真剣なものへと変化していく。やっと真面目な話が始まるようだ。

まず最初にベリスタさんが俺に目を向けながら話し始める。

「まずはユーマ君。大侵攻の件、本当にありがとうございました。あなたのお陰で大侵攻を未然に防ぐ事ができました。フロックスの領主として感謝を」

同じようにアルベルトさんも俺に目を向け。

「わしからも礼を言わせてもらうぞ。もし大侵攻が起こったら間違いなく魔法学園にも被害が及んでいた事だろう。感謝する」

そして最後にグレンさんが。

「ユーマ、ギルドを代表して俺からも礼を言わせてもらうぜ。本当に助かった、ありがとうな」

そう言ってこの部屋にいる偉い人トップスリーが揃って俺に頭を下げた。

流石にこの状況には俺もかなり焦り、慌てて言った。

「いえ、この街に住む者としてできる事をしただけです。皆さんどうか頭を上げてください。それに、おそらくですが話はこれで終わりじゃないですよね？」

俺がそう言うと三人はその通りといった感じに頭を上げ、まずグレンさんが口を開いた。

「ユーマの言う通り、話はこれで終わりじゃない。現在、ユーマのお陰で三つの森に存在していた上位種はすべて滅んだ事がギルドで確認されている。しかしだ、そうして調査を進めているうちに新たな問題も浮き彫りになってきた」

「新たな問題ですか。どんな内容なのか聞いても？」

「ああ、勿論だ。実は大侵攻の影響で各地の魔物の数が急激に増えていてな。まあオーガス森林だけはなぜか魔物の数はあまり増えていないようだったんだが」

なるほど、おそらくオーガス森林だけ魔物の数が少ないのは、オークキングを探す際にオークを倒しまくったせいだな。あの時だけで数百体は倒したからな。

「このままでは魔物の数が多くなりすぎて、もしかすると森の外に出ていき近くの街や村などに被害がでるかもしれん。それを防ぐために、すぐにでもギルドで大規模な魔物の駆除作戦を行うつもりだ。出来ればユーマにも参加してもらいたいんだが、どうだろうか？」

大規模な魔物の駆除か、いい機会だ。

丁度サイクロプスを倒してどれだけ強くなったのかを試してみたかったところだ。

それに大量の魔物を倒すとなると、経験値もかなりの量になるだろう。

これは参加しないわけにはいかないな。

「グレンさん、俺もその作戦に参加させて頂きます。村などに被害が及んだら大変ですからね。しかし、大丈夫なんでしょうか。オーガス森林はともかく、ストン森林にはコカトリスがいます。そしてゴルド森林に至っては魔物の平均Cランク以上ですよね」

俺がそう質問するとグレンさんは少し考え込むように頭を抱え。

「うむ、ユーマの言う通りオーガス森林は問題ない。次にストン森林だが、まあ俺が付いて行けばなんとかなるだろう。コカトリスは火に弱いからな。問題はゴルド森林だが、確かにうちの冒険者達では少し厳しいかもしれんな……」

なるほど、グレンさんも参加するのか。これならストン森林は心配いらないな。

ていうか、ギルドマスターのような偉い立場の人がこんな作戦に参加して大丈夫なのだろうか。

そう思いメルさんに目を向けると、すでにメルさんはどこか諦めたような表情で苦笑いしていた。

「それならグレンさん、ゴルド森林の魔物駆除は俺一人でやりますよ。あそこは確かに危険ですからね。冒険者を無駄に危険に晒す事もないでしょう」

ちなみに俺がこの提案をしたのにはいくつか理由がある。

まずグレンさんにも言った通り無駄に冒険者を危険に晒すのはよくないと思ったのが一つ目の理由。二つ目は俺一人の方が経験値を稼ぎやすいと思ったから。そして三つめの理由は俺のスキルを他人に見られたくなかったからだ。

「本当か!?　それならこちらとしてはかなり助かるのだが、ユーマは大丈夫なのか？　最近は戦ってばかりのはずだが」

「大丈夫ですよグレンさん。今すぐゴルド森林に行けと言われてもまったく問題ありません」

「そうかそうか！　よし、なら早速ギルドも動くとしよう。駆除作戦の参加者を募って魔物狩りだ！」

グレンさんはそう言い勢いよくその場から立ち上がり、ほぼ同時にベリスタさんが口を開く。

「ふむ、どうやら大侵攻についての話はこれでお開きのようですね。ユーマ君、この街の為に何度も本当にありがとうございます。いずれお礼は必ずしますので、どうか今は宜しくお願いしますね」

続いてアルベルトさんもゆっくりと立ち上がり。

「本当にユーマは冒険者にしておくには惜しいのう。まあ仕方ないわい。魔法学園としても今回の礼はいずれしっかりとさせてもらう。お、そうじゃ。わしの孫と結婚してみんか？　家事はまったく駄目じゃが、外見はかなり美人じゃぞ？」

ほう、美人さんか。ちょっと会ってみるのもいいかもしれないな……。

そんな事を考え少しだけ表情が緩んでいる俺を見てグレンさんは。

「おいじいさん、そうやって孫をダシにしてユーマに取り入ろうとすんじゃねえよ！」

そうしてグレンさんとアルベルトさんは言い争いを再開してしまう。

これは長くなりそうだ。そう思い隣のベリスタさんを見てみると苦笑いしながら出口を指さし。

「ユーマさん、長くなりそうなので先に出ましょうか」

「そうですね。行きましょう」

現在言い争い真っ最中のグレンさんとアルベルトさん、ついでにメルさんを残し部屋を出ていく。

メルさん、まじどんまい。

そして部屋を出るとベリスタさんは俺に手を差し出して。

「では、またお会いしましょうユーマ君」

そうして俺とベリスタさんは握手を交わし、この場を後にしようとしたのだが、ベリスタさんが何かを思い出したかのように振り向きながら言った。

「ああ、言い忘れていましたが、私の娘は家事もできて容姿も端麗、親である私が言うのもなんですが中々のものだと思いますよ。いつか偶然会う機会などありましたら宜しくお願いしますね」

そう俺に告げて今度こそベリスタさんは俺の前から去っていった。

真面目な人だと思っていたが、あの二人に混じっているだけあって中々いい性格してるかも。

さて、とりあえず大侵攻についての話は終わった。グレンさんもやる気満々だったし、俺も自分の持ち場であるゴルド森林に向かうとしましょうかね。サイクロプスとの戦いでどれだけ強くなったのか、少し楽しみだ。

そんな事を考えながら、ギルドを出てゴルド森林に向け歩き出すのだった。


ギルドからしばらく歩き門に到着すると、いつもの門番さんがいて、俺に話しかけてくる。

「おやユーマ様、昨日大仕事を終えたばかりだというのに、今日も仕事ですかね」

「そうですね。実は大侵攻の影響で少し魔物の数が増えてしまっているようで。今からその後始末に行くところです。多分もう少ししたら、ギルドからも大勢来ると思いますよ」

「ユーマ様は皆さまと一緒には行かないんでしょうか?」

「俺は一人行動ですね。俺の持っているスキルを他の人に見られたくないですからね。まあ俺のわがままです。では行ってきますね」

そう門番さんに言い残し、門を出て街の外に。

それじゃいつも通りゴルド森林までひとっ走りするとしますかね。

「よし、行くとするか」

俺はその場から全速力で走り出す。

何やら後ろの方で驚いているような声がするが気にしない気にしない。

「うひょー、やっぱり風が気持ちいいなー！」

フロックスから全速力で走りだしてから数分後、無事ゴルド森林へ到着した。

余りにも早く着きすぎて、内心は散歩感覚だ。

「よし、到着だ。では、早速狩りといきますかね」

おっとまずいな。グレンさんからどれだけ数を減らせばいいか聞いてくるのを忘れてしまった。

うーん、まあいいか。とりあえず時間ギリギリまで片っ端から狩っていく事にしよう。狩り過ぎて注意されるって事は多分ないだろうからな。

そうして俺はゴルド森林へと足を踏み入れていく。

少し進むと目の前に見たことのない魔物が姿を現した。なんだあいつは。

見た目はグレースさんが以前倒したゴブリンと似ている。

しかし、頭に大きな角が生えていたり、若干ゴブリンより体が大きめであったりと違いはある。

まあとりあえず初見の魔物だ。まずは鑑定してみる事にしよう。

ホブゴブリンLv28

HP160／160　MP　0／0
力43　体力45　素早さ38　幸運32
【スキル】
棒術Lv1

ほう、思っていたよりもずっと強いな。外見は似ているがゴブリンとは雲泥(うんでい)の差だ。

流石はゴルド森林、平均魔物ランクC以上といったところか。

まあ、強いとはいっても所詮オーク程度、警戒には値しないな。

「気配遮断を使うまでもないだろう。いくか」

アイテムボックスからデーモンリッパーを取り出し、そこそこのスピードでホブゴブリンの背後まで移動して、首に一撃。

ホブゴブリンも背後に移動した俺に気付いて振り向こうとしたものの、俺の攻撃で首が地面に落ちる方が早く、そのまま絶命していった。

「ふむ、やはりこれくらいの魔物じゃ相手にならんな」

まあ俺の戦闘スタイル的に、戦う前に終わらせるのがベストなのでそれに越した事はないのだろうが。しかし、この程度の相手じゃ経験値もろくにもらえないだろうな。まあそこは数でカバーしていくとするか。質より量ってやつだな。

俺は倒したホブゴブリンをアイテムボックスに入れ、狩りを再開した。

それから数時間の間、俺はひたすら魔物を狩り続けた。

最初は数を数えながら狩っていたものの、百を超えるとそれも面倒になり、結局は何も考えずに無心で狩りを続けた。

「ん、そろそろいい時間になってきたかな。撤退するとしますかね」

おそらくだが、現在俺のアイテムボックスの中には今日狩った分だけで二百以上の魔物の死体が転がっている。大侵攻の影響で数が増えたといっても、これだけ狩れば十分なのではないだろうか。

もし足りなくても、明日また狩りに来たらいいだけの話だ。

「よし、それじゃフロックスに帰るとしますか。いや、その前に」

ステータスの確認をしておくとするか。ふふ、サイクロプスを倒した分と今日の乱獲の成果、どれほどのものか楽しみだ。

「ステータスオープン」

佐藤悠馬Lv154
HP1050／1050　MP680／680
力450　体力450　素早さ270　幸運850
【スキル】
経験値20倍　スキル経験値20倍　鑑定Lv10　気配遮断Lv9　気配察知Lv2　短剣術Lv7　魔力操作Lv4　火魔法Lv3　水魔法Lv1　風魔法Lv1　回復魔法Lv4　毒

抵抗Ｌｖ５　麻痺抵抗Ｌｖ１　料理Ｌｖ１　アイテムボックスＬｖ５　話術Ｌｖ３
【称号】
異世界転移者　引きこもり　ラビッツハンター　駆け出し魔法使い　駆け出し料理人　むっつりスケベ　首狩り　天然たらし　街の救世主

はは、これはやばいな。一気にレベルが30以上も上がるなんて初めてじゃないか。

流石はサイクロプスといったところだろうか。まあ乱獲のおまけ付きだが。

さて、各能力の上昇だが、力と体力が両方４００を超えて来たか。

力はもう少しでサイクロプスと並ぶな。そして体力はすでにサイクロプスと同等だ。あんな化け物と同じような力か、嬉しいような少し悲しいような複雑な気分だ。

まあいい、次に素早さだが、これもかなり上がっているな。幸運はまあ凄いね、うん。

次にスキル。色々と上がっているようだが、注目は気配遮断のレベルが9になっているところか。

正直8から9になって何が変わったのかよく分からないが、まあ上がるのはいい事なんだろう。

最後に称号だが、なんか恥ずかしいのが増えてるなー。

おっと、まずいまずい。森の中だっていうのに少しばかり興奮しすぎてしまった。

それにしても、ここまで強くなっているとはな。想像以上の成果だ。

まあもっと強い魔物や人がこの世界にいないとも限らない。これに満足せず、これからもどんどんレベルを上げていく事にしよう。

さて、ステータスの確認は済んだ事だし、今度こそ帰るとしますか。

俺は森の出口へ向かい歩き出し、そして数分後。

「よーし出れた出れた。それじゃいつも通りフロックスまで走って帰るとしますか」

そう考え森から少し離れ、走り出そうとした次の瞬間。

「おい、そこのクソガキ止まれ」

はあ、せっかく気分よく帰れると思ったのに邪魔が入ってしまった。少しだけ不機嫌になりながら走るのをやめ、声がした方向へ目を向ける。

「よしそこで止まれ。そんで金目のもんは全部置いてきな。そうすれば命だけは助けてやるかもしれねえぞ？」

こいつら、どうせ金を出しても助ける気なんてないくせによく言うよな～。

「はあ、隠れているおっさん達も出てきたらどうですか？　おそらく四～五人はいると思うのですが」

俺がそう言うと、周りから四人の男が現れる。うん、気配察知はやはり便利なスキルだ。

「へえ、このガキ一人でゴルド森林に来るだけあって中々やるみたいだね」

「ああ、けど俺達黒狼にとっちゃ子供も同然だぜ。なんせ俺達はAランク冒険者を殺した事があるんだからなぁ」

ふむ、俺の正体を知らないのか好き勝手言ってくれてますな。

そして最初に俺に話しかけて来た、おそらくこいつらのボスらしき男が再度話しかけてくる。

「おい小僧、俺達の話は聞こえていただろう？　なら次にどう行動すればいいのかは分かるよな？」

うーん、とりあえず鑑定してみるとしますか。ボスらしき男に鑑定を発動する。

グサロフＬｖ53
ＨＰ300／300　ＭＰ　0／0
力98　体力89　素早さ65　幸運44
【スキル】
剣術Ｌｖ２　棒術Ｌｖ２　気配察知Ｌｖ２　気配隠蔽（いんぺい）Ｌｖ４
【称号】
盗賊

ほお、思っていたよりも全然強いじゃないですか。

流石にグレンさんには及ばないまでも、グレースさんよりは圧倒的に強そうだ。

確かこいつら黒狼っていったよな。もしかしたら有名な盗賊なのだろうか。

「おい、どうしたガキ。もしかしてびびって声も出ねえか？」

まあいいか。こいつらが盗賊なら俺も遠慮しないで済むからな。

俺はアイテムボックスから大剣を取り出し。

「あ？　何してんだお前、もしかして俺達と戦うつもり……」

「ふん!!」

俺は取り出して大剣をグサロフという男に向かい投擲する。

一応こいつらは有名な盗賊かもしれないので、今回ばかりは頭を狙わず、体を狙う事にする。

そして油断していたグサロフに俺の放った大剣が避けれるはずもなく。

「ガフッ！」

大剣は体を貫通してグサロフは絶命した。

それを見た俺は小さくガッツポーズをして嬉しそうに呟いた。

「よし、ストライク」

すると周りの盗賊達は突然の事に何が起きたか理解できないのか、呆然と突っ立ってしまっている。おいおい、お前ら有名な盗賊なんじゃないのかよ。頭がやられたくらいでそんな隙だらけになってどうすんだよ。そう呆れながらも俺は。

「ふん！　ふん！　ふん！」

次々に大剣を盗賊達に投擲していく。それらはすべて盗賊達に命中し瞬く間に盗賊の数を減らしていった。そして残る盗賊がたった一人になったとき。

「ひいいいいいい！　すいませんすいません！　命だけは助け――」

「無理だな」

最後の一人にも同じように大剣を投擲、見事命中して絶命していった。

「よし、ゴミ掃除終了っと。それじゃ後始末するとしますかね」

俺は投擲に使った大剣をアイテムボックスに戻していき、その後、盗賊達の死体も同じようにアイテムボックスの中へと入れていく。

これで後始末も終了だ。しかし、こいつらラルド達よりは格上の盗賊だろうに、ギルドでは何の情報もなかったな。もしかしたら最近ここらに現れ始めたのかもしれない。

まあフロックスに着いてから考えればいいか。とりあえずやる事は終わった、帰るとしよう。

俺はフロックスに向け全速力で走り出した。


黒狼を始末して、ゴルド森林を出発してから数分後。

俺は無事にフロックスまで戻ってきていた。

いつもの様に門番さんに軽く挨拶をして街の中へ入っていく。

さて、とりあえずはギルドに向かうとするか。ゴルド森林での魔物駆除についてもそうだが、黒狼についての報告もしておきたいからな。

そう考えギルドに向け歩き出し数分後、無事ギルドに到着した俺は扉を開け中へと入っていく。

ギルドの中は受付の人以外、ほとんど誰もいなかった。

なるほど、みんな大侵攻の後始末に行ってまだ帰って来ていないのか。まあいい、とりあえずメルさんに報告だけでもしておくとしよう。

そう考えメルさんの元へと歩いて行き声を掛ける。

「こんばんはメルさん。ゴルド森林での魔物駆除について報告したいのですが大丈夫でしょうか」

「ええ、大丈夫よ。それでユーマ君は今日一日でどれだけの魔物を倒してきたのかしら？　ユーマ君の事だから五十匹くらいは倒してそうだけど」

　メルさんはニヤニヤしながらそう質問してくる。その顔に少しだけイラッとしたので、少しだけ驚かせてあげましょうかね。

「そうですね。流石にゴルド森林は生息している魔物のレベルも高くて。俺もできるだけ頑張ったのですが、二百匹くらいが限界でした……」

「そう、まあ仕方ないわよ。二百匹でも十分凄い……え、二百匹⁉」

　くく、狙い通りメルさんは面白いくらい驚いてくれている。

　口を大きく開けポカーンとしたこの表情、いいねいいね。普段が美人でキリっとしているだけにこういう時のギャップはかなりいい。

「二百匹しか倒せなくて、本当に申し訳ないです。もしこれで足りないようでしたら、明日にでももう一度ゴルド森林に行ってきますので」

　俺がそうして申し訳なさそうに言うと、メルさんは慌てて言った。

「二百匹も倒したなら十分よ！　むしろその話が本当なら、大侵攻が起きる前にいた数よりも減ってるくらいよ！」

「あ、そうなんですか。それならよかったです。じゃあ今日でゴルド森林の件は終わりですね」

「そうね。けどごめんなさい。ユーマ君の事を疑いたくないけど一応討伐した魔物を見せてもらってもいいかしら」

「全然かまいませんよ」

「それじゃ解体場に行きましょうか。ここで出したら大変な事になっちゃうからね」

そうして俺とメルさんは解体場へと足を運んでいく。

解体場に着くと、俺を見つけたいつものおっさんが嬉しそうに話しかけて来た。

「おお、メル嬢に首狩りの坊主じゃねえか。また珍しい魔物でも持ってきてくれたのか？」

あ、そうだった。おっさんの言葉で思い出したがサイクロプスの素材を売ろうと思ってたんだ。

どうせならついでに解体をしてもらうとしよう。おっと、まずは本題から終わらせるとするかね。

「まあそれもありますが、今回は大侵攻の後始末ということで、ゴルド森林で魔物の掃除をしてきたんですよ。それが少しばかり数が多すぎましてね。ギルドでは出せないのでここに出してしまっても大丈夫でしょうか？」

「ああ、それなら問題ねえぞ。いくらでも出してくれ」

「ありがとうございます」

よし、許可はとったので早速出していくとしますか。

俺はアイテムボックスの中から今日倒した魔物達を次々に放り出していく。

おお、どんどん出るな、止まらないぞこれは。

数十秒後、ようやく今日倒したすべての魔物を出し終えた。出し終えたのだが……。

「ユーマ君、確かに二百匹の話は本当だったみたいね。けど私の勘違いかしら。これ、明らかに二百匹以上いる気がするんだけど……」

「はは！　やっぱおめえはすげえな坊主！　おめえ今日だけでゴルド森林の魔物の大半を狩り尽くしちまったんじゃねえか⁉」

そう、今日倒した分をすべて出した結果、明らかに二百匹を超えていたのだ。これは、少し調子に乗り過ぎたかもしれないな。

可哀想に、メルさんは驚きの余り表情が固まってしまっている。

「はは、まあ少々狩り過ぎてしまったようですね。それでメルさん、これでよろしかったでしょうか？」

「……え、ええ。ちょっと驚きすぎて声も出なかったわ。ちゃんと確認したからもう大丈夫よ。ゴルド森林の件は私が責任をもってギルドマスターに報告しておくわ」

よし、これでゴルド森林の件は終わりだ。

次はこの魔物達の解体の話だな。

「すいません、次は解体のお願いをしたいのですが、流石にこの数は無理ですよね？」

俺がそう質問すると、おっさんは少し悔しそうな表情を浮かべ言った。

「ああ、済まねえな坊主。流石にこの数は俺達全員でかかっても無理だ。この半分くらいならなんとかなるかもしれねえが」

「なるほど、了解しました。では今日のところは五十匹ほどお願いします。残りはまた今度という事で」

そして残りの魔物は再びアイテムボックスの中にしまっておく事に。

サイクロプスの解体の件もまた今度にしたほうがいいだろう。そうしてアイテムボックスに残りの魔物をしまい終えるとメルさんが。

「じゃあユーマ君、確認も済んだ事だしギルドに戻るとしましょうか」

「分かりました。ではおじさん、解体よろしくお願いしますね。お金はいつものようにギルドに預けておいてください。ではこれで失礼します」

おっさんに軽く頭を下げ解体場を後にする。そしてギルドに戻ってくると。

「あ、解体の件で思い出したわ。はいこれユーマ君」

そう言いメルさんは何かが入っているらしき小さな袋を手渡してきた。

一体何が入っているのだろうかと思い中を見てみると、何と白金貨が三枚も入っていた。

どういったお金なのだろうか気になりメルさんに聞いてみると。

「それは以前にユーマ君が倒してくれた、オークキングの素材のお金よ」

ああ、そう言えばオークやコカトリスの分の金はもらっていたが、オークキングはもう少し時間がかかるって事でもらってなかったたな。

それにしても、オークキングがここまで金になるとはな。こうなってくると、ゴリトリスとの戦いの時に盾として使い捨てにしてしまったのはもったいなかったかもしれない。

「なるほど、ありがとうございますメルさん」

「ふふ、無駄遣いしちゃだめよ……ってそういえばユーマ君って私より年上だったわね。ユーマ君なんて呼んだら失礼かしら？」

「いいえ、今まで通りで大丈夫ですよ。それとメルさんにもう一つだけ報告しておきたい事があるのですが」

俺がそう言うとさっきまで笑っていたメルさんの顔は真剣なものとなり。

「いいわよ、何かしら」

「実はゴルド森林での狩りが終わり帰ろうとしたところ、盗賊に襲われましてね。まあ全員始末したわけなんですけど、そいつら黒狼って名乗ってたらしくて」

俺が黒狼と口にした瞬間、一気にメルさんの緊張は高まり。

「ユーマ君、そいつらのリーダーの名前って分かる⁉」

「たしか仲間からはグサロフって呼ばれていたと思いますよ」

俺はアイテムボックスからグサロフの死体を取り出し、メルさんに見せる。

「手配書の顔と一致するわね。間違いないわ。ユーマ君、そいつらはかなり有名な盗賊よ。赤目のラルドなんて比べ物にならないほどのね。ナーシサスの方で見なくなったと聞いていたんだけど、まさかこっちに来てたなんてね。けどある意味襲われたのがユーマ君で助かったわ。もし他の冒険者が襲われていたらまず命はなかったはずよ」

ほう、やはりかなり有名な盗賊だったみたいだ。

メルさんの言う通り、襲われたのが俺である意味幸運だったかもしれない。

鑑定で見た限りこの街にいる冒険者だとあいつらには歯が立たないだろう。まともに戦えるのはギルドマスターであるグレンさんくらいのもんだろうからな。

「なるほど、まあ被害が出る前に倒せてよかったです。それでなんですが、こいつらって賞金とかかかってたりします？」

まあ手配書があるくらいなんだから賞金は間違いなくかかってるとは思うが、一応聞いておく事にしよう。そのためにわざわざ頭を狙わずに体を狙ったんだからな。

俺のその問いにメルさんは当然といった感じで頷き、しかしすぐに困った表情になる。

「ええ、かなり高額な賞金がかかってるわね。けどおそらく賞金の受け取りにはかなり時間がかかると思うわ。ナーシサスのギルドに連絡をしないとだから。ユーマ君が直接ナーシサスのギルドに行けばすぐに賞金はもらえると思うけど」

「なるほど。まあ賞金が受け取れるようになるまで気長に待ってる事にします。幸いな事にお金には特に困っていないですからね」

「分かったわ。賞金が受け取れるようになったらすぐに連絡するわね」

「はい、それでお願いします。では自分の用事はこれで終わったのでそろそろジニアに戻りますね。メルさん、また明日」

そうしてメルさんに軽く手を振りながらギルドを後にする。

さて、それじゃジニアに戻るとしますかね。そう考えジニアに向け歩き出す。

そして数分後、無事ジニアへ到着して中へと入っていく。すると。

「あ、ユーマさんお帰りなさい。今日もお疲れ様でした！」

入ってすぐサリーが俺の元へと走り寄ってきた。

なんかこのやり取り夫婦みたいだな。なんつってな。

まあ冗談はさておき、誰かにお帰りって言ってもらえるのは凄くいいな。

今日一日の疲れが一気に吹っ飛ぶようだ。

「ああ、ただいまサリー」

俺がそう笑顔で返事をすると、サリーはなぜか顔を赤くして俯いてしまう。

普通に返事をしただけなのになんでだろう。そう思っているとサリーがチラチラ俺の上半身を見ている事に気付く。なるほど、こやつ朝の事を思い出しているな。ならば。

「おいおい、どうしたんだサリー。大丈夫か？」

そうしてわざと上半身を見せつけるようにサリーへと近づいていく。俺のその行動にサリーはさらに顔を赤くするものの、目線だけは俺の上半身に釘づけだ。しかし、やがて我慢できなくなったのかサリーは突然大声をあげ。

「ユ、ユーマさん！　夕食は一時間後くらいなのでお忘れなく！　それじゃ私はこれで失礼しますぅううう」

そう言い残し、凄まじいスピードで厨房へと走り去っていった。

その様子に少しやりすぎたかなと反省するも、非常に可愛かったのでまあ良しとしよう。

さて、自分の部屋に戻るとするか。おっと、その前にサリアさんに話があったんだった。

「おや、ユーマどうしたんだい。さっきは娘とイチャイチャしてたみたいだけど」

「はは、少しからかい過ぎましたかね。それで本題なのですが、これから先も当分ジニアにいるつもりなので、宿泊料金の追加をしにきました」

そうしてサリアさんに三十日分の宿泊代金、金貨一枚と銀貨二枚を支払う。これで当分は大丈夫だろう。サリアさんは俺の言葉に嬉しそうな表情を浮かべながら言った。

「おや、これは随分と気に入ってくれたみたいだね。ユーマくらい稼ぎがあればもっといい宿に泊まれそうなもんだけどね」

「いえ、俺にとってジニア以上の宿屋はこの街にはありませんよ。では夕食の時間まで部屋で暇を潰す事にしますので、これで失礼しますね」

そうサリアさんに言い残し、自分の部屋へと向かう。

そして扉を開け中へと入り、いつものようにベッドに横になる。

「さて、夕食の時間までゆっくり休ませてもらうとしますかね」

俺は目を瞑り、夕食の時間がくるのをのんびりと待つことにしたのだった。


おっと、少しだけ眠っていたようだ。

さて、そろそろ夕食の時間かね。そう思いベッドから起き上がり一階へ向け歩き出す。

階段を降りていくと、食堂はかなり混雑していた。どうやら大侵攻の後始末に行っていた冒険者達も無事に帰ってきたみたいだな。

そんな事を考えながら座れる席を探していると。

「おいユーマ、こっちだこっち。席取っといてやったぞ」

いつものようにイグルが声をかけてくる。どうやら席を取っておいてくれたようだ、有りがたい。

俺はイグルの正面の席に腰を下ろすと軽く礼を。

「イグル、席とっといてくれてありがとな」

「はは、別に感謝されるような事じゃねーよ」

そんな話をしていると、サリーが俺に気付いたようで。

「あ、ユーマさん起きたんですね。中々来ないもんだから、呼びに行こうと思っていたところでした。夕食ができるまで結構時間かかりそうなので、もう少し待っててくださいね」

そう言い残しサリーは厨房へと戻っていった。

うむ、ここまで食堂が混んでいるとサリーも忙しそうだ。これは夕食ができるまで時間がかかりそうだな。まあイグルと話でもして気長に待つとしようか。

そんな事を考えていると、早速イグルが話しかけてきて。

「そういやよユーマ、グレンさんから聞いたんだが今日一人でゴルド森林に行ったんだろ？　その様子だと怪我はしてないみたいだが、どうだったよ成果のほどは」

「ああ、ざっと二百匹くらい数を減らしてきたよ。メルさんがこれだけ数を減らせば大丈夫だろって言ってたから、ゴルド森林の件は今日で終了だな」

俺の言葉を聞いたイグルは驚愕（きょうがく）の表情を浮かべるが、すぐに笑みを浮かべながら言った。

「はは、やっぱりおめえはとんでもねえな！　いや、流石はＳランク確実といわれ、将来はギルドを背負って立つ存在になるって噂されるだけあるな！」

おい、ちょっと待てイグル。俺はそんな噂は初めて聞いたぞ。

誰だ、そんな噂を流したのは。

「なぁイグル、一体誰がそんな噂を流したのか聞いてもいいかぁ？」

少しだけ凄みをきかせイグルに質問をする。

そんな俺の様子に若干びびりながらイグルは質問の答えを。

「あ、ああ。噂を最初に流したのは誰かは分からないけど、最近そう言った噂が増えたのはグレンさんのせいだと思うぜ。あの人、移動中とか大声でユーマの事色々言ってたからな。将来はギルドマスターを継いでもらうのも悪くないなガハハ！　なんてことも言ってたぜ」

ああ、グレンさんか、なるほどね。

そういやあの人、話し合いの時も俺を魔法学園に取られまいと必死だったからな。

まあそこまで俺の事を評価してくれるのは嬉しい気持ちもあるんだが、今度会ったらあまり言いふらさないように注意しておく事にしよう。

「そういやイグル、グレンさんと一緒だったって事は、お前もストン森林に行ったんだろ。お前の方の成果を聞かせてくれよ」

「ああ、大成功だったぜ。こっちも今日だけで魔物の数を二百匹近く減らすことができた。それでもまだ普通の時より数が多いから明日もいく事になりそうだけどな」

「そうか、まあ上手くいったようでよかったじゃないか」

「まあ厄介なコカトリスはグレンさんがほぼ倒してくれたからな。あ、そういやマルブタの野郎がすげえ頑張ってたぜ。前から戦闘の腕前はかなりのもんだったけどよ、まさかあいつが味方を庇いながら戦うとは思っていなかったよ」

ほう、マルブタもストン森林へ行っていたんだな。

しかし、ギルドで俺に絡んできたあのマルブタが、まさか他人を守りながら戦うとは。あいつも成長したという事だろうか。

俺がそうしてマルブタの成長に驚いていると、イグルは少し嬉しそうにマルブタの事を語った。

「多分だけどさ、外見のせいでひねくれちまってたマルブタがあそこまで変われたのは、お前のお陰だと思うぜユーマ。移動中に少しマルブタと話をしたんだけどよ、あいつ、アニキに認められるために頑張ってるって言ってたぜ」

マルブタのやつ、そこまで俺の事を慕ってくれていたのか。

正直、今まで俺はマルブタの事を名前を知っているだけの知り合い程度としか思っていなかった。

しかし、今になって俺の事をアニキアニキと慕ってくれるマルブタの事が少し可愛く思えて来た。

今度マルブタが何か困っていたら助けてあげる事にしよう。そう思えるほどに。

「ユーマさんイグルさん、お待たせしました。今日の夕食です」

おっと、イグルと話をしているうちに夕食が完成したようだ。

サリーがテーブルに料理を並べていく。うむ、今日もめちゃくちゃ美味そうだな。

「ありがとうサリー、今日もいつも通り美味そうだ」

「はい、一生懸命作りましたので、いっぱい食べてくださいね。では、失礼します」

そう言い残しサリーは厨房へと戻っていった。まだまだ忙しそうだ。

「よっしゃ、早速食べるとしますか。流石に今日はずっと狩りだったから腹が減っちまったぜ」

「そうだな。俺も我慢の限界だ。頂くとしよう」

その言葉を合図に俺とイグルはかなりの速度で夕食を食べ始める。


相当の量があったはずなのだが、二人ともかなり腹が減っていたようで、数十分後には夕食は綺麗になくなっていた。

「うおおお、美味かった。やっぱ狩りをした後の飯は最高だぜ！」

「ああ、まったくだ」

本当に美味しかった。イグルの言う通り、体を動かした後の飯は何時にもまして美味しく感じる。引きこもってしまっていた前の世界では味わえなかった感動だな。

「はあ～、腹が膨れたら眠くなってきたな。よしユーマ、俺はそろそろ部屋に戻るとするわ」

「だな。俺も部屋に戻るとするよ」

そうしてイグルは一足先に部屋へと戻っていった。

俺も席を立ち、サリーの方を少し見てみるとまだ仕事があるようなので、軽く手だけ振り自分の部屋へと戻っていく。そしていつものようにベッドへ横になり。

「ふう、腹いっぱいだな」

確か飯を食べた後、すぐに横になると体に悪いと聞いた事がある気がするが、まあいい。ここは異世界なんだ。そう都合のいい解釈をする事にしよう。

そしてベッドに横になりながら、今日あった事をのんびりと振り返る。

「今日も色々あったな。まずギルドでの話し合い。その後はゴルド森林で大量の魔物掃除、そして帰り道で黒狼との遭遇（そうぐう）」

あの話し合いはかなり緊張したな。

グレンさんだけならまだしも、いきなりこの街の領主様と魔法学園の校長だもんな。緊張するなという方が無理があるだろう。

まあ、思ってたよりもずっと話しやすい人達だったのは幸いだったな。特にアルベルトさんとグレンさんは昔からの友人なのだろう。二人で言い争っているところとか、本当に子供のようだった。

「はは、今思い出しても笑えて来るな」

しかし、思ってたよりもちゃんと喋（しゃべ）る事ができてよかった。

あれだけ緊張している中で上手く喋る事ができたのは、スキルの話術のお陰かもしれないな。

それか異世界に来て俺も成長しているって事なのかね。

そしてその後は、ゴルド森林での魔物の駆除に黒狼の襲来だ。

そういえばゴルド森林での駆除は今日だけで十分とメルさんが言っていたが、明日はどうしようか。

イグル達に付いて行ってストン森林に行くというのも悪くはないな。大勢がいる前で気配遮断を使う気はほとんどないが、まあコカトリス程度なら使うまでもないだろう。

最後に黒狼の件なのだが、残念な事に速攻で片付いたせいであんまり記憶に残ってないんだよな。まあステータスを見る限りかなりの強者だったようなので、メルさんの言う通り襲われたのが俺でよかったと思うくらいか。

「ふう、相変わらず濃い一日を送っているな。引きこもりだった頃とは比較にならないほどハードな毎日だ」

しかし、その毎日が驚くほど充実しているのもまた事実。これもサリーやイグル達がいてくれるお陰なんだろう。感謝しないとな。


朝か、どうやら昨日は色々と考えているうちに寝てしまっていたようだ。

まあぐっすり眠れたので問題はないな。

さて、そろそろ起きるとしますかね。俺はベッドから立ち上がり、いつものように軽くストレッチ。よし、体に異常は特になし。いつも通り絶好調だ。さて次は。

「よし、忘れないうちに服を着るとしよう。流石にサリーを昨日と同じような目にあわせるわけにはいかないからな」

正直、俺の体を見て恥ずかしがっているサリーは非常に可愛らしかった。

できる事なら何度も見たいところなのだが、それでは流石にサリーが可哀想だからな。今日は早めに服を着ておく事にしよう。

「よし、これで準備万端だ」

サリーよ、いつもで来るがいい。そう俺が思っていると、本当に部屋のドアがノックされ。

「ユーマさん、そろそろ朝ごはんの時間ですよー」

丁度サリーが俺を起こしにきてくれたようだ。しかし凄いなサリーは。昨日といい今日といい、ほとんど俺が起きて少し経った丁度いい時間に起こしに来てくれる。

なんだろう、サリーは何か特別なスキルでも持っているのだろうか。はは、まあそんなわけないよな。そう考えながら俺は部屋の扉を開け朝の挨拶を。

「おはようサリー。今日も起こしに来てくれてありがとな」

「あ、はい。おはようございますユーマさん。そろそろ朝ごはんの時間なので準備ができたら食堂に来てくださいね。では、私はこれで失礼します」

そう言い残しサリーは一階へ戻っていった。

しかし、なぜだろうか。今日はちゃんと服を着ているというのに、サリーは俺の上半身を見ると、少しガッカリした表情になっていた気がする。まあ俺の気のせいかもしれないけどな。

「まあいいか。とりあえず朝食を食べにいく事にしよう」

そうして俺は部屋を出て一階へと歩いて行く。

ほう、結構混んでいるな。こんな朝早くからここまで混むのは中々珍しいんじゃないだろうか。

そんな事を考えながら空いている席を探していると。

「おい、こっちだユーマ」

声がした方向を見ると、イグルがいつものように席を取ってくれていたようだ。

毎度の事ながら本当に有りがたい。そんな事を考えながらイグルの正面の席へと座り、少し気になっている事を質問してみる事にした。

「おはようイグル。それにしても、今日は妙に混んでないか？　まだ朝早いっていうのに」

「多分、みんなストン森林での魔物の駆除作戦に行くためだと思うぜ。なんせ倒した魔物の素材の分の金はみんなで山分けだからな。割といい金になるんだよ。まぁサボってるやつは当然もらえないがな」

「なるほどな。そういえばイグル、そのストン森林での駆除作戦なんだが、今日は俺も付いていってていいだろうか。昨日でゴルド森林の件が終わってやる事がなくて暇なんだ」

俺がそう質問すると、イグルは若干興奮したように言った。

「おお、ユーマが来てくれるのかよ。そんなもん大歓迎に決まってんじゃねえか！　おめえが来てくれれば百人力ってもんだぜ。けどいいのかよ。お前なら一人で他のとこ行ったほうが稼げると思うぜ。なんせこっちは山分けだからな」

「いいさ、特に金目的で行くわけじゃないからな。言ってしまえばただの暇つぶし程度さ」

「そうか。じゃあ朝飯食ったら一緒にギルド行くとするか」

「ああ、そうしよう」

その後、俺とイグルは朝食を食べ終えジニアを出てギルドへと向かった。

しかし、考えてみれば誰かと一緒にギルドに行くなんて珍しいな。いつもギルドに行くときは一人だったからな。そんな事を考えているうちにギルドへ到着して扉を開け中へと入っていく。すると。

「ア、アニキじゃないっすか。今日はどうしたんですか、アニキはゴルド森林に行ってるって噂だったんすけど」

ギルドに入った直後、マルブタが俺を発見したようで近くに寄ってきた。うーむ、昨日のイグルの話を聞いたからなのか、マルブタのこの顔に少しだけ愛着がわいてきた気がするぞ。

まあそれは置いといてマルブタの疑問に答えるとしよう。

「ああ、実はゴルド森林の件は昨日ですべて終わってな。今日はお前らと一緒にストン森林へ行くつもりだ」

「ま、まじっすかアニキ！　アニキが付いてきてくれるなら怖い物なしじゃないっすか！」

俺がストン森林へ行くといった途端、マルブタは大げさに騒ぎ出す。

そして周りの冒険者達もこの話が聞こえていたようで、ギルド内が一斉に騒がしくなっていく。

「おい、首狩りもストン森林に行くんだってよ！」

「まじかよ、魔物全部首狩りに持っていかれるんじゃねえかこりゃ」

「いや、魔物は全部山分けなんだ。むしろ首狩りがどんどん倒していってくれた方が俺たちは楽できるってもんだろ」

「それによ、首狩りがストン森林へ来るって事は、目の前で首狩りの戦いが見れるって事じゃねえか。俺はそれだけで興奮してきたぜ！」

ふむ、どうやら俺が付いて行く事に関してはみんな好意的のようだな。まあ俺が倒しまくったとしてもどうせ山分けになるんだからそりゃそうか。

そんな事を俺が考えていると、奥の扉がガタっと開いて。

「なんだこの騒ぎは、お前ら少しは静かに……ってユーマじゃねえか」

奥の扉から姿を現したのはギルドマスターであるグレンさんだ。その体に普通の人なら持つのにも苦労しそうな大剣を背負い、今から戦闘に行くからなのか、かなりの威圧感を纏っている。

「どうもグレンさん。実はですね、ゴルド森林の件が終わってしまったのでストン森林での駆除作戦に付いて行こうと思っているのですが」

「ほう、おめえが来てくれるのなら駆除も今日で終わりそうだな。しかしいいのか、素材はすべて山分けになってしまうが」

「ええ、構いませんよ」

「そうか、なら大歓迎だ。ほれ、これが駆除作戦の依頼書だ」

そう言いグレンさんは一枚の紙を俺に手渡してきた。

「おめえは昨日参加してないから一応説明しとくが、その依頼書が駆除作戦に参加したっていう証明になるから無くすんじゃねえぞ。もしそいつを無くしちまったら魔物の報酬（ほうしゅう）が受け取れねえからな」

なるほど、それは無くすわけにはいかないな。大切にアイテムボックスにしまっておこう。

「よし、じゃあ早速行くとするぜお前ら！　合流地点は昨日と同じでストン森林の入り口付近だ。遅れたやつは置いて行くから覚悟しとけよ。よし出発だ！」

「「「おおおおおおおおおお」」」

グレンさんの言葉を合図にギルドにいた冒険者達はストン森林を目指して、次々にギルドから飛び出していく。さて、それじゃ俺達も行くとしますかね。

そうして俺とイグルとマルブタは街の門までやってきた。するとイグルが。

「はあ、ストン森林まで歩いて行くのだりいな。割と近いっつっても一時間そこそこはかかるからな。もっと楽で速い方法があればいいんだが、ねえわな」

マルブタはイグルの呟きに苦笑いしながら答えた。

「そうっすね。まあのんびり行きましょうよ。ねえアニキ？」

マルブタに同意を求められるが、俺は別の事で頭がいっぱいだった。

つまりだ、イグルは手っ取り早くストン森林へ行きたいってわけだよな。はは、そういう事は早く言ってくれよイグル君。いい方法があるんだからさ。

「なあイグル、マルブタ。俺に一ついい考えがあるんだが。うまくいけばほんの数分でストン森林に着くことができるぞ。しかもお前らはほとんど疲れない。どうだ？」

俺の提案を聞いたイグルとマルブタはそれぞれ別の反応を見せる事に。

「まじで!?　そんな方法があるならもっと早く言ってくれよユーマ。んで、どんな方法なんだ？」

「……アニキ、まさかその方法って」

ふむ、どうやらマルブタは勘づいているみたいだな。まあマルブタは体験済みだからね。

「そうだな、まあ簡単な方法さ。要は俺がお前らを担いで」

そう言いながら俺は片方の腕でイグルを担ぎ、もう片方の腕でマルブタを担ぐ。

「ストン森林まで全力で走ればいいんだよ！　行くぞ！」

俺はそのまま全速力で走り出した。

最初の数十秒はイグルとマルブタ、特にイグルがかなり騒いでいた気がするが、それもすぐに収まり静かになった。うむ、二人とも分かってくれたようだ。

その後数分間、俺は速度を欠片も緩める事なく全速力で走り抜けた。その結果。

「よーし着いたぞ。もう降りていいぞマルブタ、イグル」

俺がそうして声をかけてもマルブタとイグルから返事はない。

おいおい、もしかして、あまりに快適すぎて寝てしまっているんじゃないだろうな。そう思い俺は少しだけ乱暴に二人を地面に下ろす。すると。

「……あれ、アニキここは」

おお、マルブタが先に目を覚ました。その後すぐに。

「あれ……ここどこだ、俺はフロックスにいたはずじゃ……」

よし、イグルも無事に目を覚ましたようだ。

「よお二人とも、おはようさん。無事ストン森林に到着したぞ。どうだ、速かっただろ？」

そう笑顔で告げると、二人は呆れた表情で俺の事を見ながらほぼ同時に口を開いた。

「なぁユーマ、たしかにめちゃくちゃ速かったけどさ、今度同じような機会があったら、もう少しスピードを下げてくれると助かる。頼むわ……」

「アニキ、俺からもお願いするっす」

ふむ、二人の様子を見るに少しばかり飛ばし過ぎてしまったようだ。

仕方ない、帰りはこれの半分くらいの速さにするとしよう。


ちなみにすべての冒険者が集まったのはそれから一時間後の事だった。うーん、これならここまで急ぐ必要はなかった気がするな。

そして、やっと駆除作戦に参加する冒険者が揃ったということで、グレンさんから一言。

「よし、全員揃ったようだな。では昨日と同じように前衛後衛に別れてくれ」

なるほど、流石にこの人数が一斉に動いてはまとまらないと思ったのか、前衛後衛の二手に分かれるようだ。戦闘狂のグレンさんにしては適切な判断だな。

前衛には近距離武器を持つ者、まあ剣や斧や短剣などの武器だ。当然俺も前衛に入る事になる。他には知り合いだとグレンさんやマルブタなども前衛だ。

そして後衛には弓や魔法を使う人達。知り合いだとイグルなどが後衛になるようだ。ちなみに今回の駆除作戦に魔法を使うものはいないらしい。

街に魔法学園があるのになんでいないのかと質問したところ、学園を卒業した人達は冒険者にはならずに、違う道に進む人が多いそうだ。そしてその道から外れた人達が仕方なく冒険者になるのだそうだ。少しだけグレンさんが魔法学園を嫌っている理由が理解できた気がした。

そして数分後、参加者がみな前衛後衛に分かれたのを確認するとグレンさんが。

「よし、前衛後衛に分かれることができたようだな。では早速出発することにする。みんな仲間が大勢いるからといって決して油断はしないように。では出発だ！」

そうして俺達数十名の冒険者集団はストン森林の中へと侵入していく。

まず先に前衛の俺達が森の中へと入っていき危険がないかを確認する。先頭は俺とグレンさんだ。そしてそのすぐ後ろにマルブタや他の前衛冒険者がいる。

そうしてしばらく歩いていると、魔物の気配を感じたので隣のグレンさんに。

「グレンさん、魔物の気配が」

「ああ、おそらくゴブリンだ。数は三匹ってとこだろうな」

流石はグレンさんだ。俺よりも早く魔物の気配に気づいていたようだった。まあたしかグレンさんの気配察知のレベルは俺よりも高かったはずなのでその差だろう。

「さて、それじゃここは俺が」

「いやユーマはここにいろ。俺が行く！」

そう言ってグレンさんはゴブリンへと突っ込んでいった。

おいおい、あんた今回の討伐体のリーダーじゃないのかよ！　リーダーが真っ先に敵に突っ込んでいってどうするんだよ。

「いくぞおおおおおお!!」

そう叫びながら、グレンさんがゴブリンに向かって走っていく。

うむ、速いな。その大きな体からは想像もつかないほどのスピードだ。

そしてあっという間にグレンさんはゴブリンの真正面まで移動するとそのまま。

「せやあああああああああああ!!」

持っていた大剣でゴブリンの体を一刀両断する。

うん、見事な力技だ。この戦い方、グレースさんを思い出すな。

そして大剣を振り下ろした体制のまま。

「おらあああああああああ!」

近くにいたゴブリンへと豪快な横切りを繰り出す。

するとゴブリンの体はまるで豆腐でも斬っているかのようになんの抵抗もなく真っ二つとなる。

「おっと、すまねえユーマ、そっちに一匹逃した」

いやいや、グレンさんわざと逃がしたでしょう。

大方俺の実力を早めにみんなへ見せるためか?

「ゴブリン程度では、武器を使うまでもないかな」

俺はこちらに走ってくるゴブリンに向かって。

「ふん!」

蹴りを放った。何の技術もない、何の工夫もない本当にただの蹴り。

しかし、その一撃はいとも容易くゴブリンの頭蓋を木っ端みじんに砕く。そして頭部を失ったゴブリンは力なくその場に倒れ込んだ。

「ふう、まあこんなもんかね」

そしてその光景を後ろで見ていた冒険者達は驚きの余り固まってしまっている。しかし、過去にオークキングを倒すのを目の前で見ていたマルブタだけがすぐに立ち直り。

「おおおおお、流石は兄貴、凄すぎるっすよ！」

マルブタの歓声を皮切りに固まっていた冒険者達も動き出し。

「「「うおおおおおおおおおお!!」」」

「なんだ今のは、相手がゴブリンだったとはいえ、蹴り一撃とは」

「ゴブリン程度じゃ武器すら使うまでもないって事なのかよ」

「凄いなお前ら。俺には蹴りが速すぎて何が起きたのかほとんど見えなかったぜ」

「心配すんな、俺も辛うじて見えただけだ。それにしても、これがサイクロプスを一人で倒した首狩りの力か。味方ならこれほど頼もしい存在はいねえな」

なんか凄く持ち上げられてるな。

そしてグレンさんも満足そうな表情をしながらこちらに近づいてきて。

「はは、ユーマおめえは本当にとんでもねえな。ゴブリン程度相手にはならないとは思っていたが、まさかあんな技術も何もない蹴りで一発とはな！」

ふむ、流石に技術も何もないただの蹴りって事を見抜かれているな。今度暇な時があったのなら、俺も少しは格闘術を学んでおいてもいいかもしれない。

戦場で武器がなくなった途端、戦えませんでは話にならんからな。

「まあ最初は派手な方がいいと思い蹴りにしておきました」

それにしても、森の中でこんな騒いで大丈夫なのだろうか。普通なら魔物でも寄ってきそうなもんだが。そんな事を考えていると予感が的中してしまったようで。

「グレンさん」

「ああ、魔物だ。しかもかなりの数だな。よし、全員戦闘準備だ！　おそらく数十体の魔物がここにやってくる。だが大丈夫だ。こっちには俺や首狩りがいる。何も恐れる事はない、行くぞ！」

おお、さっきまでお祭り騒ぎだった冒険者達がみな戦う顔になっていく。グレンさんは士気を上げるのが上手いな。そして各々が自らの武器を構えて。

「よし、戦闘開始だ。前衛はあまり前に出過ぎないように、後衛は前衛にできる限り攻撃を当てないように。それとコカトリスは俺と首狩りが対処するから近づくんじゃねえぞ。それじゃ行くぞ！」

「「「おおおおおおおおおおおお」」」

そして目の前に魔物の群れが現れる。

見た感じ、コカトリスが二匹混ざっているようだな。

俺はアイテムボックスからデーモンリッパーを取り出し、隣にいるグレンさんに。

「グレンさん、先に行きます」

そう言い残しコカトリスに向かい全速力で走り始める。

おそらく周りの冒険者達からは俺が瞬間移動でもしているように見えているだろう。

そしてすれ違いざまに。

「首、もらうぞ」

コカトリスの首を切断して、もう一体のコカトリスの元へ向かう。コカトリスは俺に気付いている様子はない。そしてそのままの勢いで。

「二匹目だ」

二匹目のコカトリスの首を切断する。

よし、これで厄介なコカトリスは始末した。後は冷静に、掃除していくだけだ。

周りを見てみると各々有利に戦っていた。

グレンさんは相変わらず大剣を振り回し、マルブタは得意のヒット&アウェイで。

そして後衛からは的確に魔物の急所を狙い撃つ弓の攻撃。俺は大人数での戦闘が初めてだったので、正直うまく戦えるか不安だったが、これなら心配なさそうだな。

おっと、危なそうな冒険者もいるな。

俺の前方に、地面に倒れ込み、今にもこん棒で殴られそうになっている冒険者がいた。俺はその場へ一気に近づき、こん棒を掴(つか)みそのまま握りつぶす。そして握りつぶした手でそのまま裏拳を叩き込み魔物の頭を粉砕する。

そして今も倒れ込んでいる冒険者に。

「おい、大丈夫か。動けるか?」

「首狩りか、済まん、足を怪我しちまって動けないんだ。どこか隅にでも移動させてくれると助かる」

「ああ、分かった」

俺は負傷している冒険者を片手で持ち上げ。

「ふん!!」

魔物の攻撃が届かなさそうな、後方へと放り投げる。まあ多少痛いだろうが、このままここにいるよりはましだろう。

ヒールで治してやるという手もあったが、実はヒールは発動してから効果があるまで割と時間がかかる。流石に見知らずの冒険者のため、戦闘中にそんな隙を作ってまで回復してやるほどお人よしではない。さて、戦闘の続きといこうかね。

その後しばらく戦い続けた結果、見事魔物の群れを殲滅(せんめつ)する事に成功した。

そして戦闘終了の合図をグレンさんが声高らかと。

「よし、みんな戦闘終了だ。魔物の群れは無事すべて殲滅する事ができた。怪我をしている者は各々ポーションなどで回復するように。解体班は魔物の解体を頼む」

ん、魔物の解体だって？

「グレンさん、今ここで魔物の解体をするんですか？」

「ん？　そんなもん当然だろ。ここの魔物の死体を全部持っていく事はできんからな。魔石と貴重な部位だけ持って帰るんだよ。まあゴブリンやハイゴブリンは魔石くらいしか価値のあるとこがないから楽なんだがな」

「コカトリスはどうするんですか。もし面倒そうなら俺がアイテムボックスに入れて持ち帰りますが」

「おお、そうしてくれると助かる！」

それから俺はコカトリスをアイテムボックスにしまい、座って休んでいる。周りの冒険者は俺の事をじろじろ見てくるだけなので暇だ。そうして一人で座っていると。

「よおユーマ、お疲れさん。まさかおめえがあそこまで強いとは思ってなかったぜ」

「アニキお疲れ様っす。アニキが戦ってるとこ本当に凄かったっす！」

お、丁度いいとこに話し相手がやってきた。

「ああ、イグルもマルブタもお疲れ。マルブタもかなり頑張ってたな。ちゃんと見てたぞ」

俺がそういうとマルブタはめちゃくちゃ喜んでいた。どのくらい喜んでいたかというと、その場でいきなり飛び跳ねるくらいだ。まだまだ元気だな。

そんなマルブタの姿を見ていたイグルは嬉しそうに言った。

「はは、よかったなマルブタ。チッ俺も後衛じゃなかったら華麗な弓さばきを見せられたのにな」

「まあイグルの華麗な弓さばきとやらはこれから見る機会があるだろうさ。まだ魔物の駆除は終わったわけじゃないんだからな」

俺がそう言うと、イグルは小さく首を振り。

「いや、今回の駆除作戦はもう終わりだ。今回は昨日の残りって事で三十匹程度が目標だったからな。今の戦いで三十四以上は間違いなく倒してるから、これで作戦は終了だと思うぜ」

まじか、思ってたよりもずっと早く終わったな。まあ早く終わる分にはいいか。

「そうか。なら後は帰るだけだな」

俺が帰るだけと発言すると、イグルの表情が一気に青ざめ、喜びで飛び跳ねていたマルブタでさえもその動きが急に止まり、冷や汗を流しながらこちらを見てくる。

「あ、あのよユーマ、帰りもあの方法で帰るのか？」

「ん？　当然だろう」

「そうか。ユーマ、帰りは少しスピード落としてくれよな」

「ああ、分かってるさ」

その後、三人で適当に話をしているとグレンさんがみんなの前に出てきて。

「よし、今の戦いで目標の討伐数は達成した。よって今回の駆除作戦はこれにて終了とする。みなご苦労だった」

グレンさんの宣言を最後に駆除作戦は無事終了したのだった。


さて、グレンさんが駆除作戦終了を宣言してから数十分後、俺達冒険者はストン森林から脱出し、各自フロックスへと帰還していっていた。

そして今この場には俺とイグルとマルブタの三人しかいない。つまりだ。

「さて、イグル君マルブタ君、準備はいいかな」

俺がそう声を掛けると、二人は体を震わせながら言った。

「お手柔らかに頼むぜユーマ」

「アニキ、くれぐれも手加減よろしく頼むっす」

俺は行きと同じように両手で二人を担ぎ、優しく言った。

「ああ、勿論だ。安心してくれ、帰りは行きの半分程度の速さで走る事にするからさ」

俺のその発言に二人は慌てだす。しかし、それをあえて無視して。

「よし、行くぞ！」

そして俺は、行きの丁度半分のスピードでフロックスに向かい走り始めた。また担いでいる二人がうるさく騒いでいたがすぐに静かになった。

そして走り始めて数十分後、俺達は無事フロックスへと到着した。

「うむ、流石にこれだけスピードを落とすと行きより大分時間がかかってしまったな。まあいい、着いたぞ二人とも」

俺がそう声をかけると、二人からはすぐに返事がきた。

「お、おお。着いたか。なんか少しだけ慣れた感じがするぜ……」

「そうっすね……アニキがスピード落としてくれたのもあるっすけど、意識は保っていられるようになったっす」

ふむ、今回はちゃんと二人とも眠らずに起きていたようだ。感心感心。そして両手で担いでいる二人をゆっくり地面に下ろしてやる。

そして三人で門を抜け、フロックスの中へと入っていく。

「さて、二人ともこれからどうする？　俺はこのままギルドに行って預かっているコカトリスの解体を頼みにいくつもりだが」

俺の質問に二人の答えは。

「そうだな。今日は色々と疲れたから先にジニアに戻っておくとするわ」

「アニキ、俺はちょっと鍛冶屋に用事があるので今から行ってくるっす」

ふむ、二人ともギルドに行く事はないようだ。そうなると。

「そうか、ならここでお別れだな。イグルもマルブタもまた今度な」

そう二人に言い残し、俺たちは別れた。まあイグルにはどうせ夕食の時に会うだろうけどな。

そして俺はそのままギルドに歩いて行き。

「よし、着いた着いたと。それにしても、なんだかギルドの中が騒がしいような気がするな」

まだ駆除作戦に参加した冒険者達は戻ってきていないはずなので、ここまで騒がしいのは少しおかしいな。まあいい、とりあえず中に入るとするか。そして扉を開け中へ入ると。

「おお、ユーマじゃねえか。久しぶりだな！」

なんとも懐かしい声で俺を呼ぶ声が聞こえて来たので、声がした方向に視線を向けると、そこには久しぶりにみたなんとも懐かしい顔が。

「おお、誰かと思ったらグレースさんじゃないですか。久しぶりですね」

そこにいたのは、懐かしのグレースさんであった。

ああ、本当に懐かしい。まぁ実際は一週間そこそこ会っていなかっただけなのだが、この世界にきてからグレースさんとはほぼ毎日顔を合わせていたので、少し見ないだけで懐かしく感じてしまう。

「おう、しばらく見ない間に随分と強くなったみたいじゃねえかユーマ。聞いたぜ、ゴリトリスやサイクロプスを一人で倒したそうじゃねえか！」

「はは、まあサイクロプスはそれなりに苦戦しちゃいましたけどね。勝負が決まったと油断して一撃食らっちゃいましたしね。あれには肝が冷えましたよ」

「はっ！　サイクロプスをそれなりに苦戦で済ませちまう辺りがやっぱりおめえは大物だぜ。しっかしせっかくナーシサスから応援を連れて帰ってきたっていうのに、戻ってきたら大侵攻はもう終わってたっていうんだからな。正直少し拍子抜けだったぜ」

ああ、そういえば、ナーシサスから冒険者の応援を連れてくるために街を出ているとグレンさんが言っていたな。たしかAランクのパーティーやSランクもいるという事だったがどうなったのだろうか。俺がそんな事を考えていると。

「グレースよ。その坊やがお主の話しておったユーマという冒険者かの？」

そんな事を言いながら、受付の辺りから一人の少女がこちらに近づいてきた。見た目は長めの金髪をそのまま後ろに流し、目はキリっとしている。そしてその体は非常に小柄だ。おそらくサリーやリサなどよりも小さい。

しかしこの少女、見た目は本当にただの少女にしか見えないのだが、なぜか体が緊張して動かない。そして、一歩ずつこちらに近づいてくるたびに、緊張は更に強まっていく。

おそらくだが、この少女は圧倒的に強い。それこそサイクロプスと相対した時よりも強烈な威圧感のようなものを覚える。この少女は一体、何者なんだ。

そして少女は俺の目の前までやってくると、その表情に笑みを浮かべて言った。

「そこまで緊張する事はないぞ。別にお主と戦いにきているわけではないからのう。単純に大侵攻を一人で止めたお主と話をしてみたかっただけじゃ」

どうやら、今のところこの少女は俺に対して友好的なようだ。

ならば、こちらも相応の対応をしなければ。

「失礼な態度をとってしまい、申し訳ありませんでした」

「ふむ、思ってたよりも礼儀正しい坊やじゃのう。これは確かにグレースの言っていた通り、将来有望かもしれん。それと態度については気にする必要はないぞ。お主を試すためにわざと威圧しておっただけじゃからのう」

おいおい、あれわざとだったのかよ。

さっきは友好的だなんて思ったけど間違いだったかもしれないな。

しかしこの少女、見た目とは違いかなり古臭い喋り方をするんだな。それこそアルベルトさんのように何十年も生きているような。

まあいい、とりあえず自己紹介しておくことにするか。

「初めまして。俺の名前は佐藤悠馬。ユーマとお呼びください。現在冒険者ランクはAランクで首

狩りのユーマとも呼ばれております。それで、失礼ですが俺はあなたの事を知りません。すみませんが名前をお聞きしてもよろしいでしょうか？」

俺がそう質問すると、少女は驚いたような表情を浮かべて。

「ほう、ギルドに所属していてわしの名前を知らんとは、珍しい事もあるもんじゃのう」

「ばーさん、旅の途中でも話したがユーマは冒険者になってまだ一か月も経ってないんだ。知らなくても無理はねえぜ」

「ふむ、それならば納得じゃのう。ではわしも自己紹介をするとするか」

さて、この少女は一体何者なのだろうか。

「わしの名前はミナリス・アマランス。二つ名は【紫電】。まあこれでもSランク冒険者をやらせてもらっておる。今後ともよろしく頼むぞ首狩り殿」

Sランク冒険者【紫電】ミナリス・アマランス。それがこの可愛らしい少女の正体だった。

さて、俺の目の前の少女、只者ではないと思っていたが、まさかSランク冒険者だったとはな。

道理であの迫力なわけだ。今の俺では正面から戦ったのではまず勝てないな。

「まさかSランク冒険者だったとは。お会いできて光栄です、アマランスさん」

俺が少女の事をアマランスさんと呼ぶと、少しだけ不機嫌そうな表情になって。

「首狩り殿、わしの事はミナリスと呼ぶがいい。わしはアマランスと呼ばれるのが嫌いなんじゃ」

ふむ、自分の名前を嫌うなんて何か訳でもあるのだろうか。

まあ今はそんな事はどうでもいいか。

「分かりましたミナリスさん。それでしたら俺の事もユーマと呼んでください。首狩りと呼ばれるのも最近は慣れて来たのですが、まだ少し恥ずかしいものでして」

「うむ、分かった。これからはユーマと呼ぶことにしよう」

「ありがとうございます。では早速質問なのですが、ミナリスさんは大侵攻の応援でフロックスに？」

「うむ、ナーシサスでいつものように酒を飲んでおったら、何やら困っておる様子のグレースを見かけての。気になって話を聞いてみたところ大侵攻が起きる可能性があると聞かされたわけじゃ。流石のわしもそんな話を聞かされて黙っておるわけにもいかんので、大急ぎで救援にやってきたというわけじゃよ」

ミナリスさんのこの説明にグレースさんは不満があったようで、婆さんゆっくり歩いていたじゃねえかよと呟いていた。しかしこの発言はミナリスさんに聞こえていたらしく、かなりの威圧感をグレースさんに放ち、グレースさんはかなりビビッていた。

それにしても、ミナリスさんはこの外見でお酒を飲むのか。中々にアンバランスな事だ。まあ大侵攻の救援に駆けつけてくれる辺り、悪い人ではないのだろうな。

「そして今日フロックスに着いてみたら、もう大侵攻が起こる心配はないというではないか。内心少しだけイラっときたが、そこでお主の事を聞いてのう。興味を持っておったところじゃよ」

ミナリスさんは俺の事を見ながらニヤッと笑う。

なんか、厄介そうな人に目を付けられたかもしれない。

「まさかこんな田舎街にオークキングやゴリトリスはまだしも、サイクロプスを一人で倒せる冒険者なんているとは思っていなかったからのう。しかもじゃ、まだ冒険者になって数週間の者がそれをやったというではないか。興味を持つなという方が無理な話じゃよ」

そう言いながらさらにこちらに近づいて来るミナリスさん。

うーん、見た目だけで判断するなら本当に可愛らしいんだけどな。

そうだ、一つ気になる事を聞いてみよう。

「ミナリスさん、失礼を承知で質問させて頂きます。年齢はいくつなのでしょうか？」

これをずっと聞きたかったんだ。ミナリスさんは見た目は完全に少女のはずなのに、グレースさんはミナリスさんの事をばーさんと呼んだ。それにミナリスさんの喋り方は少々古臭すぎる。完全に見た目とあっていない。

そして質問の答えはすぐに返ってきて。

「わしの年齢か。そうさな、百五十まではは数えておったのじゃが、そこから先は数えるのが面倒になってしまったので不明じゃな」

それは俺の予想を遥かに超える答えだった。

おいおい嘘（うそ）だろ。見た目通りの年齢とは流石に思っていなかったが、百歳を超えているというのは予想外すぎる。まさかのミナリスさん合法ロリってやつかよ。

それにしても、普通の人間ってそこまで生きられるものなのだろうか。そう思いミナリスさんの顔をもう一度見てみると、一つの違和感に気付く。

ミナリスさんの耳、普通の人よりもとがってないか。そして俺はその耳に非常に見覚えがある。なんせ死ぬ少し前までやっていたゲームで見慣れた存在だったからだ。

「あのミナリスさん、もし違っていたら申し訳ないのですが、もしかしてミナリスさんはエルフなのでしょうか？」

俺のその質問にミナリスさんは少し笑みを浮かべながら。

「半分は当たりじゃな。確かにわしはエルフじゃ。ただし、普通のエルフとは少し違う。わしはハイエルフじゃよ」

ハイエルフ？　そういえばたしかゲームにもそんなのいたな。

俺のプレイしていたゲームだと、ハイエルフというのはエルフの上位種族という設定だったが、この世界ではどうなのだろうか。思い切って聞いてみることにした。

「すみませんミナリスさん、もしよければエルフとハイエルフの違いについて説明してもらっても大丈夫でしょうか？」

俺のその質問にミナリスさんは珍しいものを見たといった表情になり。

「そんな事を聞かれるなど何十年ぶりかのう。この世界に生きていたら子供でも知っていそうな情報なんじゃがな。まぁいいわい、ハイエルフはエルフの上位種族じゃよ」

やべえ、まずい事を聞いてしまったかもしれない。俺が元はこの世界の人間じゃないって事ばれてないよな？

まあもしばれていたら正直に言うしかないかもしれない。百五十歳を超える婆さん相手に、隠し事ができる自信はあまりない。

ていうか、ハイエルフがエルフの上位種ってゲームのまんまかよ。それ以外に何か違いはあるのだろうか。

「ミナリスさん、それ以外にハイエルフとエルフに違いなどはないのでしょうか？」

「あるぞ。まずハイエルフはエルフの十倍以上の魔力を持って生まれると伝えられておる。その多すぎる魔力のせいで、大体のハイエルフは体の成長がすぐに止まってしまうと言われておるのう。そのお陰でハイエルフはみな、わしのようにチビばかりじゃ」

「ミナリスさん以外にもハイエルフが？」

「うむ、わしの他には五人おるぞ」

ほほう、それは是非とも会ってみたいものだ。

なんせミナリスさんの説明を聞く限り、その五人も合法ロリ確定だろうからな。

「なるほど、その五人もミナリスさんと同じように冒険者を？」

「いや、冒険者をやっているのはわしともう一人だけじゃのう。他の四人は昔のままならエルフの里で暮らしておるはずじゃ。まあエルフの里があるのはロータス大陸なので、確認のしようもないが」

ロータス大陸？　なるほど、この世界はいくつかの大陸に分かれているのか。今まで気にしたことなどなかったので知らなかった事だな。

なら俺がいるこの大陸にも名前があるのだろうか。今度暇なときにでも調べてみることにするか。

「なるほど、色々教えていただきありがとうございました」

俺がミナリスさんに礼を告げると、ミナリスさんは感心したように言った。

「うむ、しっかり礼ができるのは当然だがいい事だ。最近はそれさえできない冒険者も増えているからのう。ユーマよ、お主には期待しておるぞ」

そう最後に言い残し、ミナリスさんはこの場から立ち去ろうとする。

しかし、グレースさんがそれに待ったをかけて。

「ばーさん、これからどうするんだ。もう大侵攻は止まっちまったんだし、ナーシサスに帰るのか？」

「いや、少し前はそのまま帰るつもりじゃったんだがな、気が変わった。しばらくこの街に滞在することにしようと思う。その方が近くでユーマを見ていられるからの」

そう言い残し、今度こそミナリスさんはこの場から去っていく。

おっと、完全に姿が見えなくなる前に鑑定だけでもさせてもらうとしよう。

そうして鑑定を発動させると、俺にとって予想外の事態が起きた。鑑定がミナリスさんに対して発動しないのだ。

まじかよ。確かに最初、鑑定はレベル差がある場合だと発動しないとあったが、それほどまでに俺とミナリスさんのレベルは離れているという事だろうか。

それとも何か鑑定を阻害するスキルでも持っているという事だろうか。どちらにしても初めての経験だ。少しだけショックだな。そうして落ち込んでいるとグレースさんが。

「どうしたユーマ？　ばーさんの方みながらぼーぜんとしやがって。まさか、あのばーさんに惚れちまったんじゃないだろうな！」

ははは、なんかグレースさんと話していると落ち込んでいたのが馬鹿馬鹿しくなってくるな。

よし、元気を出そう。逆に考えれば目標が見つかってよかったじゃないか。これからはミナリスさんに追いつけるように毎日頑張るだけだ。

「いえ、少しミナリスさんと俺の実力の差を感じてしまってショックだっただけですよ。今はもう大丈夫です。グレースさんのお陰で立ち直りましたから」

俺がそう告げるとグレースさんはさっきまでとは違い真剣な表情になり。

「ユーマ、お前に一つだけ忠告しておく。あの婆さんを普通のSランク冒険者と思わない方がいい」

「それは、どういう事でしょうか？」

「あの婆さんはな、ＳＳランクになれるだけの実績と実力を十分持ってる。しかし、面倒だからという理由でずっとSランクにとどまっているんだよ。そしてあの婆さんの実力だが、おそらく冒険者全体で五本の指に入る」

グレースさんの言っている事が本当なら、俺が立てた目標は果てしなく遠いもののようだ。いいじゃないか、逆に燃えて来たぞ。絶対に追いついてやる！

「なるほど、教えてくれてありがとうございましたグレースさん。いつか、必ず追いついてみせます」

「はっ、さっきの言葉を聞いて出てきたのが追いついてやるだとはな。お前以外のやつが言ったんなら笑い飛ばしてやるところだが、不思議とお前ならできるんじゃねえかって思っちまうな。俺から言える事はこれくらいしかねえが、頑張れよユーマ」

その後、俺とグレースさんは少し話をして別れた。

さて、このままジニアに帰りたいところだが、その前に解体場に寄らないとな。そう思い解体場に向け歩き出して数分後。

「よし着いたっと。えーといつものおっさんは」

お、いたいた。いつものおっさんを発見したので近くに行き話しかける事に。

「こんにちはおじさん。魔物の解体をお願いしたいんですが大丈夫でしょうか？」

「おお、首狩りじゃねえか。いいぜ、なんでも出してくれ」

「ありがとうございます。ではまずこちらを」

まず最初にアイテムボックスからコカトリス二匹を取り出す。

「まずこの二匹の解体をお願いします。素材の金はギルドマスターのグレンさんにお願いします」

「おう、了解だぜ。で、これ以外はないのか？」

これ以外か。ゴルド森林で狩った大量の魔物でも出すか。

いや、今回は前から考えていたサイクロプスの解体をお願いするとしようか。

「すいません、サイクロプスの解体をお願いしたいのですが、大丈夫でしょうか？」

俺がそう質問するとおっさんは驚きでしばし固まる。

しかしすぐに正気に戻り俺の肩を叩きながら笑みを浮かべ答えた。

「ああ、そういやお前さんは大侵攻を一人で止めたんだったな。当然サイクロプスも倒してるよな。よし、解体の件だが勿論大丈夫だ。今すぐ出してくれ」

「ありがとうございます。では、こちらになります」

俺はアイテムボックスの中からサイクロプスの死体を取り出しその場に広げる。改めて見ると相変わらずでかいな。おっさんも俺と同じことを思ったようで。

「おお、流石にでかいな。よくこんな化け物を一人で倒せるもんだぜ。よっしゃ、こいつの解体を俺達が責任をもってやらせてもらう。素材の金はいつも通りでいいか？」

「はい、それでお願いします。では、自分はこれで失礼しますね」

これで今日やるべき事は全て終わった。そう思い解体場を出ていき、ジニアに向け歩き出す。そして数分後、無事ジニアに到着して中へと入っていく。

「あ、ユーマさん」

そう言いながらサリーがこちらに走り寄ってくる。その様子はまるで子犬のようだ。実に可愛らしい。

ああ、しかしなんだろうか。サリーを見ると安心するな。うまくは言えないが、家に帰ってきたんだって実感できる。俺は近くに寄ってきたサリーの頭を軽く撫(な)でてあげながら。

「ただいまサリー」

頭を撫でられているサリーは、少し恥ずかしそうにしながらも、その表情は非常に嬉しそうだ。

「はい、お帰りなさいユーマさん。そういえばさっき帰ってきたイグルさんから聞きました。ユーマさんストン森林での狩りで大活躍だったって。さすがユーマさんです！」

そう言いながら俺を見るサリーの目は、見事に輝いていたように思えた。

「はは、ありがとな。サリーにそう言ってもらえると頑張った甲斐があったよ。それじゃ俺は夕食の時間まで部屋で休んでる事にするから、また夕食の時間にな」

俺がそう言い残し部屋へと戻ろうとすると、サリーが何かを思い出したかのように。

「はい。あ、そういえばユーマさん」

ん、なんだろうか。サリーが俺を呼びとめるなんて珍しいな。

「どうしたサリー。何か言い忘れていた事でもあった？」

「はい。実はユーマさんの隣の空き部屋に今日からお客さんが入ってきたんですよ。しかもそのお客さん凄く可愛い子なんです。多分私より少し年下くらいだと思います。ユーマさん、もしその子が困ってたら助けてあげてくれませんか？」

ああ、本当にそんな子供がいたのなら俺は手助けしたいと思うかもしれないな。大人は子供を助けるもんだ。しかし、今の俺は非常に嫌な予感に襲われている。そこで俺はある質問を恐る恐るサリーにする事にした。

「なあサリー。その子供なんだけどさ、喋り方ってどんな感じだった？」

「喋り方ですか。そう言えば、少し古臭いような気がしましたね。私のおばあちゃんのような喋り方だったと思います」

おいおいおい、これはもう確定なんじゃないのか!?

「あ、ありがとなサリー。じゃあ俺は部屋に戻るとするよ」

そうサリーに言い残し、俺は階段を昇り二階へ向かう。

そしていつもの俺の部屋ではなく、その隣の部屋の扉を叩きながら。

「すいません、誰かいらっしゃいますでしょうか」

そう声をかけると返事はすぐにきた。

「うむ、その声はユーマか。入ってええぞ」

ああ、この声は確定ですね。

俺は恐る恐る扉を開け中にいる人物の顔を確認する。するとそこにいたのは。

「あれ、そんなまさか」

嘘だろ? 声を聴く限り間違いなくミナリスさんだったはずだ。

しかし、今俺の目の前にいる少女は、髪は緑髪、目もかなりおっとりとしていて、極め付けに耳がとがっていない。どういう事なんだこれは。俺がそんな事を考えていると。

「ふむ、困惑しておるようじゃの。まぁ無理はないの。だがユーマよ。お主なら真実が見えるはずじゃぞ。サイクロプスを単独で倒せる実力を持っているお主ならのう。よく目を凝らして見てみるがよい」

この少女は一体何を言っているのだろうか。そう疑問が湧いて来るがとりあえず言う通りにしてみる事にした。その少女の事を改めて目を凝らして見てみるとそこにいたのは。

「……ミナリスさん？」

そう、すでに俺の目の前にいた少女の姿は先ほどまでの少女とは違い、つい先ほどギルドで見たばかりの、ミナリスさんの姿になっていた。

「これは、まさか幻覚の類ですか？」

俺のその呟きにミナリスさんは満足そうに頷き。

「うむ、正解じゃ。よう分かったのう」

なるほど、どうやらミナリスさんは自身に幻覚をかけ、姿を変えていたというわけか。

「ミナリスさん、なぜこのような事を？」

「まあお主は知らんだろうが、わしはこれでも有名人でのう。普段の姿だと、どうしても周りが騒いでうっとおしいのじゃ」

ああ、確かにギルドでは大騒ぎになっていたな。

「お主と会ったお陰で、しばらくこの街に滞在することにしたからの。それでのんびり生活をするために幻覚魔法で姿を偽る事にしようとしたわけじゃ。まあさすがに声までは変えれんがの。それと、ある一定以上の実力を持っておる者にもこの魔法は通用せん。もっとも、この街でわしの幻覚魔法が通用しないのはお主と、ギリギリでグレンくらいのもんじゃな」

なるほど、大体の理由は理解した。確かに普通に生活しているだけなのに、いちいち騒がれていたんじゃうっとおしいだろうからな。

「ふむ、大体理解できました。では早速質問なのですが、なぜわざわざこの宿に泊まることにしたんです？　ミナリスさんならもっと豪華な宿に泊まることもできたはずですけど」

俺がそう質問すると、ミナリスさんはニヤっと笑いながら。

「ふふ、そんなもん、お主を近くで見るために決まっておろうが。わしが今、興味あるのはお主だけだからの」

うわ、めっちゃ目をつけられてるな。

しかしいくら大侵攻を一人で止めたからって、ここまで興味を持たれるのはおかしくないだろうか。

少し怖いが質問してみる事に。

「あの、俺に興味を持ってもらうのは嬉しいのですが、なぜそこまで？　やはり俺が大侵攻を止めたからでしょうか？」

「ふむ、たしかにそれもある。だがそれよりも、もっと気になる事があってのう……」

そう言いながら、ミナリスさんは笑みを深くする。やはり見た目は普通の少女なだけあって、笑った姿などは非常に可愛らしく見えるな。

しかし、今はその笑みが少しだけ怖く質問の答えを聞くのが戸惑われる。だが、どうせここまで聞いてしまったのだ。もう最後まで聞かせてもらおうじゃないか。

「もっと気になる事、とは？」

俺がそう聞くと、さっきまで笑っていたミナリスさんの顔は一瞬で真面目そのものの顔になり、質問に答えてくれた。

「お主、おそらくじゃがこの世界の人間ではないな？」

ああ、ギルドで話をしている時からやばいかなと感じてはいたが、やはり俺がこの世界の人間じゃないと気づかれてしまっていたようだ。

「すいません、いつからばれていたのか聞かせてもらっても？」

「そうじゃな、理由は二つある。まず一つ目じゃが、お主、わしにエルフとハイエルフの違いについて聞いてきたな。ギルドでも言ったが、この世界では知らない者はほとんどいない情報なんじゃよ。特にグレースから聞いた限りお主は二十五歳。それだけ生きておって知らんというのは少しばかり不自然すぎたのう」

なんだグレースさんが俺の年をばらしたせいだったのか！……などという冗談は置いといて、失敗したな。そう思っていると、さらにミナリスさんは話を続けていく。

「そして二つ目じゃが、この世界にお主のような黒髪黒目の人間はまずおらん。わしは数百年生きておるが、お主と同じ黒髪黒目の人間はたった一人しか知らんからのう」

そうか、今まで特に気にした事なかったが、俺のこの外見はこの世界では非常に珍しいみたいだ。なんせミナリスさんのように数百年以上生きてる人が、たった一人しか知らないんだもんな。

いや、ちょっと待ってくれ。

数百年を生きるミナリスさんが知る、たった一人の黒髪黒目の人物。

まさか、もしかして……。

「うむ、気づいたようじゃな。そう、わしはお主のようにこの世界の外からやってきた人間を一人だけ知っておる」

「その人の、名前を聞いても？」

「その人物の名前は、クロダ・リュウノスケ」

クロダ・リュウノスケ……。

間違いない。ミナリスさんが数百年の時を生きてきて、唯一出会った黒髪黒目の人物は、俺と同じ日本人だ。

「お主のその反応から察するに、クロダ・リュウノスケという名前に心当たりでもあるのかの？」

「……はい。おそらくですが、ミナリスさんの言っている人物、クロダ・リュウノスケさんは俺と同じ世界から人物だと思います。一応聞いておきますが、ミナリスさんがクロダさんと出会ったのは何年くらい前なのでしょうか？」

もしかしたら、クロダさんはまだ生きている可能性がある。

しかし、そんな俺の希望はミナリスさんの言葉にあっさりと打ち砕かれる事に。

「うむ、わしがクロダと出会ったのは、今から百五十年ほど前の事じゃな」

「百五十年ですか。それならクロダさんはすでに……」

「うむ、わしも直接確認したわけではないが、すでに亡くなっておる」

そっか。まあ仕方ない事だよな。普通の人間が百五十年以上生きられるはずがない。

「ミナリスさん、クロダさんはどういった人物だったのでしょうか？」

「クロダか。色々と愉快なやつじゃったぞ。楽しい事や人を笑わせる事が大好きで、いつも大勢の人達に囲まれておったよ。ずっと昔にクロダがエルフの里に滞在しておった時期があってのう。エルフという種族は普通は人間に敵対心があるのじゃが、クロダにだけは心を開いておった」

「なるほど、クロダさんは随分と明るい性格だったのですね」

「そうじゃな。しかし、わしにはクロダはどこか無理して明るく振る舞っておるようにも見えた」

「無理して明るく振る舞っていた、とは？」

「あやつがエルフの里に滞在しておった時のことじゃ。みなで酒を飲む機会があっての。あやつ、なぜか酒だけには弱く、酒に酔ったあやつはよく愚痴をこぼしていたよ。日本に帰りたい……とな」

「日本に帰りたい。ですか」

「そう言っておったよ。その当時わし達はまだ、クロダがこの世界の人間ではない事など知らなかったからの。少し遠くの故郷に帰りたいだけだと軽く考えておった。真実を知ったのはそれから数十年後じゃった。おそらく日本とはお主やクロダのおった世界のことじゃろ？」

「はい。俺たちが暮らしていた国の名前です」

しかし、だとしたらクロダさんは、この世界に来てからずっと日本に帰りたいと願いながら死んでいったのだろうか。もしそうだとしたら、悲しすぎるじゃないか……。

この時の俺はよっぽどひどい顔をしていたのだろう。そんな俺を見かねてミナリスさんが。

「ユーマよ、心配するでない。クロダの最期は笑顔だったそうだ。なぜだか分かるか？」

「い、いいえ。俺には分かりません」

「家族ができたのじゃよ。冒険者の女性と恋をして、結婚し、子供が生まれ、そして最期は家族に見守られ安らかに息を引き取った。流石に故郷への未練がすべてなくなったとは思わんが、それでも最期は幸せそうだったそうじゃ」

「……そうですか。それならよかった」

ミナリスさんの言葉を聞き、俺はホッと胸をなでおろした。そうか、クロダさんはちゃんとこの世界で幸せを掴めたんだな。

クロダさんは俺と同じ境遇の日本人なので、どうしてもいつも以上に感情移入してしまうな。俺がそう思っているとミナリスさんが。

「ユーマ、お主の方はどうなんじゃ？」

「俺ですか？」

「ユーマはクロダと同じ世界からこちらにやってきたんじゃろ？　なら元の世界に戻りたいとは思わんのか？」

元の世界に帰りたくないのか。そう質問され俺は一瞬固まってしまう。

「俺は、元の世界に帰りたいとは特に思っていませんね。すでにこちらの世界で大切な人達もできましたから。ただ……」

「うむ、心残りがあるんじゃな」

ふう、流石は数百年を生きてる人だな。俺の考えなどお見通しって事か。

「俺は元の世界では中々の親不孝者でした。俺の知らないところでも両親には沢山迷惑をかけてきたと思います。数えきれないほどに」

俺の話をミナリスさんは黙って聞いてくれる。それが少しだけ有りがたい。

「その事について、本当に今更ですが一言謝りたいんです。そして俺はこっちの世界で元気にやっていると伝えたい。それだけなんです」

俺の話がすべて終わると、ミナリスさんがゆっくりと喋り始めた。

「そうか、お主のやりたい事が理解した。だが、それを実行するにはとんでもない力がいる。それはもはや神の領域と言っても差し支えない力。おそらく、この世界の存在しておるどんな魔法を使ったとしても不可能に近いじゃろう」

「そうですよね……」

厳しい現実に俺が顔を俯かせていると、ミナリスさんが俺の肩に手を置いて。

「諦めるのはまだ早いぞ。本当に存在しておるかどうかも分からんが、一つだけお主のやりたい事を実現できる魔法がある」

沈みかけていた俺の心に、希望の光が灯る。

まさか、そんな事ができる魔法がこの世界に存在しているのか!?

「ミナリスさん、その魔法とは？」

「古代魔法（エンシェント・スペル）、これがお主のやろうとしている事を実現できるかもしれん唯一の魔法の名じゃよ」

「……古代魔法？」

「うむ、今の時代には存在しないと言われておる魔法じゃ。伝承によれば、その発動には優秀な魔術師数十人クラスの魔力が必要と言われておる。少なくとも、わし程度の魔力はないと話にならんじゃろうな。しかしその効果は凄まじく神の如き力を発揮する、かもしれないと言われておる」

なんか最後で少し不安になったぞ。しかし、希望は見えた！

「まあ本当に今の時代に存在しておるかどうかも怪しいがの。だが探してみる価値があるじゃろう。おそらくこの魔法でしかお主の望みをかなえる事が不可能だろうからのう」

「そうですね。ちなみにミナリスさん。この世界での優秀な魔術師って、魔力をどれくらい持っているのでしょうか？」

「そうじゃな。大体150～200が平均といったところじゃの」

あれ、思っていたよりもずっと少ないな。ていうか、その話が本当なら、今の俺でも優秀な魔術師の三倍以上の魔力を持ってるって事かよ。

これは古代魔法を発動するだけならレベルさえ上げれば問題なさそうだな。しばらくはレベル上げを優先にやっていくとするか。

「なるほど、ではレベル上げと並行して古代魔法の調査もしてみる事にします。ミナリスさん、貴重な情報をありがとうございました」

そうしてミナリスさんに頭を下げると。

「よいよい、若者の手助けをするのは年寄の役目じゃからのう」

そう言ってミナリスさんは得意げな顔でこちらを見る。まるでドヤ顔だ。

ミナリスさんにそのつもりはないのだろうが、見た目が少女なだけに、その姿は非常に可愛らしかった。くっロリババア恐るべしだな。

「では自分はこれで失礼して夕食を食べに行きますね。ミナリスさんもご一緒にどうですか？」

「いや、わしは今日は遠慮しておく事にしよう。それとわしが幻覚で姿を偽っているときは、わしの事はミリスと呼ぶがいい。そのままミナリスと呼ばれてはすぐにばれてしまうからのう」

「分かりました。では失礼しますね」

そう言い残し俺はミナリスさんの部屋から出ていく。


そしてその後、俺はいつものようにイグルと夕食を食べていた。その時にイグルが。

「なあユーマ、噂で聞いたんだけどよ、お前の隣の部屋にすっげえ可愛い子が入ってきたらしいじゃねえか。その話本当かよ⁉」

「ん、ああ。確かに見た目は非常に可愛らしいな」

「うおお、まじな話だったのかよ！　やっべー、今度見かけたら声かけてみっかな」

「イグル、悪い事は言わん、あの子だけはやめておいた方がいいぞ」

「ん、そんな事いうなんてどうしたよユーマ。あ、もしかしてお前その子に惚れちまったんじゃねえだろうな。いいのかいいのか、サリーちゃんに言いつけてやるぞ〜」

やばい、少しウザいぞイグル君。

こいつは少し痛い目にあった方がいいかもしれない。

「いや、そんなわけじゃないさ。今の話は気にしないでくれ。どんどん声をかけていくといい。お前ならいけるかもしれないぞ」

「おお、じゃあ早速夕食終わったら、挨拶しに行ってみるぜ！」

その言葉通りに、イグルは夕食を食べ終えると二階へと走って行った。あいつ、欲望に忠実だよな。そして俺が夕食を食べ終え二階へ上がっていくと。

「あらまあ。これは酷い」

そこには黒焦げとなったイグルが廊下に転がっていた。非常に無残な姿だ。

しかしこれは、炎に焼かれたって感じじゃないな。おそらくは、雷。二つ名から予想はしていたが、やはりミナリスさんが得意とする属性は雷か。

おっと、流石にこのままイグルを放置しておくと邪魔になりそうだな。そう考えイグルに軽～くヒールをかけてあげる事に。するとイグルはすぐに目を覚ました。

「よお、気がついたかイグル。ここに転がってたら他の客に迷惑だろうから早めに自分の部屋へ戻った方がいいぞ？」

俺が優しくそう告げると、イグルは勢いよく立ち上がり。

「そんな事よりユーマ、どうなってんだよ！　あの雷魔法の年寄口調、あの人、絶対にミナリス様だろ⁉　なんであんな人が姿まで変えてこんなところにいるんだよ！」

ほう、それだけの情報でミナリスさんだと気づいたのか。イグル君、中々鋭いね。

「さあな、俺にも理由は分からん。まあこれで正体は分かったんだ。これからはあまり無礼な態度はとらないほうが身のためだと思うぞ？」

「ああ、分かってるよ。はあ、あんな可愛い見た目なのに、中身はババアなんて酷いぜ……」

おいおい、大丈夫かイグルよ。

その言葉、もしミナリスさんに聞こえていたらまた黒焦げにされてしまうかもしれんぞ。

「イグル、女性に対してあまり失礼な事は言わない方がいいと思うぞ？」

「おっと、やべぇやべぇ。これからは気を付ける事にするぜ。さて、それじゃ俺は自分の部屋に戻るとするわ。またなユーマ」

そう言い残しイグルは自分の部屋に戻ろうとする。

しかし、去り際に何かを思い出したかのように振り返りながら言った。

「忘れてたぜ。怪我、回復してくれてありがとな。あれがなかったら今も動けてなかったぜ」

そう俺に礼を言い、イグルは今度こそ自分の部屋へと戻っていった。

さて、俺も今日は色々あった。そろそろ部屋に戻り寝るとしますかね。

そう考え部屋へと戻り、いつものようにベッドへ。

「ふう、今日も疲れたな」

大侵攻の後始末に、ミナリスさんとの邂逅。

次に俺と同じ日本人であるクロダさんについての話。そして最後に古代魔法か。

「ミナリスさんは存在しているかも怪しいと言っていたが、探す価値は十分にある」

まあもし見つけたとしても今の俺では使えはしない。しばらくはレベル上げが優先だろう。当面の目標はミナリスさんのステータスを鑑定で確認する事だな。

よし、新しい目標もできた。明日に備え今日は寝ることにしよう。そう考え目を瞑った。

【第五章】

「はあ、まさか日本にいた頃の夢を見るとは」

俺が異世界に来てから、日本にいた頃の夢を見るのはこれで二回目だ。

おそらく、ミナリスさんとクロダさんの話をしているうちに、無意識に日本の事を思い出していたのだろう。それが夢を見る切っ掛けになったと。

まあ夢の中だとしても、あの頃を思い出せただけでよかったとするか。

それにしても、あの頃は楽しかったな。まだ家族みんなで食卓を囲み、その日あった事を楽しく話して、本当に幸せな日々だった。

もし、あんな事件さえ起こらなければずっと続いていただろう日々。あの時、俺がもう少し家族の事を、父さんの事を考えていたのなら……。

「やめよう、もう終わってしまったことだ。今更どれだけ後悔しても、あの頃には戻れないんだ」

よし、気を取り直して起きるとしますかね。

ベッドから体を起こし軽くストレッチ。よし、今日も体に異常はなし。

そしてサリーが来る前に服を着て、軽く身だしなみを整える。

準備が終わり一息ついていると、廊下から声が。

「ユーマさん起きてますか？　そろそろ朝ごはんの時間なので食べに来てくださいね」

本当にサリーはいつも丁度いいタイミングで起こしに来てくれる。いつも不思議なほどにピッタリだ。そんな事を考えながら扉まで歩いて行き。

「おはようサリー。いつも起こしにきてもらってわるいね」

うん、今日もサリーは可愛い。そう思いながらサリーの顔を見ていると、急にサリーの表情が曇(くも)ってしまう。しまった、可愛いからといって直視しすぎたか。

「サリーすまん。可愛かったのでつい見惚れてしまった」

俺が割と真剣に謝罪すると、なぜかサリーは恥ずかしそうな表情で。

「か、可愛い⁉　あ、ありがとうございます！」

あれ、お礼を言われてしまったぞ。サリーは怒っていたんじゃないのか。

「なあサリー、俺が顔をじろじろ見るから怒っていたんじゃないのか？」

「え、別に怒ってなんかいませんよ。ユーマさんに見られるのは嫌いじゃないですし、可愛いって言ってもらえたら凄く嬉しいです」

「それじゃ、さっきはなんで顔を曇らせていたんだ？」

「ユーマさん、気づいていないんですか？」

ん、何か俺におかしなところなんてあったか？

身だしなみもきちんとしているし何も問題はないように思えるのだが。

「ユーマさん、今日は凄く寂しそうな顔をしています。何かあったんでしょうか？」

俺が寂しそうな顔をしている？　そんな顔をしているつもりなどないのだが、もしそうだとしたら、思い当たる原因はあれしかないだろう。

「そんな顔をしていたのか、俺は」

「はい。みんなで以前、食卓を囲んでいた時のような顔でした」

おいおい、本当にサリーは勘が良すぎるだろ。

そう心の中で苦笑しながら、サリーへと返事をする事に。

「実はさ。故郷にいた頃の夢を見たんだ。それで少しだけ懐かしい気分になってただけだよ」

俺がそう言ってサリーを安心させようとしても、サリーはまだ少しだけ浮かない表情をしている。

参ったな、心配などかけるつもりはなかったのに。

俺はサリーの頭に優しく手を置きながら。

「サリー、確かに故郷の事は懐かしく思うし寂しい気持ちになったりもする。もし一人だったとしたら耐えられなかったかもしれない」

「ユーマさんは一人じゃないですよ！　私達がいます！」

「ああ、その通りだ。今の俺にはサリーやみんながいる。たまに寂しい気持ちになったとしても、みんなが俺を支えてくれる。だから大丈夫さ」

俺がそう告げると、サリーはやっと顔を上げてくれて。

「分かりました。けど、また寂しくなるような事があったら遠慮なく言ってくださいね。ユーマさんの周りには私や母さんやリサ、それにイグルさん達だっているんですから」

「分かった。その時は遠慮なく頼らせてもらう事にするよ」

「はい、約束ですからね。それでは私は今度こそ朝ごはんの準備に行ってきますので、ユーマさんも早く降りてきてくださいね」

そう言い残しサリーは食堂へと歩いて行く。

それにしても、まさかサリーにあんな事を言われるとはな。自分で考えていた以上に、俺はあの夢に影響を受けていたようだ。

「これ以上、サリーに心配をかけるわけにはいかない。よし、気合い入れて行くとするか！」

俺は気合いを入れるため、かなりの力で頬を引っ叩く。その結果は。

「いってえええええええ!!」

めちゃくちゃ痛かった。レベルが上がって力も上昇しているのを忘れていたな。だが、これで気合いは十分に入ったことだろう。今日も一日頑張れそうだ。

ちなみにこの後、ミナリスさんにうるさいわと言われ、電撃を食らいそうになったのは内緒だ。

その後、いつものように食堂でイグルと朝食を食べていると。

「なあユーマ、少し前、お前の叫び声みたいなのが聞こえたんだが大丈夫か？　まさか、お前もミナリスさんに手を出そうとして電撃を食らったわけじゃ」

「お前と一緒にするなよ。少し自分に気合いを入れようと思って、かなり力を入れて頬を引っ叩いたら予想以上に痛くてああなった。それだけだ」

「はは、まじかよ！　お前にもそんなドジなとこあったんだな！」

そう言いながらイグルはこちらを指差し大笑いしている。

うむ、またもや少しうざいぞイグル君。これはミナリスさんにお願いして、もう一回電撃を食らわせてあげる必要があるかもしれないな。

そんな事を考えていると、イグルは少し申し訳なさそうに言った。

「おい顔が怖いぜユーマ。笑っちまったことについては謝るからよ。悪かったって」

「ふ、まあ許してやるかな」

「そんならよかったぜ。お前を怒らせると何されるか分かったもんじゃねえからな」

そんな事を適当に話しながら、朝飯を食べていく。うむ、うまい。やはりサリーの作った朝ごはんは最高だ。これを食べて初めて一日が始まるって実感するな。

「そういやよユーマ。おめえ今日はギルド行くんか？　もし行くなら一緒に行かねえか？　駆除作戦の報酬ももらわなきゃだからな」

ああ、そういえば駆除作戦の報酬をまだもらってなかったな。すっかり忘れていたよ。

しかし、確かに大量の魔物を倒す事には成功したが、あの人数で分けるとなると大した額にはならないだろうな。まあもらえるもんはもらっておく事にするか。

「そうだな。俺も一緒にギルドに行く事にするよ」

「よっしゃ。じゃあ朝飯食ったら早速ギルドに行くとしますか」

そして数分後、俺とイグルは朝飯を見事完食し、ジニアを出てギルドへ向かっていた。

それにしても、相変わらずこの辺は人が多いな。そう思いながら歩いている人達を見ていると、いつもと少しだけ違う点に気付く事に。

「なあイグル、なんか変わった服を着ている人達が多くないか？」

まるで、学生が着る制服のような。

「あれなら多分だが、魔法学園の生徒達だと思うぜ。俺も詳しくは知らねえんだけどな、この時期になると一気に多くなるんだよ」

ほう、あの制服を着ている人達はすべて魔法学園の生徒か。

なるほど、確かによく見てみれば、杖のような物を持っている人が多いな。

そうだ、魔法学園と言えば、古代魔法の情報があるかもしれない。暇なときにでも行ってみるとするか。幸い学園長であるアルベルトさんとは知り合いなわけだしな。

そんな事を考えながら歩くこと数分、俺たち無事ギルドに到着し、扉を開け中に入っていく。すると中にはそれなりの人数がいて。

「よし、じゃあ早速駆除作戦の報酬をもらいにいくとしようぜ」

「そうだな」

そう言葉を交わし、俺とイグルはメルさんの元へと歩いて行き。

「あら、いらっしゃいユーマ君とイグルさん。今日は何の用事かしら？」

「やっほーメルちゃん。今日はユーマと一緒に駆除作戦の報酬をもらいにきたぜ」

「ああ、そういえば二人とも駆除作戦成功の立役者だったわね。ギルドマスターがあなた達の事を絶賛してたわよ。じゃあ少しだけ待っててね。報酬持ってくるから」

そう言い残しメルさんは受付の奥へと歩いていった。

メルさんが戻ってくるまで暇だな。そう思い周囲を見渡してみると。

「イグル見てみろよ。三つの森への進入禁止の張り紙がなくなってる」

「お、まじじゃねえか。これでようやくオーガス森林での狩りを再開できる。久しぶりにオーク退治に行くとするぜ」

「よかったな。俺も今日はゴルド森林で狩りでもするとしようかね」

そんな話をしているうちにメルさんが戻ってきて。

「お待たせ。はい、これが駆除作戦の報酬の金貨一枚よ」

ほう、あの人数で山分けしたにしてはかなりの金額だな。

イグルも同じような事を思ったようで。

「へえ、あの人数にしては結構もらえたな。正直銀貨数枚だと思ってたぜ」

「そうね、魔物の数が多かったのもそうだけど、コカトリスが二匹いたのが大きかったわね」

「なるほどね。よし、これで用事は終わりだな。じゃあユーマ、俺は適当な依頼見つけてオーガス森林に行くことにするけどよ、お前はどうする?」

「ああ、俺もゴルド森林の依頼を探しにいくとするよ」

俺とイグルは依頼掲示板へと向かう。

そしてゴルド森林での依頼がないか探していると、一つだけ気になる依頼が。

「Aランク依頼、ゴールデンラビッツの討伐か」

俺が依頼内容を呟くと、隣にいたイグルが真剣な顔で言った。

「ユーマ、その依頼はやめておいたほうがいいと思うぜ」

「どうしてだ？」

「その依頼の魔物、ゴールデンラビッツだけどな。実際強さはそれほどじゃねえんだ。多分まともにやりあったらゴブリンにも負けるくらいじゃねえかな」

ほう、それは確かに弱い。だがこれで終わりじゃないはずだ。そんな弱い魔物がAランクの討伐目標になるわけがないからな。

「で、問題点だが、まずこいつは異常なほど臆病なんだよ。さらに厄介なのがこいつのスピードだ。俺も少し見ただけだからはっきりとは言えないが、お前よりも速いと思うぜ。まあここまで説明したら分かるとは思うが、こいつは異常なほど倒しにくい魔物なんだよ」

なるほどな、確かにAランクも納得の厄介さだ。

まあ俺なら倒せるとは思うが、わざわざ厄介な依頼を受ける事もないか。残念だがこの依頼は受けない事に。

「まあ倒しさえすれば素材も高く売れるし、経験値もめちゃくちゃもらえるからメリットもあるんだけどな」

前言撤回。この依頼は絶対に受ける。

「イグル君。俺はこの依頼受けることにするよ」

「まじで⁉　俺の話ちゃんと聞いてたか？」

「勿論だ。だが人は時に無謀と分かっていても挑戦しなければいけない時もあるもんさ。じゃあ俺は依頼を受けてゴルド森林に行ってくるよ」

イグルにそう言い残し、俺は依頼書を持ちメルさんの元へ。

「メルさん、今日はこの依頼を受けようと思います」

俺が依頼書を出すとメルさんは少し驚き。

「ユーマ君本気？　この依頼はここ最近まったく達成した者はいない超難関依頼よ。それでもやるの？」

「勿論ですよ！」

「そ、そう。なんか何時にもまして張り切ってるわね。まあいいわ、ユーマ君が受けると言うなら止める事はできない。頑張ってね」

「はい。必ず仕留めてみせますよ」

そうメルさんに言い残し、俺は意気揚々とギルドを出ていく。ふふ、これで大量の経験値はゲットしたも同然だ。なんせ俺には気配遮断という素晴らしいスキルがあるからな。

そんな事を心の中で考えながら、ゴルド森林へ向け歩き出す。


ギルドを出てから数分後、俺は門の前にいた。

そしていつもの門番さんと。

「おや、また依頼ですか。最近のユーマ様は少し働き過ぎのように思えます。少しばかり休息をとってもよろしいのでは？」

「心配してくださってありがとうございます。けど大丈夫です。これでも体力には少々自信がありますので。おそらく二～三日程度なら戦い続けれるくらい元気です」

「ふむ、それは素晴らしい。やはりその辺は若さという事でしょうか」

「まあ俺はもう二十五歳なので若いかどうかは疑問ですけどね」

「いえいえ、私から見たらまだまだユーマ様はお若いですよ」

その後も門番さんと少し話を続けて。

「おっと、長い事お引き留めしてしまい申し訳ありませんでした。ではユーマ様、どうかお気をつけて行ってらっしゃいませ」

「はい、行ってきますね」

よし、行くとするか。

俺はゴルド森林に向け、全速力で走り出した。

「おお、やっぱり一人だとスピードも段違いに速いな。これならゴルド森林くらい一瞬で着いてしまいそうだ」

そのまま走り続けて数分後、無事にゴルド森林の入り口へと到着した。

「よし、到着だ。流石に一瞬は言いすぎだったが、おそらく五分もかかっていないんじゃないだろうか。恐ろしい速さだ」

しかし、俺でこの速さならミナリスさんはもっと速いんだろうな。

まあミナリスさんは見た目だけだと普通の少女なので、あの姿で猛スピードで走っているのを想像すると少しだけアンバランスだな。

「まあそんな事はどうでもいいか。早速ゴールデンラビッツを探すとしよう」

そうして俺はゴルド森林の中へと入っていく。

すると入ってすぐ魔物の気配を感じ取り、そちらの方向に目を向けると。

「残念、はずれだ」

そこにいたのは以前、かなりの量を倒したホブゴブリンであった。

うーん、こいつは倒してもほとんど経験値もらえないんだよな。

まあ倒さないのもあれだし、塵も積もれば山となるという言葉もあるんだ。倒すとしよう。

そうして俺はアイテムボックスから武器を取り出そうとするが。

「いや、まてよ。こいつなら素手での戦闘の練習に丁度いいんじゃないか。強すぎず、弱すぎず。

よし、こいつは素手で潰そう」

この前は足技で決めたので、今回は手技で倒してみるか。

練習だからな、気配遮断も使わないでおこう。そう決めた俺はホブゴブリンの真正面に立つ。

すると当然ホブゴブリンは俺の存在に気付き、俺に向かって走ってくる。おそらく、両手で持っている大きなこん棒を俺に振り下ろすつもりなのだろう。

攻撃が当たりそうな位置までやってくると、こん棒を振りかぶり攻撃の準備をする。

しかし、今の俺にはホブゴブリンの一連の行動が止まって見えるほどに遅く感じていた。

必死な形相でこん棒を振りかぶっている今の姿も、隙だらけすぎてあくびが出てきそうなくらいだ。

まあいい、自ら隙を作ってくれているんだ。遠慮なく攻撃させてもらうとしますかね。

「せや!!」

こん棒を振りかぶり無防備になっている腹部へと、空手の正拳突きのような攻撃を放つ。

まあ当然空手などやった事はないので、ただの力任せの突きなんだが、それでも威力は十分だったようで。

「ギャアアアアアアアア」

俺の放った突きはホブゴブリンの腹部を易々と貫通し、ホブゴブリンを死に至らしめた。

「ほう適当に放った突きだったんだが、かなりの威力だな」

よし、それじゃ次の獲物を探すとしますか。

「お、またホブゴブリンか。よし、今度は首狙いでいってみるか」

そう決めた俺は静かにホブゴブリンの背後へと近づく。

そして首の頸椎(けいつい)辺りを掴み、そのまま頸椎を折ろうと力を入れる。

すると次の瞬間、ホブゴブリンは叫び声をあげる暇すらなく、一瞬で息絶える事に。

上手くいったようだ。そう思いホブゴブリンの亡骸を見てみる。

すると、そこにあったのは首のほとんどが失われているホブゴブリンの姿だった。

どうやら頸椎を折るだけのつもりが、勢い余って首の八割ほどを一緒に握りつぶしてしまったらしい。

道理で少し変な感触だと思ったわけだ。それにしてもこれは……。

「まじかよ、ちょっと頸椎を折ろうとしただけだぞ。それでこれってやばくないか」

まあ、今の俺ってサイクロプスと同じような筋力なんだよな。

そう考えたらホブゴブリンの首くらい握りつぶせても何ら不自然ではない。

問題なのは、ホブゴブリンの頸椎を折るだけのつもりが、握りつぶす結果になったって事だ。

つまり、今の俺は力の制御が不安定ってわけだ。これは早めに慣れるしかないな。

とりあえず、これから人と接する時は気を付けるようにしよう。うっかり握手でもして相手の手を握りつぶしたなんて事になったら大変だ。

「よし、気を取り直してゴールデンラビッツ探しを再開するとするか」

俺は出会った魔物を適当に素手で葬りながら、ゴールデンラビッツの捜索を続けていった。

そして数時間後、今日は諦めて帰ろうと考えていたその時、俺はやっと目的の魔物を発見する事に成功した。

おお、あれがおそらくゴールデンラビッツ。

見た目はほとんどラビッツと同じようなもんだが色が違う。名前通りにこいつの体は金色だ。

よし、じゃあ早速やるとしますか。気配遮断を発動しデーモンリッパーを取り出す。

準備万端だ。覚悟しろよゴールデンラビッツ。

俺は一気にゴールデンラビッツの背後まで接近し、デーモンリッパーに魔力を込める。

そのままゴールデンラビッツの首元へデーモンリッパーを振り下ろし、見事ゴールデンラビッツの首を落とす事に成功した。

「よし、やったぞ！」

討伐完了だ。やはり気配遮断を使える俺にとってこいつは絶好の獲物のようだ。

おっと、まずはステータスの確認だな。レベルはどうなっているか。

「ステータスオープン」

佐藤悠馬Ｌｖ１９２
ＨＰ１３００／１３００　ＭＰ７８０／７８０
力５８０　体力５８０　素早さ３４０　幸運１１５０
【スキル】
経験値20倍　スキル経験値20倍　鑑定Ｌｖ10　気配遮断Ｌｖ９　気配察知Ｌｖ３　短剣術Ｌｖ７　魔力操作Ｌｖ４　火魔法Ｌｖ３　水魔法Ｌｖ１　風魔法Ｌｖ１　回復魔法Ｌｖ４　毒抵抗Ｌｖ５　麻痺抵抗Ｌｖ１　料理Ｌｖ１　アイテムボックスＬｖ５　話術Ｌｖ３　投擲Ｌｖ１　格闘術Ｌｖ２
【称号】
異世界転移者　引きこもり　ラビッツハンター　駆け出し魔法使い　駆け出し料理人　駆け出し武闘家　むっつりスケベ　首狩り　天然たらし　街の救世主

凄いな、前に見た時より40近くレベルが上がっている。

ゴールデンラビッツ、たった一体でなんて経験値の量なんだ。

さて、能力を見ていくか。まず体力と筋力は完全にサイクロプスを上回った。今ならサイクロプスにも素手で勝てたりしてな。まあ流石に無茶かな。

次に素早さ、これも３００を超えて来たな。他と比べたら低いが中々の数値だ。

そして幸運だが、こいつついよいよ１０００を超えてきやがった。この世界に来てから色々上手くやってこれたのも、この幸運のお陰なのかもしれないな。

次にスキルだが、よし狙い通り格闘術のスキルが増えている。

しかもだ、早くもレベルが2に上がっている。いいぞ、これは嬉しい誤算だ。

これからも弱い敵には極力素手で相手をして、スキルレベルを上げていくとしよう。

最後に称号だが、駆け出し武闘家が増えているな。

うむ、予想以上の結果だったな。

まさかたった一匹倒しただけでこれだけ上がるとは。こうなると明日からもゴルド森林に通う事になりそうだ。

せめてミナリスさんのステータスが見えるようになるまでは、ここでゴールデンラビッツ狩りの日々になるだろう。

さて、このまま狩りを続けたいところではあるが、流石にもう時間がやばいね。

せめて日が落ちるまでには帰りたい。そろそろ撤収するとしよう。

その後、数分ほどでゴルド森林を脱出し、フロックスに向け走って行った。


ゴルド森林を出て数十秒後、俺はフロックスに向け全速力で走っていた。すると、一つの違和感に気付くことに。

「ふむ、明らかに走るスピードが上がっている。それもかなりだ」

そう、俺の走るスピードは行きと比べて段違いに上がっていた。この調子ならフロックスまで三分とかからないだろう。

しかし、いきなりレベルが40も上がると、流石にかなりの違和感があるな。

そういえば素早さが上がったという事は、力や体力も更に上がってしまったという事だよな。

体力はどれだけ上がっても問題ないんだが、力は少しだけ不安だ。

なんせ今の俺の力はサイクロプスを上回る。

少し力を入れただけで周りの物を壊さないとも限らない。早く慣れないとな。

そんな事を考えているうちに、あっという間にフロックスへと到着した。

そしていつもの門番さんが驚きの困った表情で話しかけてくる。

「お帰りなさいませユーマ様。それにしても、いつ見ても凄まじい速さですね。私も長年門番をやっておりますが、その速さで走れる人間などほとんど見たことありません」

ふむ、ほとんど見たことがないか。

つまりはこの速さで走れる人間を少しは知っているという事か。やはり世界は広いな。

「はは、依頼が無事に成功したもんですから、少し張り切って思いっきり走ってきました」

「おお、それならば無事にゴールデンラビッツを仕留める事ができたのですね。おめでとうございます」

「ありがとうございます。いや、中々見つからなくて苦労しましたよ」

「それは仕方ない事でしょうな。ゴールデンラビッツは見つける事も難しいとされている魔物です。むしろユーマ様の様に一日で見つけることができたのは非常に運のよい事かと」

一日で見つけられたのは運がよかったたか。

これもやはり幸運の数値が高いお陰なのかもしれないな。

「なるほど、確かに自分は運がよかったようです。さて、それでは自分はギルドに向かいますので、これで失礼しますね」

そう門番さんに言い残し俺はフロックスへと入っていく。

まずはギルドへ依頼達成の報告に行かないとな。そう考えギルドに向け歩き出す。

そして歩き始めて数分後、ギルドへ到着して中へと入っていく。

「アニキ、帰ってきたんですね！」

そう言いながらこちらに向かってくるのはマルブタだ。

俺がギルドに入ってきて瞬時に近寄って来るとは、相変わらず俊敏な動きだ。

「アニキ、今日はゴールデンラビッツの依頼だったらしいですけど、その様子だと?」

「ああ、無事依頼は成功だ」

「おおお、流石はアニキっす。凄いっす。最高っす!」

俺の依頼成功をまるで自分の事かのように喜んでくれるマルブタ。

それ自体は非常に微笑ましいのだが、もう少し静かにできないものだろうか。

まあ注意しても無理だろうから何も言わないけどね。

「ありがとなマルブタ。そういやお前は今日何をやってたんだ? ギルドにいるって事はどこかに依頼に行っていたのか?」

「俺ですか? 今日は新人の冒険者に狩りのやり方を教えてました!」

なんだと? あのマルブタがタダで新人の面倒を見るなんて信じられない。

まさかお金でももらっているのか。いくらもらうつもりだこのブタ野郎め!

さて、冗談はこれくらいにしておいてだ。

変わったなマルブタ。最初に絡んできた時は単なるチンピラみたいなやつだったのに。

イグルの話では一日目の駆除作戦でも味方を庇いながら戦ったと聞いているし、マルブタも本当に頑張っているんだなと実感する。

残念ながら、今だにマルブタの事を顔だけで判断する冒険者も少なくない。

それでも、駆除作戦に参加した冒険者などは少しずつマルブタに好意的になってきている。

「なあマルブタ。この先もその調子で頑張れよ。そしたら、いつかきっと……」

いつかきっと、みんながお前の事を認めてくれるさ。

「うっす。アニキに言われたからにはこれまで以上に頑張っちゃいますよ！」

「まあほどほどにな。じゃあ俺はメルさんに依頼の報告してくるよ。またなマルブタ」

「はい、また今度っす！」

そうしてマルブタと別れ、メルさんの元へ歩いて行く。

「こんばんはメルさん。無事依頼を達成する事ができましたのでその報告に」

俺がそう告げると、メルさんは驚いているような呆れているような複雑な表情で。

「はあ、本当にユーマ君は非常識の塊ね。まさか一日で達成するとは思ってなかったわ」

「まあ運がよかったんですよ。それでも見つけるのにかなり苦労しましたけどね」

「運がよかったで済む話じゃないと思うんだけど。まあいいわ。おめでとうユーマ君。早速ゴールデンラビッツを見せてもらってもいいかしら」

俺はアイテムボックスからゴールデンラビッツを取り出し、メルさんへと渡す。

メルさんはゴールデンラビッツを珍しそうに見つめながら。

「間違いないわね。この金色に輝く体。本当に久しぶりに見たわ。じゃあ依頼は素材採取だからこれはこちらで預からせてもらうわね。依頼外の素材のお金は後日支払うわ」

「分かりました」

「それじゃ依頼の報奨金を渡すわね。はいこれ」

そうしてメルさんから渡された袋の中身をチラっと確認すると、そこにはかなりの量の金貨と数枚の白金貨が入っていた。流石はAランク依頼ってとこだな。

「ありがとうございました。では自分はこれで失礼します」

そうメルさんに言い残しギルドから出ていく。

さて、今日やる事はなくなったな。ジニアに帰るとしますかね。そう考えジニアへと歩き出す。

数分後、無事ジニアに到着して中へと入っていく。

「ユーマさんお帰りなさい。今日はいつもよりちょっと遅かったですね」

サリーがこちらに近寄ってきたので、俺はサリーの頭を撫でながら。

「ただいまサリー。今日は目的の魔物を見つけるのに手間取ってね。それで遅くなっただけさ」

「そうですか。怪我でもしてるんじゃないかって少し心配でしたけど、それならよかったです」

おっと、どうやらサリーに心配をかけてしまっていたようだ。

これからは遅くならないように気を付けないとな。

「ユーマさん、夕食はいつも通りの時間なので、あの、そろそろ手を」

「ああ、ごめんな」

ずっと頭を撫でたままだった。

サリーの頭から慌てて手をどけると、サリーは若干恥ずかしそうにしながら言った。

「い、いえ。ユーマさんに頭撫でられるのは凄く好きなので、本当はいつまでもやっててほしいんですが、夕食の準備があるので失礼しますね」

そう言い残しサリーは厨房へと戻っていった。

本当に可愛くていい子だよな。

さて、俺も部屋に戻るとするかな。そう考え部屋へと戻りベッドに横になる。

「ふう、やはりジニアに帰って来ると落ち着くな」

さて、夕食の時間までのんびりするとしますか。

そう思い目を瞑ると、ふとギルドでもマルブタの事を思い出す。

マルブタは、本当に自分を変えようと頑張っていた。

俺は頑張れなかったからな。マルブタにはこの先もあの調子で頑張って欲しいと心から思う。

もしマルブタに何か困った事でもあったら全力で手助けしよう。

はあ、自分でも気づかないうちに随分とマルブタに甘くなったもんだ。

まあ仕方ないよな。弟分を助けるのは兄貴分って昔から決まっているんだから。

そんな事を考えながら、夕食の時間までのんびりと過ごすのだった。


おっと、やばいやばい、少しだけ寝てしまっていたようだ。

外を見てみると、すでに暗くなっていた。

そろそろ夕食の時間だな。行くとしますかね。

そう思いベッドから立ち上がり、部屋を出て食堂へと歩いて行く。

そして階段を降り食堂へ入ると。

「おーい、こっちだユーマ。早く来てくれー!」

いつも通りのイグルの声が聞こえる。

しかし気のせいだろうか、いつもより若干だがイグルの声が震えているような気がするな。

なんでだろうと思いつつも、イグルの座っている席へと近づいていく。

するとそこにいたのはイグルだけではなく。

「ユーマ、昨日ぶりじゃのう」

小さくて遠くからじゃ見えなかったのだが、イグルの正面の席にはミナリスさんが座っていた。

なんでイグルと一緒にいるのかは知らんが、そりゃ声も震えるわな。

なんせ、昨日自分を黒焦げにした相手だもんな～。

とりあえず俺はミナリスさんの隣に席に腰を下ろして。

「ミナリ、じゃないミリスさんこんばんは。今日はちゃんと夕食を食べるのですね。それにしても、なんでイグルと一緒なんですか？」

「うむ、どうやらお主はこの変態小僧と一緒に夕食を取ることが多いと聞いての。ここで待っておったというわけじゃよ」

ん、変態小僧？　ああ、イグルの事か。

それにしてもイグルよ、お前昨日ミナリスさんに会ったばかりだよな。

いきなり変態小僧なんて呼ばれ方するって、一体何をやったんだよ。

そう思いイグルに疑問の目を向けていると、イグルは慌てて言い訳を。

「いやいや、ミナリス様、変態小僧ってのはやめてくださいよ！　ちょっと声をかけて手を握っただけじゃないですか！」

「ふむ、扉を開けていきなり手を握ってくる輩など変態小僧で十分だと思ったのじゃがな。まあええ、これからは小僧と呼んでやろう。それと、ここではわしの事はミリスと呼べ」

まじかよイグル、こんな見た目は少女なミナリスさんに手を出そうとするなんて、なんて見境のない変態なんだ。まあ相手が悪すぎたわけだが。

「そ、そういやよユーマ。お前は結局ゴールデンラビッツを倒す事はできたんかよ!?」

無理やりにでも話題を逸らそうとしているな。必死ですなイグル君。

しかし、イグルの話にミナリスさんも興味を持ったようで。

「ほう、ユーマは今日ゴールデンラビッツを倒しに行ったのか。あやつはわしでも数えるほどしか倒した事のない魔物じゃな。結果はどうだったんじゃ？」

「無事に倒す事はできましたよ。まあ時間はかなりかかりましたけどね」

「おお、流石はユーマだぜ」

「うむ、確かに大したもんじゃな。あやつをたった一日で倒すとは。よほど運がいいと見える。それとも、何か特別なスキルでも持っておるのかのう？」

おそらく最後に小さく呟いた言葉はイグルには聞こえていない。

しかし、隣に座っている俺にははっきりと聞こえていた。

ミナリスさんはじっとこちらを見つめている。これは俺が特別なスキルを持ってるって気付かれているな。

一体どこで気づかれたのだろうか。気になるので後で聞いてみるとするかな。

そんな事を話しているうちに、サリーが夕飯を持ってこちらにやってきた。

「ユーマさんとイグルさんと、今日はミリスちゃんも一緒なんですね。早速仲良くなってくれたみたいで嬉しいです！　ではこちらが今日の夕食です。ゆっくり食べてくださいね」

そうしてサリーは厨房へと戻っていった。

さて、夕食もきたことだし早速。

「ほう、これはうまそうじゃな。早速頂くとしよう」

「そうですね。食べるとしましょう」

その後、俺達三人はかなりの速度で夕食を食べ始める。

俺とイグルはいつもの事だが、意外だったのがミナリスさんだ。

見た目は少女なのに俺たちとほぼ変わらない速度で夕食を平らげていった。

相変わらずアンバランスだな。周りからも少し注目されている。

そして夕食を三人とも食べ終えると、まるで逃げるようにイグルは自分の部屋へと戻っていった。

あいつ、そんなにミナリスさんの事が怖かったのか。

「さて、わしも部屋に戻るとするかの」

そう言ってミナリスさんは席を立ち、自分の部屋へと戻っていった。

俺はサリーに夕食美味しかったとだけ伝え、ミナリスさんの部屋に向かう事に。

目的は当然、あの発言の真相を聞くためだ。

「ミナリスさん、少しよろしいでしょうか？」

「うむ、やはり来たか。入ってええぞ」

許可を得たので部屋の中へと入っていく。そして早速。

「ミナリスさん、いきなりですが聞かせてください。なぜ俺が特別なスキルを持っていると分かったのでしょうか？」

そう俺が質問すると、ミナリスさんはニヤリと笑いながら言った。

「ほほ、まだまだ若いのうユーマよ。わしは普通に質問しただけじゃというのに」

しまった、夕食の時はカマをかけていただけか。

流石は百五十年以上を生きているババアだ。油断も隙もあったもんじゃない。

まあ俺が単純すぎるというのも理由の一つだが。

はあ、もう言い逃れはできないよなこの状況。仕方ないな。

「確かに俺は少しばかり特殊なスキルを持っていますよ」

「うむ、やはりお主も持っておったか」

俺も？　もって事は俺の他にも特殊なスキルを持っている人がいたのだろうか。

まさか俺と同じような境遇の人がいるわけ。いや、一人いるじゃないか。

「クロダさん、ですか？」

「そうじゃ。あやつも特殊なスキルを持っておった。確か未来予知と呼んでおったかのう」

「未来予知ですか」

「そうじゃよ。あやつが言うには最大で数分先の未来まで何が起きるか分かると言っておった。まあ似たようなスキルに直感というものがあるが、それの超強化版といったところかのう」

「なるほど、それは便利そうなスキルだ」

そして直感なんてスキルも初めて聞いたな。

機会があれば是非とも会得したいスキルだ。

「さて、ではお主の持っておるスキルの事を聞かせてもらえるのかの？」

ミナリスさんにはお世話になったので教えたいところではある。

まあ教える事はできないんだけどな。

「すみませんミナリスさん。それはできません」

「うむ、まあそうじゃろうな」

あれ、思っていたよりもあっさりと引いてくれたな。

俺がそうして少し驚いていると、ミナリスさんは真面目な表情で言った。

「なんじゃ、わしが無理やりにでも聞き出すと思ったのかの？　流石にそんな事はせんよ。基本的にじゃが、自分の持っているスキルは余程信頼している人物以外には教えないもんじゃよ」

「それでは、なぜこのような事を？」

「まあわしは多少なりともお主の事情を知っておる。不用意にスキルの内容を喋るなと釘を刺すつもりだったわけじゃ。まあその必要はなかったようじゃがな」

なるほど、ミナリスさんは俺の事を心配してくれていたってわけか。

「ミナリスさん、俺の事を気にかけてくれてありがとうございます。これからも自分もスキルの事はできるだけ秘密にしておく事にしますね」

「それがいいじゃろうな。クロダも本当に信頼している数人にしかスキルの内容は喋らなかった。警戒しておいて損はないじゃろう」

「はい、心に留めておきます。それでは、自分はこの辺で失礼しますね」

最後にミナリスさんへこっそりとスキルを使い、部屋から出ていく。

そしてすぐ隣の自分の部屋へ入っていき、いつものようにベッドに横になる
「はあ、疲れた」

肉体的な疲れはあまりないが、精神的に疲れた気がする。

俺の事を心配してくれるミナリスさんには申し訳ないが、ミナリスさんと話すとどうにも緊張してしまい体力を使ってしまうんだよな。

「それにしても、やっぱりまだ無理だったか」

部屋を出るときにこっそり鑑定を発動したのだが、やはりミナリスさんのステータスを見る事はできなかった。

まあ仕方ないな。明日からもレベル上げ頑張るとしますか。

翌日、俺はゴルド森林の入り口に立っていた。

目的は昨日と同じくゴールデンラビッツ。そしてホブゴブリン五匹の討伐依頼だ。

正直なところ今の俺のレベルだと、フロックス周辺でまともに経験値を稼げるのはゴールデンラビッツくらいのもんだからな。

他のCランクやBランクの魔物でも少しは稼げるのだが、あまり効率はよろしくない。

せめてオークキングやゴリトリスなどAランクの魔物がいれば経験値も稼ぎやすいのだが。

まああんなのそうそういるはずがないし、いても困るよな。

さて、目的のゴールデンラビッツだが、今日も倒す事ができるだろうか。昨日は数時間をかけて倒せたのは一匹だけだったからな。

まあミナリスさんは一日で一匹倒せるだけで幸運だと言っていた。あまり期待はしないでおこう。

ふう、入り口でこんな事を考えていても無駄なだけだな。とっとと探しに行くとしますかね。

「よし、行くか」

俺はゴルド森林の中へと入っていった。

そして入り口から数分歩くと、目の前の草むらが激しく揺れる。何かいるな。

「ほう、早速ゴールデンラビッツか？」

まあ流石にそれはないか。期待させるだけさせておいてラビッツっていう落ちだろう。

そう思いながら一応近くの草むらに身を隠し、魔物が現れるのを待つことに。

そして数秒後、草むらから一匹の魔物が姿を現した。

その魔物は見た目はラビッツで色は金色。つまり、俺の探している獲物だった。

「いきなりか、やはり運がいいな……」

俺は急いで気配遮断を発動して、息をひそめる。

ばれてないよな？　そう思いゴールデンラビッツを見てみると、どうやら俺に気付いている様子はなく、周りの草をちまちま口へと運んでいた。

よし、どうやらやつはお食事タイムのようだ。今がチャンス。

その後、俺は昨日と同じ要領で見事ゴールデンラビッツを倒すことに成功した。

ふう、やはり気配遮断を使える俺にとって、こいつは最大のカモだ。いくら臆病で足が速いとはいっても、気づかれなければ問題はない。

幸先のいい出だしに頬を緩めながら、ゴールデンラビッツをアイテムボックスへとしまう。

「さて、レベルの方はどうなっているかな」

気になったのでステータスを確認してみると、30近くレベルが上がっている。

うむ、やはり経験値でこいつの右にでる魔物はいないな。美味すぎる。

さて、とりあえずの目標は達成したわけだがフロックスへ帰るには早すぎる。それにホブゴブリンの討伐依頼も終わっていない。二匹目を探すとしますか。

そう考え森の奥へと進んでいく。

しばらく歩くと数十体のホブゴブリンと遭遇したので、適当に素手で仕留めていく。

もはやホブゴブリン程度では俺の相手にはならない。なんせほんの少し力を入れただけの手刀で簡単に首が飛ぶんだからな。

そうしてホブゴブリンを殲滅しながら更に歩き続けていると。

「ん、こいつはたしかハイオークだったか」

目の前に以前にも戦った事のあるハイオークが現れる。

どうやら群れで行動しているわけではなく、こいつ一匹だけのようだ。

たしか、こいつの強さはオークとオークキングの中間程度だったな。丁度いい、ホブゴブリンじゃ少し物足りなかったところだ。

俺はハイオークに向かって挑発するように手招きをする。

その行動をハイオークが正確に理解したかは不明だが、ハイオークは大きな叫び声を上げながら、こちらに向かい突進してくる。

そして俺の目前まで迫ると、ハイオークはその大きな拳を振りかぶる。どうやらそのまま俺の顔面を殴るつもりのようだ。

それにしても、こいつの動き遅すぎるな。俺がその気なら、すでに数回は殺せているところだ。

まあ今回はあえて攻撃がくるのを待っているわけだが。

そしてハイオークはやっと振り上げた拳を俺の顔面へと放ってきた。

俺は首を少しだけ動かしその拳を避ける。そしてそのまま伸びきった腕を掴むと。

「せやあああ!!」

ハイオークを背負い投げの要領で地面へと叩きつける。

おお、格闘術のスキルのお陰だろうか。見よう見まねの技だったのだが、思いのほか上手く決まったような気がするな。

そして俺の背負い投げを食らったハイオークだが、体のあちこちが壊れ、背中は無残に裂け、すでに絶命しているようだった。

「うむ、割とグロイ感じになっているな」

見ていてあまり気持ちのいい物ではないので、さっさとアイテムボックスへと入れる。

そして二匹目のゴールデンラビッツ探しを再開するのだった。


それから数時間はゴールデンラビッツが現れる事は特になく、ホブゴブリンやハイオークを倒しながらのんびりと探索を続けていた。

「よし、今日はこれくらいにして早めに帰るとするかな」

すでに目的のゴールデンラビッツは一匹倒せたし、依頼は達成済み。たまには早く帰るとしますかね。そう思い森の出口へ向けて歩き出す。


数十分後、無事ゴルド森林から出て、フロックスに向け走り出す。

そしてすぐにフロックスに到着。いつもの門番さんに軽く挨拶し、門を抜け中に入っていく。

さて、とりあえず依頼の報告だな。そう思いギルドへ向けて歩き出す。

そしてギルドに到着して、中に入りメルさんの元へと向かう。

「こんにちはメルさん、依頼の報告にきました」

そう声をかけるとメルさんはなぜか少し驚いたような表情に。

今日は何もおかしな事はやっていないはずだが、どうしたのだろうか。

「珍しいわね、ユーマ君がこんなに早く帰ってくるなんて。ユーマ君の事だから日が落ちるギリギリまでは帰ってこないと思ってたわ」

なるほど、そういう方向で驚いていたわけね。

「まあ依頼も終わったので、たまには早めに帰ろうかなと思っただけですよ」

「良い心がけだと思うわ。ユーマ君は暇さえあれば戦ってるって感じだからね。たまにはゆっくりと休む事も大事だと思うわ」

俺って周りからはそんな感じに、戦闘中毒者みたいに思われていたのか……。

俺はただこの世界で安全に生きていくために、早めに強くなっておきたかっただけなのに。

なんせこの世界は大侵攻のような危機がいつ迫ってくるとも限らない。

そういう時のために強くなれるだけ強くなっておいたほうがいい、だから仕方なく戦っているだけで俺はまともなんだよ!!

そんな事を心の中で考えても当然メルさんに伝わるはずもなく。

「じゃあユーマ君。依頼の件のホブゴブリンの討伐証明を見せてもらってもいいかしら」

「あ、はい。これです」

アイテムボックスから五匹分のホブゴブリンの生首を取り出す。

「はい、たしかに確認したわ。これが依頼の報酬の金貨一枚ね」

俺はメルさんから報酬を受け取り背を向け。

「ありがとうございます。それでは、自分はこれで失礼します」

そう言い残しギルドを後にしようとするのだが、メルさんが何かを思い出したように。

「ちょっと待って。ユーマ君に一つ指名依頼が来てたのを忘れていたわ」

ほう、わざわざ俺に指名依頼ね。

依頼主は誰かな。もしかして、またグレンさんだろうか。

「すいません、依頼主の名前を教えてもらっても？」

「リサって子よ。ユーマ君の事知ってるようだったけど、知り合いかしら？」

「リサですか。そうですね、友人です。依頼内容を聞いてもいいでしょうか」

「分かったわ。今から説明するわね」

さて、依頼内容を聞くとしましょうかね。

「指名依頼の内容はゴレイ山脈への同行及び護衛。拘束期間はおそらく一週間前後。報酬は金貨五枚よ」

ほう、護衛依頼か。受けるのは当然初めてだな。

そして目的地はゴレイ山脈。聞いた事がないな、どのような場所なのだろうか。

「メルさん、ゴレイ山脈についての説明をお願いしても？」

「いいわよ。まず、ゴレイ山脈はここから南西に進んでいったところにあるわ。かなり大きな山だから遠くからでも目立つはずよ」

「なるほど、それならば迷う事はなさそうですね」

「そうね。ただフロックスからはかなり距離があるから、普通に歩いて行くと数日はかかっちゃうわ。ていうかユーマ君地図持ってたわよね。そこに乗ってるわよ」

ああ、そういえば地図があったか。

自分が地図を持っている事を思い出し、アイテムボックスから地図を取り出す。

そしてゴレイ山脈の場所を確認してみると、確かにメルさんの言う通りかなり遠い。

歩いて行くとしたらかなり面倒な距離だが、走ればそこまで時間はかからないだろう。

あ、けど今回は護衛依頼だからリサも一緒なのか。

しまったな、それだと俺一人の時のように走って行く事はできない。

まあイグルやマルブタの時のように担いでいけばいいか。

「次にゴレイ山脈は鉱石が豊富な事で有名な場所ね。ここから採取された鉱石は色々な用途で使われるわ。武器の材料だったり鎧の材料だったり。後はマジックアイテム制作にも使うって聞いた事があるわ」

ほう、マジックアイテムの制作ね。間違いなくリサの目的はこれだろうな。

ていうか、リサはマジックアイテムを売るだけじゃなくて作る事もできるのか。

俺はマジックアイテムの事はよく分からんが、それって割と凄い事なんじゃないだろうか。

「最後にゴレイ山脈に出現する魔物だけど、比較的弱い魔物ばかりね。けど、ゴレムって魔物にだけは注意が必要ね。体が石のように硬くて、打撃や斬撃ではまともにダメージを与える事すら困難よ。逆に魔法にはかなり弱いから、魔術師がいると楽に戦える相手ね」

ほう、物理攻撃が通りにくいというのは確かに厄介だ。

しかし魔法に弱いという事なら問題なく倒すことができそうだ。

「さて、ゴレイ山脈についての説明はこれくらいかしらね」

「メルさん、詳しく説明してくれてありがとうございます。おかげで大体の情報は掴めました」

「それならよかったわ。さてユーマ君。色々説明したけど改めて聞くわね。この指名依頼を受けるか受けないか。どっちかしら?」

ふむ、まあ断る理由もないよな。

正直まだ完全にはリサの事を信用していないので気配遮断を見られるのは避けたい。

まあメルさんの説明通りなら気配遮断を使う状況になる事はおそらくないと思う。今の俺なら大抵の魔物は気配遮断なしで倒せるからな。

それに、リサは俺の数少ない友人の一人だ。できるだけ力になりたい。

よし、俺の答えは決まった。

「メルさん、その指名依頼受けさせて頂きます」

俺のその答えにメルさんは小さく頷き。

「分かったわ。この指名依頼はギルドの方で受理するわね。それでは、まずユーマ君にはこれを渡しておきます」

メルさんは護衛依頼の受理を素早く済ませ、俺に依頼書を渡してきた。

「いいユーマ君、それは絶対に無くさないように気を付けるのよ」

メルさんの表情から察するにかなり大事な物のようだ。

無くさないように、すぐにアイテムボックスへとしまっておく事にした。

「ユーマ君は護衛依頼初めてだから一応説明しておくわね。それは護衛依頼書と言って、依頼が無事に終わったら、その紙に依頼人からサインをもらってギルドに持ってきてもらうことになるわ。そこで確認ができたら護衛依頼は無事成功ってことになるわね」

「なるほど、理解しました」

「さて、ギルドで話せる内容はこれくらいね。後は依頼人に直接聞くことになるわ」

「了解です。メルさん、色々ありがとうございました」

俺はメルさんに礼を言いながら頭を下げる。

それを見たメルさんはなぜか嬉しそうに笑みを浮かべながら。

「ふふ、どういたしまして。ユーマ君ってそんなに強いのに、本当に礼儀正しいわね」

ほう、メルさんから見た俺は礼儀正しい存在なのか。

俺は普通の事をしているだけだと思うんだけどな。そう不思議に思っていると。

「ユーマ君は知らないかもしれないけど、冒険者って結構野蛮な人が多いのよ。特に高ランクになってくると力に物をいわせて好き勝手する人もいるくらいよ」

俺はその事実に少し驚き呆れ半分で。

「そんな冒険者もいるんですね。いくら強いとはいっても、礼儀を疎(おろそ)かにしていい理由にはならないでしょうに」

俺の言葉を聞きメルさんは本当に嬉しそうな表情で。

「ふふ、本当にその通りね。その考え大切にしていってね」

「はい、分かっています」

その後、メルさんと少しだけ話をしてギルドを後にする。

さてこれからどうしようかね。そう考え空を見上げてみると、どうやら日が落ちるまでにはまだ相当時間がかかりそうだった。

よし、時間も余っている事だし、リサに護衛依頼の内容でも聞きに行くとするか。そう考えリサが居るであろうマジックアイテムショップへと向かう事に。

そうして歩いていると、何人かの魔法学園の生徒とすれ違う。

少し前まではまったく見ることがなかったのに、最近は本当に増えているな。

どうやら武器にでも使うのか杖などを買っている生徒が多いようだ。

まあ俺には関係のない話だな。そう結論をつけリサの店へと歩き続ける。

それから数分後、無事にリサの店へと到着したので中へ入る事に。

「うん、店は綺麗にしているようで安心したな」

ゴリトリスの件で訪れた時と比べると若干の汚れはあるが、それでも十分に綺麗だ。

俺がそうして感心していると、扉の奥からリサが現れる。

「誰かと思ったらユーマ君じゃないか。いらっしゃい」

リサは客が俺だと分かると笑顔で出迎えてくれた。

それ自体は好ましい事なのだが、今の俺は別の事で頭がいっぱいだった。

「あのさリサ、今日は随分と薄着なんだな」

「確かにそうだね。いや～掃除してたら熱くなっちゃってさ」

「それなら仕方ないな」

この会話から理解してもらえると思うが、今のリサは驚くほど薄着なんだ。

そのせいで普段から目立っているリサの大きなメロンが、普段の倍以上に自己主張しているように見えてしまう。要は目のやり場に困るってわけだ。

とはいえ胸ばかり見ていてはリサに失礼だ。女性は男の視線に敏感って聞くからな。

気を取り直してまず忘れていた挨拶をする事に。

「すまん、少し錯乱していた。久しぶりだなリサ」

「そうだね。それでユーマ君がここに来た理由は、指名依頼の件で合ってるかな？」

「正解。そんで指名依頼を受けることに決めたから、その内容を聞きにきたってわけだ」

俺が用件を伝えると、リサは満面の笑みを浮かべ言った。

「よかった。もしユーマ君が受けてくれなかったらどうしようかと思ってたよ」

「その時は別の冒険者に依頼すればいいんじゃないのか？」

「うーん、流石に知らない冒険者の人と寝泊まりするのは避けたいからさ」

おいおい、寝泊まりする予定なのかよ。

ていうか俺ならいいのか。随分と信頼されたもんだ。

「じゃあ早速だけど依頼の説明を始めるね」

リサから聞いた依頼の内容を簡単に説明すると。

まず二人でゴレイ山脈へと向かい、リサの探し物である【アルス鉱石】を掘り出す。

そしてフロックスへ帰って来るまでの護衛が今回の指名依頼の全容だ。

ちなみに出発は明後日を予定しているとの事だ。

なんでも泊まり込みなので色々と準備が必要らしい。

ここまで聞いた限りは、大体想像していた通りの内容だ。ただ少しだけ聞いておきたい事が。

「なあリサ、これって七日もかかるもんなのか？」

「多分それくらいはかかると思うんだよね。まずゴレイ山脈まで向かうのにかなり時間がかかるからね。それに帰りの分も合わせるとそれくらいは必要だと思うよ」

うん、安心してくれリサ。

その時間は大幅に短縮できると思うぞ。

「リサ、移動手段は俺に心当たりがあるから大丈夫だ。多分だがここからゴレイ山脈まで数時間もあれば着くと思うぞ。しかもお金は一切かからない」

「それは凄い！　その話が本当なら多分二日くらいで帰ってこれると思うよ。けどユーマ君、その移動手段って何なんだい？」

「リサよ、それは明後日のお楽しみだ。大丈夫、リサは少しも疲れない素晴らしい方法だから」

「それは凄い。分かった、楽しみにしているよ」

「よし、じゃあ出発は明後日の朝、待ち合わせは門の前でいいか？」

「うん、それで大丈夫だよ」

「よし、じゃあ今日はこれで失礼することにするよ。また明後日な」

そう言い残し俺はリサの店から出て行った。

さて、明後日か。俺も食料なりポーションなり準備しておかないとな。

そして空を見上げると、そろそろ日が落ちてきそうな時間だった。

丁度いい時間だしジニアへ帰るとするかな。そう考えジニアへと歩き出すのだった。


リサの店を出て数分後、無事ジニアに到着。

扉を開け中に入っていくと。

「あ、ユーマさんお帰りなさい」

そう言いながらサリーが笑顔でこちらに駆け寄ってくる。

何度も同じ事を言うようだが、やはり誰かにお帰りと言ってもらえるのは嬉しい。

前の世界では、お帰りなんてしばらく聞いていなかったからな。

まあ俺が引きこもっていたせいなんだけど……。

「ああ、ただいまサリー」

そうサリーに言いながらいつものように頭を優しく撫でてあげる。

俺が頭を撫でてあげると、サリーはいつも幸せそうな表情になる。うむ、最高に可愛い。

おっと、そう言えばリサからの指名依頼の件について少し話しておいたほうがいいかもな。おそらく一日では帰ってこれないだろうから。

「サリー、少しだけ話があるんだけど、今って大丈夫か？」

サリーも夕食の準備があるといけないので、一応確認はとっておく。

「はい大丈夫ですよ。何の話ですか？」

「まあ大した話でもないんだが、おそらく俺は明後日から数日宿を空けることになると思う。それを伝えておこうと思ってな」

すると幸せそうだったサリーの表情は一転、かなり沈んだ暗い表情になってしまう。

おいおい、いきなりどうしたんだ。俺なんか変な事でも言ったか!?

俺がそうして内心慌てていると、サリーが恐る恐る俺に質問をぶつけてきた。

「ユーマさんジニアから出て行っちゃうんですか？　も、もしかして私何か失礼な事を……」

ああ、なるほどな。

サリーは俺がジニアに愛想を尽かせて出ていくと思っているのか。

ちょっと俺の言い方が悪かったなこれは。

俺はサリーを少しでも安心させようと笑顔を向け言った。

「サリー、大丈夫。俺は最高にジニアが気に入っているんだ。ここを出ていくつもりなんて欠片もないさ。俺が明後日から宿を空けると言ったのは、指名依頼で少し遠出するからその間宿を空けるってことだ。サリーが心配しているような事は起きないから安心してくれ」

頭を撫でながらそう話すと、サリーは間違いに気づいてくれたようだ。

サリーは安心したように笑顔を見せてくれる。

しかし、それと同時に少しだけ恥ずかしそうな表情にもなり。

「わ、わたし。早とちりしちゃったみたいで、ごめんなさい！」

「問題ないさ。それくらい俺の事を大切に思ってくれてるって事だからな。嬉しかった」

「本当ですか、それならよかったです」

「というかサリー、聞いてないのか？　俺にこの指名依頼をしてきたのはリサなんだが」

そう話すとサリーは何かを思い出したようで。

「あ、そういえばなんとか鉱石が欲しいから、ユーマさんに指名依頼するかも～って言ってたような気がします。てことは、ユーマさんとリサが行くのはゴレイ山脈ですか？」

「よく分かったなサリー。正解だ」

「なるほど、では六日～九日分程度の食料が必要ですね。ユーマさん、もしよければ明日私と食料の買い出しに行きませんか？」

おお、そりゃ助かるな。

正直食料なんてどこで買っていいか分からなかったんだ。

「それは有りがたい。是非お願いするよサリー」

俺がそう言うと、サリーは小さくガッツポーズをしていた。

「分かりました。では明日朝食を食べ終えたら一緒に出掛ける事にしましょう」

うむ、本当にサリーはええ子やのう。

その後、サリーと少しだけ話をして自分の部屋へと戻っていった。

そしてベッドに横になり、夕食の時間が来るまでのんびりする事に。

「ふう、少しだけ眠いな」

そう思いゆっくりと目を閉じていく。


「んん、少し寝てしまっていたようだ」

窓から外を見てみると、完全に日は落ち真っ暗になっていた。

この様子ではおそらく数時間は寝てしまったようだ。

少し寝すぎたな。そう思い急いで部屋を出て食堂に向かって歩いて行く。

すると遅れてしまった影響だろうか、食堂はいつも以上に混み合っていた。

しかし、この状況に俺は欠片も焦ったりはしない。

なぜなら俺にはあいつがいるからだ。さあ来い、そう思っていると。

「ユーマこっちだ。席取っといてやったぞ」

来た来た、いつものイグルさんだ。

毎回の事ながら、本当にイグルには感謝だな。

俺はイグルの向かいの席まで行き腰を下ろす。

「イグル、いつも悪いな」

「気にすんなよ。俺も一人で飯を食うより、誰かと一緒に食べたほうが楽しいからよ」

そうして俺に気にするなと笑顔を向けてくる。

ああ、いいな。気軽に軽口を言い合える存在って凄くいい。

こういうのを友達というのだろうか。

そうだ、イグルには指名依頼の事を一応言っておくとするか。

何日かは留守にするわけだからな。

「イグル、いきなりだが俺は明後日から数日の間出かけることになる。その期間は悪いが飯は一人で食べといてくれ」

「へえ、護衛依頼でも受けたのか？」

「ああ、ついさっきリサから指名依頼を受けて来たところだ。ゴレイ山脈への同行と護衛だな」

俺がゴレイ山脈と口にすると、イグルは表情を強張らせ言った。

「ゴレイ山脈か。あそこには嫌な思い出しかねえぜ」

「ん、何かあったのか？」

「お前は知らないかもだけど、あそこにはゴレムっていう厄介な魔物がいてな。動きが遅いから本当は俺の得意とする魔物なんだが、そいつの体がめちゃくちゃ硬くてよ。俺の弓なんて欠片も刺さりもしなかった。そんで逃げ回ってたって話だ」

なるほど、イグルの使っている武器は弓矢。

どう考えてもゴレムのような相手には相性が悪いよな。

「そうか、それは災難だったな」

「全くだぜ。てかユーマ、お前は大丈夫なんかよ。ストン森林での戦いを見た感じ、お前もナイフを使っての接近戦が主体だろ？　あいつまじで硬いぜ？」

「ああ、メルさんに話を聞いたがそうらしいな。しかし、魔法攻撃には弱いらしいじゃないか。それなら問題ないさ。それなりに攻撃魔法も使えるからな」

攻撃魔法が使えると話すと、イグルは驚愕の表情となり。

「まじで？　お前あんなとんでもねえ動きをするくせに、攻撃魔法まで使えるのかよ。はあ、これじゃ心配した俺が馬鹿みたいじゃねえか」

そんな事はないさイグル。

誰かに心配されて嬉しくないやつなんてそうはいないだろう。

「いや、心配してくれてありがとなイグル。まあ安心してくれよ。お前が仕留められなかったゴレムは俺が代わりに仕留めてくるからさ」

まあゴレムと遭遇したらの話だけどな。

今回は討伐依頼ではなく護衛依頼。できるだけ無駄な戦闘は避けた方がいい。

その後もイグルと少し話をしていると。

「ユーマさんイグルさんお待たせしました」

サリーが夕食を持って俺達の席へと近づいてくる。

まだ忙しいのか夕食をテーブルに置くと、すぐに厨房へと戻っていった。

さて、早速食べるとしようかと目の前に置かれた夕食へと視線を移す。

相変わらず最高にうまそうだ。おそらく街を離れることで一番残念な事は、サリーの作った夕食を食べられない事かもしれないな。

今までの経験からアイテムボックスの中は時間経過がないようなので、サリーに飯を作り置きしてもらい、アイテムボックスで保存しておくというのも一つの手だな。

まあサリーに負担がかかるので、気軽には頼めないけどな。

「おいユーマ、そろそろ食わねえか？　俺はもう待ちきれねえよ」

おっと、イグルを待たせてしまっていたようだ。

「悪いなイグル、少し考え事をしていた。よし、頂くとしようか」

「おう、今日はめちゃくちゃ腹減ってるからな。食うぜ食うぜ〜〜」

その後、俺とイグルはいつも通りかなりの速さで夕食を完食した。

飯はゆっくり食べたほうがいいと前の世界で聞いた事があるが、これは無理だな。

一口食べるともう手が止まらなくなってしまう。サリー恐るべしだ。

「腹いっぱいだぜ。相変わらずサリーちゃんの作る飯は最高だな」

「ああ、全くだ」

その後、少しだけゴルド森林について雑談をしてイグルと別れた。

それから自分の部屋へと戻っていきベッドへと横になる。

「ふう、今日も無事に一日終了だ」

まずはサリーと食料の買い出しだが、これはおそらく昼前には終わるだろう。

その後はゴルド森林で魔法の練習でもするとしますか。

最近は接近戦ばかりで魔法なんて使う機会がなかったからな。

いざ本番になって上手く使えませんでしたでは話にならない。

それに今回は俺だけではなくリサも一緒なんだ。

本番で魔法が失敗してリサを危険に晒すような真似は絶対にできない。

「よし、明日の予定は決まりだな」

予定も決まったことだし、明日に備えて寝るとしよう。

流石に満腹な状態でベッドに横になると眠気がきつい。もう我慢の限界だ。

俺は目を瞑った。


翌日。俺はいつも通りの時間に起床し、イグルと朝食を食べていた。

「美味い。やっぱり朝はサリーちゃんの朝飯に限るな。これを食べると今日も一日が始まるんだなって実感するぜ」

「たしかにな。サリーの作った朝食を食べると力が湧いてくる気がするよ」

ちなみにサリーは俺たちの朝食を作り終えると自分の部屋に戻り、出かける準備をしているようだ。おそらく着ていく服などを選んでいるのだろう。

「そういやよ、お前サリーちゃんとの買い物が終わった後は何するんだ？　まあ流石のお前も明日から遠出なんだからゆっくり休むか」

「休む？　今日もいつも通りゴルド森林で狩りをするつもりだが？」

休むつもりはないと話すと、イグルは呆れた表情になり。

「はあ、お前って本当に戦闘が好きだよな。最初はグレンさんみたいな戦闘狂に付きまとわれて可哀想と思っていたが、案外お前ら似たもん同士かもな」

俺とあの戦闘狂が似ている、だと？

おいおいイグル、いくら友達だからって言っていい事と悪い事があるぞ。

「ちょっと待てよイグル、お前はあの戦闘狂と俺のどこが似ているというんだ。たちの悪い冗談はよしてくれ。俺はどちらかと言えば戦闘なんて好きじゃないんだ。そう、俺は平和主義者なんだよ。お前なら分かってくれるよなイグル君？」

「あ、ああ、済まねえ。確かにグレンさんと一緒にしたら失礼だよな」

うん、イグルは無事に誤解を解いてくれたようだ。

聞き分けが悪いようなら実力行使も選択肢にあっただけに一安心だ。

まあ実力行使をしようとしている時点で平和主義ではない気がするが、気にしないでおこう。

「それに今回ゴルド森林に行く目的は、しばらく使ってなかった魔法の練習がしたいだけだ。それが終わったらすぐに帰って来るつもりだ。それとゴレイ山脈までの移動についてはいい方法があるから問題ない。すぐに目的の物を見つけて帰って来るさ」

いい移動手段がある、そう告げるとなぜかイグルは表情を青ざめ。

「なあユーマ、お前の言っている移動手段ってアレの事だよな?」

「ああ、アレだな」

「そんでよ、お前の護衛依頼を頼んだのってリサちゃんだよな?」

「そうだ。それが何か問題でもあるのか?」

「いや、特に問題があるってわけじゃないんだけどよ。一応これだけは聞いておくけど、リサちゃんは女の子なわけだから、かなり遅めに走るんだよな?」

「まあそうなるだろうな。流石に俺もその辺りは配慮するさ」

するとイグルはホッと一息つき。

「まあそれなりのスピードは出すつもりだ。でなければ俺が担いで走る意味がないからな」

俺がそう告げると再びイグルの表情が真っ青に。

「ユーマ、できる限りゆっくりだ。おめえは普通に走っても十分速い。それはもう化け物みたいに速い。ゆっくり走るくらいで丁度いいんだ。いいか、分かったな?」

おお、イグルのやつ凄い迫力だ。

まあ人の事を化け物みたいとか若干失礼な事を言われた気がするが。

「分かったよ。できる限りゆっくり走る事にする」

「おう、そうしろそうしろ。……これ以上俺たちみてえな被害者は増やしたくねえからな」

最後イグルは何か呟いたようだがよく聞こえなかったな。

その後は何事もなかったよう朝食を食べ終え、イグルが席を立って。

「そんじゃユーマ、俺は依頼に行ってくるとするわ」

「ああ、怪我しないようにな」

　イグルを見送りサリーの準備が終わるまでのんびりとする事に。


　そして数十分後、奥の扉から慌てた様子のサリーが現れこちらに走ってきた。

　こんな事を言うのは失礼かもしれんが、慌てているサリーも可愛いな。

「遅れてしまいすいませんユーマさん！」

「ほとんど待っていないので大丈夫。だから少し落ち着いてな」

　するとサリーはその場で数回深呼吸する。

　そうしている内に気持ちも落ち着いてきたようで。

「ありがとうございますユーマさん。少し落ち着いてきました」

「それならよかった。それにしてもサリー、その服装はもしかして」

「は、はい。この服は前にユーマさんと買い物に行った時に買った服です。似合ってるって言われたのが嬉しくて、着てきちゃいました。あの、どうでしょうか？」

　恥ずかしそうにしながらサリーはそんな質問をしてきた。俺の答えは当然。

「ああ、文句なしに可愛い。やっぱりサリーに凄く似合っている」

　俺がそう言うと、サリーは顔を真っ赤にして俯いてしまう。しかし、その表情は嬉しい気持ちが我慢できないのか、かなりニヤニヤしている。

正直凄く可愛いのでこのままにしておきたいのだが、残念な事に今日は予定がある。俺は仕方なくサリーに声をかける事に。

「サリー、そろそろ買い出しに行くとするか」

「そそそうですね！　そろそろ行くとしましょうか!!」

ふむ、これは落ち着くまでに相当時間がかかりそうだ。


その後、食料の買い出しは何事もなく順調に進んでいった。

まあたまに店員のおばさんから。

「彼氏と買い物かい？　いいね若いもんは。おばさん嫉妬しちゃうよ」

などと言われサリーが恥ずかしがり時間が余分にかかる事はあったが、そんなサリーも可愛かったのでまったく問題なしだ。

そして買い物も終盤に差し掛かったその時。

「あ、すみません」

サリーが誰かにぶつかってしまったようだ。

たしか最初にサリーと買い物に来た時も同じような事があったな。

前回はこの後イチャモンをつけられた。今回はそうなる前に動こうとしたところ。

「こっちこそ申し訳ないっす。どっか怪我でもしてないっすか？」

ほう、今回ぶつかった相手は随分と紳士なようだ。

それにしてもこの喋り方、どこかで聞いた事のあるような気が。

そんな事を考えながらサリーの隣まで移動すると。

「なんだ、やっぱりマルブタじゃないか」

「ん、おおアニキじゃないですか!? こんなとこで会うなんて奇遇ですね」

「ああ、たしかにな」

「てことはこの人はアニキの彼女さんですか？ めちゃくちゃ可愛いじゃないっすか！ アニキにこんな可愛い彼女がいたなんて羨ましいっす！」

マルブタ君、怒涛のべた褒めである。

かなりの大声で言うもんだから目の前のサリーは少し恐縮してしまっている。

そしてマルブタは何かを思い出したように。

「あ、自己紹介忘れてたっす。俺の名前はマルブタっていいます。まだまだ未熟者ですがアニキの弟分をやらせてもらってるっす」

マルブタが非常に丁寧に自己紹介する。

うんうん、自己紹介は基本だもんな。するとサリーも顔を上げて。

「よろしくお願いしますねマルブタさん。私の名前はサリーといいます。ユーマさんも泊まっている宿屋ジニアで働いています。よろしければマルブタさんもどうぞ」

「おお、アニキが泊まっている宿っすか。それなら今度からそっちに泊まる事にするっすよ」

流石は宿屋の娘、勧誘のやり方が上手い。

それから俺達三人で少しだけ話をしてから、用事があるらしいマルブタと別れる事に。

「それじゃアニキ、俺はこれで失礼するっす」

「ああ、また今度な」

マルブタと別れ、再びサリーと二人になる。

するとサリーが去っていくマルブタの後ろ姿を見つめながら言った。

「マルブタさんってちょっとだけ顔は怖いけど、凄くいい人でしたね！」

「そうだな。あいつはいいやつだよ」

思わぬ場所でマルブタの頑張りを目にするのだった。

それにしても、あいつ本当にジニアに来る気なのかね。騒がしくなりそうだ。

それから残りの買い物をしてサリーをジニアへと送っていく。

「ユーマさん、今日はありがとうございました。凄く楽しかったです」

満面の笑みでサリーは俺に礼を言う。

いやいや、どう考えてもお礼を言わないといけないのは俺の方だろう。

「俺の方こそ食料の買い出しに付き合ってくれてありがとな。そうだ、今度一緒に買い物に行く機会があったら、お礼にサリーの好きな物を買うと約束するよ」

「ほ、本当ですか⁉」

「ああ、これでもかなり稼いでいるんだ。なんでもこい」

「ふふ、楽しみにしておきます。では私は仕事があるのでこれで失礼しますね。夕飯を作って待っているので、ユーマさんも早く帰って来てくださいね」

そう言い残しサリーはジニアの中に入っていく。

よし、これでまたサリーと一緒に出かける口実ができたな。

さてと、それじゃ俺もそろそろゴルド森林へと向かうとしましょうか。


現在、俺のいる場所はゴルド森林の入り口だ。

「ふう、やはり全力で走るとかなり速いな」

正確に測ったわけではないので怪しいが、全力で走ればフロックスからここまで二分そこそこで着くようになった。どんどん速くなっていくな。

この分だとゴレイ山脈へ行くのもあまり時間はかからないとは思う。

まあ今回はリサも一緒なので全力で走る事は不可能なわけだが。

イグルにも言われたがリサは女の子。流石にイグルやマルブタと同じ扱いはできん。

たしかイグルやマルブタを担いで走ったときは半分くらいの速さだったはず。

それなら、リサの時は四分の一程度の速さで走れば問題ないだろう。多分だがな。

「まあいい、とりあえずゴルド森林に着いたんだ」

まずは魔法の練習相手を探すとしましょうかね。

そう考え森の中へと入っていく。

それから数分後、早速一匹目の魔物が俺の目の前に姿を現す。

「ギイイイイ」

ホブゴブリンか。最初の練習相手としては悪くない。

まずはどの魔法から使っていくか。

とは言っても、俺の使える魔法はファイアボールとエアスラッシュの二種類しかないが。

よし、まずはファイアボールから試してみるとするか。

「ギイイイイイ」

ホブゴブリンは雄たけびを上げながらこちらに走ってくる。ただ動きが遅すぎるな。それではいい的だぞホブゴブリン君よ。

俺は手の平をホブゴブリンに向け魔法発動の準備を。

それなりの魔力を込めながら、サッカーボール程度の大きさを想像する。

「いくぞ。ファイアボール」

魔法を唱えた瞬間、俺の手の平にイメージ通りのファイアボールが出現して、ホブゴブリンへ向かいかなりの速さで飛んでいく。

ホブゴブリンはその速さに反応が遅れ、上半身へファイアボールが着弾。そのまま爆散して辺りに爆風をまき散らす。

「よしよし、久しぶりだったが無事成功だ」

それにしても、予想以上の威力だった。

死体となったホブゴブリンを見てみると、腰から上が綺麗に消失してしまっている。

以前に使用した時はこれほどの破壊力はなかった気がするけど。

これもレベルが上がった影響なのだろうか。

まあ威力が上がる分には問題はない。次の実験台を探すとしようか。

そう考えゴルド森林の更に奥へと進んでいく。

すると俺の目の前に数匹のハイオークが出現する。

「ほう、今度はハイオークか。的がでかくて助かるな」

見た感じハイオークは五匹。

この連中を一気に始末するにはさっき以上の魔力が必要だな。

俺はハイオークの群れに手を向け、魔法の準備を始める。

そして先ほどホブゴブリンに使ったときよりも魔力をかなり多めに込めていく。

大きさも人が丸ごと入れそうなくらいの球体をイメージ。

「さあどれくらいの威力になるかな。ファイアボール」

魔法を唱えた瞬間、俺の手に想像以上の大きさのファイアボールが出現する。

その大きさは俺の想像していた遥か上をいき、普通の人間なら三人くらいは軽く入ってしまいそうなくらい大きな球体。まるで小型の太陽のように見える。

これは少し魔力を込めすぎたかもしれない。正直、解放するのが怖い。

そして この大きさのファイアボールにハイオークが気づかないはずもなく、五匹のハイオーク達は一斉にこちらへ視線を向ける。

だが俺が発動させたファイアボールの余りの大きさに驚き、近寄ってくる様子はない。むしろ少しずづ後ろへと下がり俺から遠ざかっていく。

至近距離でこれを解放したくはないので、離れて行ってくれるのは有りがたい。

これくらい離れてくれれば爆風の心配も必要ないだろう。これなら放てる。

「よし、飛んでけファイアボール！」

次の瞬間、特大ファイアボールは俺の手を離れ、普通のファイアボールよりもかなり遅めのスピードで進んでいく。

そして俺の狙い通り特大のファイアボールはハイオークの群れへ着弾。

辺り一面へ爆音が響き渡り、かなり離れているはずの俺にも爆風の波が押し寄せてくる。

「おいおい、まじかよ！」

俺は両腕で顔を庇い、爆風が収まるのをじっと待つ。

しばらく経つと次第に爆風も収まっていき視界も良好になっていく。

もう大丈夫かなと考えファイアボールが着弾した地点へ目を向ける。するとそこには。

「馬鹿な。何もない、だと？」

そこには、何も残ってはいなかった。

中心地にいたハイオーク数匹は勿論、周りの草や木、何もかもが消失していた。

正直、ここまでの威力とは思っていなかった。そして改めて思う。

「やべえ。近くから打たなくて本当に正解だった」

もし近くで着弾でもしていたら、確実に俺まで被害が及んでいた。

危ない危ない。そんな事を考えていると、俺の体に少しだけ疲労感が現れる。

これはあれか、ＭＰの使い過ぎってやつだろうか。

そう考えステータスを確認してみると、予想通りＭＰが半分近くまで減少していた。

これはまずいと急いでアイテムボックスからポーションを取り出し回復する。

「よし、回復完了だ」

それにしても、本当にとんでもない威力だったな。

まあ一回であれだけＭＰが減ってしまうのでは、実戦では使いにくいだろうな。

それに形を大きめにしたせいか、スピードはかなり遅くなってしまっていた。

おそらく、普通のサイズのファイアボールの半分程度のスピードしか出ていただろう。

これではハイオークのような魔物ならまだしも、素早い魔物には普通に避けられてしまう。

これらを考えると今のままでは使い物にならないかな。改良の余地ありだ。

まあ普通のファイアボールでも威力は十分なので、特に問題はないだろう。

「さて、ファイアボールの実験はこれくらいにしておくか」

次はエアスラッシュを使ってみるとしましょうかね。それから数匹の魔物へエアスラッシュを使ってみたところ、すべて一撃で仕留める事に成功した。

俺の手持ちの魔法は両方とも無事に発動したことだし、魔法の実験はこれで終わりだな。

さて、明日に備えて今日は早めに帰っておく事にするかな。

そう考え出口へ歩き始めると、途中である魔物を発見する事ができた。

ははは、俺はやはり幸運だな。まさか、帰り道にゴールデンラビッツに遭遇するとは。

しかも以前と同じようにやつはご飯タイム。どうぞ倒してくださいと言わんばかりだ。

それでは、遠慮なく倒させて頂きましょうか。

気配遮断を発動してデーモンリッパーを取り出し戦闘準備は完了。

そして食事中のゴールデンラビッツの背後へ静かに近づき、首へと一閃。

ゴールデンラビッツの首は俺の足元へ転がり落ちた。

「食事中のとこ悪いが、経験値のためだ」

そしてステータスを確認してみると、レベルが20近く上昇していた。

流石に前よりは上がる量が少なくなってきた気がするが、それでも十分な上昇量だ。

その後、俺は思わぬ幸運に興奮しながらもゴルド森林を脱出し、フロックスへと走って行く。

そしていつもの門番さんと話をして街の中へ。

さてと、今日はこれ以上やる事もないのでさっさとジニアに帰るとするか。

そう考えジニアへと歩き出し、数分後には到着して中へと入っていく。

「あ、ユーマさんお帰りなさい。今日はいつもより早いですね」

そう言いながら、サリーがいつものように俺に近寄ってくる。

ああ、そう言えば俺は明日から遠出なわけだから、サリーのお帰りも少し聞けなくなるのか。

俺も変わったもんだ。お帰りと言ってもらえないだけでこんな寂しい気持ちになるとは。

「サリーただいま。まあ明日から遠出だからさ。用事も無事に終わったし、たまには早く帰って来て休むのも悪くないと思ってな」

「確かに遠出になると体力が必要ですもんね。分かりました、夕食の時間になったら私が起こしに行きますので、それまでユーマさんはゆっくりと休んでいてください」

「そいつは有りがたい。実は少し眠かったんだ。夕食の時間まで仮眠をとる事にするよ」

「はい。それでは私は夕食の準備があるので失礼しますね」

そう言い残しサリーは厨房へと戻っていき、俺も自分の部屋へと戻っていく。

そしていつものようにベッドに横になり。

「ふう、そこそこ疲れたな」

久しぶりに魔法を使った影響だろうか。思っていたよりも疲れた気がする。

まあ魔法の実験が無事に成功して一安心だ。

この調子なら明日からの指名依頼も問題はなさそうだな。

そうだ、明日の指名依頼に行く前にステータスの確認だけでもしておくとするか。

「ステータスオープン」

佐藤悠馬Lv237
HP1500／1500　MP880／880
力710　体力710　素早さ400　幸運1450

【スキル】
経験値20倍　スキル経験値20倍　鑑定Lv10　気配遮断Lv9　気配察知Lv3　短剣術Lv7　魔力操作Lv5　火魔法Lv4　水魔法Lv1　風魔法Lv2　回復魔法Lv4　毒抵抗Lv5　麻痺抵抗Lv1　料理Lv1　アイテムボックスLv5　話術Lv3　投擲Lv1　格闘術Lv3

【称号】
異世界転移者　引きこもり　ラビッツハンター　駆け出し魔法使い　駆け出し料理人　駆け出し武闘家　むっつりスケベ　首狩り　天然たらし　街の救世主

ふむ、やはり凄まじい上がり方だな。レベルも一気に237か。

よしまずは各能力の成長を見ていく事にしよう。

まず体力と筋力は両方700を超えたか。これはサイクロプスの一・五倍ほどの数値だ。

次に素早さは400を超えて、幸運に至っては体力筋力の倍以上の数値に成長している。

相変わらず桁違い(けたちが)いの成長率だな。これからも期待させてもらおう。

次にスキルの方も見ていくとするか。

ほう、魔力操作と火魔法と風魔法と格闘術がそれぞれ1レベル上がってるな。

流石はスキル経験値20倍といったところか。随分と簡単に上がっていくもんだな。

最後に称号は変化なしと。少し寂しいが仕方ない。

うん、やはりレベルが上がっていくのを見るのは楽しいな。自分が強くなっていくのを分かり易く実感できる。

さて、ステータスの確認も終えた事だし、サリーの言葉に甘えて夕食の時間までのんびりするとしましょうかね。そう考え目を瞑り眠りについていく。


ベッドに横になり、眠りについてから数時間後。

部屋の扉をドンドンとノックする音で俺は目を覚ますことに。

「そろそろ夕食の時間ですよユーマさん」

ふむ、もうそんな時間か。

窓から外を見てみると、確かにかなり暗くなっている。

どうやら相当な時間寝てしまっていたようだ。起きるとするか。

まだ少し眠気が残っている体をベッドから無理やり起こし、部屋の扉を開けてから。

「悪いなサリー。ぐっすり眠っていたようだ」

俺がそう言うと、サリーは嫌な顔などほとんどせず笑顔で言った。

「いえいえ、ゆっくり休めていたようで安心しました。それにしても、本当にぐっすり寝ていましたねユーマさん。部屋の外まで寝息が聞こえてましたよ。あまりにも気持ちよさそうだったので起こそうか少しだけ迷っちゃいました」

部屋の外まで寝息が聞こえるとか、俺はどんだけ熟睡してたんだよ。

しかもそれをサリーに聞かれるとか少し恥ずかしいな。

そうして少し落ち込んでいると、サリーが苦笑いしながら言った。

「さて、最初の話に戻りますが、そろそろ夕食の時間なのでユーマさんも食堂に来てくださいね。イグルさんもミリスちゃんもユーマさんの事待ってましたよ」

そう言い残しサリーは食堂へと戻っていった。

それにしても、イグルはともかく今日はミナリスさんまで待っているのか。

俺に何か用でもあるのだろうか。まあいい、待たせるのも悪いしとっとと行くとするか。

そう考え軽く身だしなみを整え食堂へと向かう。

「こっちだぜユーマ。早く来てくれぇええええ」

うむ、イグル君いつもより相当声が震えていますね。

やはりミナリスさんに黒焦げにされたのがトラウマになっているようだ。

まあ完全なるイグルの自業自得なので同情する気は全くないけどね。

そう考えながらイグルとミナリスさんのいるテーブルへと歩いて行き、席へと座る。

「イグルとミナリスさん、待たせてしまったようで申し訳ない」

「本当だぜユーマ。まったく来るのが遅いんだよ。いつまで俺とこの婆さんを二人きりに」

イグルが婆さんと口にした瞬間。

ミナリスさんからイグルへと凄まじい量の威圧感が放たれる。

目の前にいるだけの俺がこれだけの威圧感を覚えているんだ。実際に威圧感を向けられているイグルは絶望的な気分だろうな。

「エロ小僧、誰の事を婆さんと言ったかのう？」

「ひぃぃいいい、すみませんでしたミナリス様！　あとエロ小僧はやめてください！」

イグルはそのまま土下座でもしようかという勢いだ。

まあこの状況ではイグルの気持ちも理解できる。正直今のミナリスさんは怖い。

その後、なんとか許してもらえたイグルと三人で夕食を食べていると。

「そういえばユーマ、明日からゴレイ山脈に行くそうじゃのう」

おお、良く知ってるな。

まあサリーかイグルから聞いたんだろうけど。

「そうですね、明日から護衛依頼で行くことになっていますよ」

「ほう、護衛依頼か。お主だけなら何の心配もないんじゃがのう。護衛依頼ともなるとそうはいかん。誰かを守りながら戦うというのは存外難しい。気を抜かぬことじゃな」

「分かっています。気を抜くつもりなんて毛頭ありません」

俺がそう断言すると、ミナリスさんは少し笑いながら。

「うむ、お主には無用な心配だったようじゃな。まあ実際にお主ほどの腕があれば、気を抜かぬ限り一人くらい守りながら戦うのは余裕じゃろう。ゴレムだけは少しばかり厄介じゃが、まあ魔法の使えるお主の敵ではないのう」

「そうですね……あれ、俺ってミリスさんに魔法使えるってこと言いましたっけ？」

俺がそう疑問を口にすると、ミナリスさんは首を横に振り。

「いや、聞いておらんよ。しかし、お主からは魔力の匂いを感じる。それもかなり多くの」

ほう、魔力の匂いか。

そういえば以前、アルベルトさんも俺に魔力の匂いを感じると言っていたな。

「ある程度魔法に精通している者なら、大体は魔力の匂いを感じ取れるはずじゃ」

なるほど、それじゃ俺には無理だな。

なんせ俺は魔法の事なんてほとんど知らないのだから。

「ミリスさん、俺にその方法は使えません。俺は魔法の知識なんてほとんどありませんので。今も言い方は悪いですが適当に魔法を使っているだけなんです」

俺がそう言うとミナリスさんは俺にだけ聞こえるように小声で。

「するとお主は、魔力だけはあるが魔法の扱いは素人同然ということかの？」

「はい、その通りです」

「ふむ、その辺りはクロダと全く同じじゃのう」

おっと、こんなところでクロダさんの名前が出るとは思わなかったな。

しかもクロダさんは俺とまったく同じような状況だったようだ。親近感を覚えますね。

そしてミナリスさんは小声をやめて宣言するように言った。

「ユーマよ。護衛依頼から帰ってきたら、わしが直接魔法の使い方を教えてやろう」

おお、そいつは有りがたい話だな。

これから先、戦闘でどれくらい魔法を使っていくかは分からないが、教えてもらっておいて損になる事は絶対にないだろう。

それにもしかしたら、ミナリスさんが魔法を使うところや戦うところが見れるかもしれない。それだけでも十分に楽しみだ。

「本当ですか、助かりますミリスさん」

「気にせんでええ。若者を手助けする事がわしらの役目じゃからのう」

その後、俺達三人は数分で夕食を食べ終わり、イグルは自分の部屋へと戻っていった。

ミナリスさんも立ち上がり自分の部屋へ戻ろうとするが、何かを思い出したかのように振り返ると、真剣な表情で言った。

「わしとしたことが肝心な事を言い忘れておったよ。もし体の黒いゴレム、エビルゴレムと遭遇したとしたら、決して油断はしない事じゃ」

「エビルゴレムですか。そんな名前の魔物はメルさんの情報には」

「あやつが最後に現れたのは今より数百年前じゃからのう。今を生きる者たちが知らないのも無理はあるまい。わしも数百年以上生きておるが数回しか目にした事はないからのう。この時代に存在しているかどうかも怪しい魔物じゃ」

「最後に現れたのが数百年前なら特に心配の必要はないのでは？」

「わしもそう思っとるんじゃがのう。妙な胸騒ぎを感じるんじゃよ。数百年まえにエビルゴレムが現れた時に感じた胸騒ぎと同じようなものを」

「……分かりました。ミナリスさんがそこまで言うのなら自分も最大限に警戒しておきます」

「うむ、そうしてくれるとわしも安心じゃよ。なんせエビルゴレムはわしでも少しばかり手こずる魔物。いくらお主でも油断すれば命はないぞ」

そう言い残しミナリスさんは自分の部屋へと戻っていった。

俺も自分の部屋へ戻りベッドへと横になる。

「ふう、腹いっぱいだな」

相変わらずサリーの作る夕食は最高に美味しかった。明日から数日はあれを食べれないのが残念極まりないな。

さて、明日からはいよいよ護衛依頼。それが終わったらミナリスさんとの魔法の訓練だ。これはしばらくの間、忙しい日々が続きそうだな。

それにしてもエビルゴレム。ミナリスさんが手こずる程の魔物か。

最後に現れたのが数百年前らしいのでおそらく現れる事はないと思うが、ミナリスさんが感じたという嫌な予感が気になるところではある。

ミナリスさん程の人が言うんだ、俺も気にかけておくとしよう。

「さて、とりあえず明日に備えて早めに寝るとするか」

そう考え目を瞑る。


指名依頼日の当日。

俺はいつもより少し早い時間に起き、朝食を一人でとっていた。

流石にこの時間ではイグルはまだ起きていないようだ。

少しだけ寂しい気持ちはあるが、まあ一人で食べる朝食も新鮮でいいかもな。

そうして一人で朝食を食べ続けていると、向かいの席にサリーが座り話しかけて来た。

「ユーマさん、朝食の味はどうでしょうか？」

「ああ、いつも通り最高の味だよ」

「本当ですか！　それならよかったです」

その後はサリーを楽しく会話をしながら朝食を食べ進めていった。

さっきは一人で食べるのもいいと思ったが、やはり誰かと一緒に食べるのが一番だな。

そして朝食も食べ終わり、そろそろ出かけようかと思いサリーへ声をかける。

「サリー、そろそろ出かけるとするよ」

「ユーマさん、気を付けて。それからリサの事よろしくお願いします」

「大丈夫。リサも俺もすぐに帰ってくるさ。じゃあ行ってくるな」

そう言い残し俺はジニアから出て行った。

そして待ち合わせの場所である門に向かい歩いて行く。流石にこの時間帯だと人も少なく歩きやすくて快適だ。

そのまま歩き続けること数分、俺は門へと到着した。

どうやらリサはまだ来ていないようなので、門番さんと雑談しながらのんびり待つことに。

もう少しで約束の時間なのでそろそろかなと思っていると、目の前の道からかなりの大荷物を持って歩いてくるリサの姿が。

あんな大荷物を持ってリサは平気なのだろうか。そう思っていると案の定かなり無理をしていたようで、リサの歩く姿は老人のようにヨレヨレだった。

そんなリサを放っておく事はできないので声をかける事に。

「大丈夫かリサ？　重いようなら俺のアイテムボックスに入れておくぞ」

「はあはあ、本当かいユーマ君。そうしてくれると凄く助かるよ」

リサは嬉しそうにそう答えた。

俺はリサから荷物を受け取りアイテムボックスの中へ。

そして実際にリサの荷物を持ってみた感想だが、予想通りかなりの重量だった。

俺には問題ない重さだが、リサは相当きつかっただろう。

「はあはあ、ありがとうユーマ君。おかげで楽になったよ。それと、集合時間に遅れてごめん。持っていく荷物を選んでたら店を出るのが遅くなっちゃって」

「いいさ。俺もほんの数分前に着いたところだ。さて、荷物問題は解決したことだし、そろそろ出発するとするか」

そうして俺達二人は門から外へと出ていく。

いよいよ出発なわけだが。その前にリサに聞いておく事がある。

「なあリサ、いきなりだけどお姫様抱っこってどう思う？」

俺がそう質問するとリサは表情を赤くして。

「ええ、いきなりだね。えっとされてみたいって気持ちも少しはあるけど、やっぱり少し恥ずかしいかな。特に街の中だと誰かに見られるかもしれないから」

そうかそうか。されてみたいか。

ならしてあげようじゃないか。俺はリサを両腕で抱きかかえる。

すると突然の事にリサは動揺して表情を真っ赤に。

うむ、普段冷静な子が取り乱す姿は非常に素晴らしいものだ。

「何するのユーマ君!? 恥ずかしいよ!」

「大丈夫、落ち着けリサ。ここはもう街の外だ。誰かに見られる心配はない」

「そういう問題なの!?」

「そういう問題だと思うぞ。さて、そろそろ出発だリサ。いいか、俺の背に手を回して思いっきり抱きついてこい。そうしないと真面目に危ないからな」

「今日はどうしたのユーマ君!? 危ないってどういうことなの!?」

リサは少し混乱しているようだ。

だが混乱しながらも、しっかりと俺に抱き着いてはきている。

これならリサを落とす心配もないだろう。それにしても、胸の感触が凄いな。

「よしリサ、簡単に説明しよう。俺がリサを抱えて走る。理解したか?」

「簡単すぎるよ! もっと詳しく!」

詳しくと言われても、これ以上説明する事なんてないんだが。

リサもちゃんと俺に抱き着いている事だし、もう出発しよう。

「よし、無事に説明も終わったし出発するぞ」

そうリサに告げ、そこそこの速さで走り始める。

さあ、待ってろよゴレイ山脈！


フロックスを出発してから数時間後。

俺とリサはゴレイ山脈までの道のりを半分ほど進めていた。

おそらく俺一人ならすでにゴレイ山脈へ到着しているだろうが、今回はリサもいてスピードもかなり落としているのでまあこんなもんだろう。

それでも今日中にはゴレイ山脈へ到着しそうなペースではある。

さて、俺はこのまま走り続けても問題なさそうだが、腕の中のリサが少しきつそうだ。

これがイグルやマルブタなら容赦（ようしゃ）なく走り続けるんだが、リサが相手ではそれはできない。

リサは冒険者ではなく普通の一般人。それも女の子。そろそろ休息が必要だ。

そう考え俺は走るのをやめ、大きな木の陰へと腰を下ろす。

その後、リサと向かい合う形で昼飯を食べていたのだが、どうもリサの機嫌がよろしくない。

昼飯もずっと下を向いたまま食べているし、俺が必死に話しかけても空返事しかしてこない始末。

これはかなり怒っているな。

確かにいきなりお姫様抱っこをしたのは失敗だったかもしれない。

今更ながら最初に許可をとっておくべきだったと後悔するが、すでに手遅れだ。

よし、ここはしっかりと謝っておく事にしよう。

「リサ、そろそろ機嫌を直してくれないだろうか。たしかにいきなりお姫様抱っこをしたのは俺が悪かった。本当に申し訳ない事をした。済まない」

そうして俺は土下座に近い形まで頭を下げ謝罪をする。

悪い事をしたら謝るのは当然だからな。許してくれるかは相手次第だが。

するとリサはなぜか少し驚きながらこちらを向き、俺と目が合うとすぐにまた顔を俯かせてしまう。そしてぼそぼそと恥ずかしそうに話し始めた。

「あのね、勘違いしないでほしいんだけど、別にユーマ君に怒ってるわけじゃないんだよ。ただあんな事されたの初めてだったから、その……恥ずかしくって……」

言い終えたリサの表情は、俯いていても分かるほど真っ赤だった。

それにしても、リサが俺のせいで機嫌を悪くしてるわけじゃない事が分かって安心した。

それと同時に、お姫様抱っこでこんなに恥ずかしがるリサの事が非常に可愛らしく思えて来た。

リサもやっぱり女の子なんだよな。

それから俺達は特に会話する事もなく昼飯を食べ終え、少し休憩しているとリサも普段の調子に戻ってきたようで。

「そういえばさ。改めて考えてみるとユーマ君って凄い身体能力してるよね」

「ん、そうかな？」

「そうだよ。普通は人を抱っこしたままあの速度で走るなんて無理だよ。ユーマ君って能力ＵＰ系のマジックアイテムってまだ持ってないんだよね？」

ほう、マジックアイテムにはそういう物まであるのか。

それは少し興味があるな。そう考え早速リサに質問してみる事に。

「そんな物があるなんて初めて聞いたよ。リサの店でも扱っているのか？」

俺の質問にリサは小さく首を振り。

「まだ私の店には置いてないね。能力ＵＰ系のマジックアイテムは結構貴重だから、売りに来る人もほとんどいないし、作るのにも貴重な鉱石がいるんだよね」

「そうか。少し残念だがそれなら仕方ないな」

リサの店で扱っていないのなら当分手に入れるのは無理そうだ。

まあ違う街にでも行く機会があったら探してみるとするか。

それから数十分ほど休憩した後、再びゴレイ山脈へ向け走り出す。

リサも二度目だからだろうか少しお姫様抱っこに慣れてきたようで、顔を赤くする事もなく、しっかりと俺に抱き着いてきている。しかもだ。

「凄い凄いよユーマ君！　こんなに速いのは初めてだよ！」

そう、なんとリサのやつ走ってる最中に会話まで始めたのだ。

流石にイグルやマルブタの時よりはスピードを落としているが、それでも大したもんだ。

もしかしたらリサって肝が据わっているかもしれないな。

まあそれはともかくとして、走っている最中に喋るのは割と危険なので。

「リサ、上機嫌なとこ悪いが走っている最中はあまり喋らない方がいい。舌を噛んだりしたら危ないからな。まあ気を付けておいてくれ」

「ん、分かった。周りの景色でも眺めてる事にするよ」

ふっ、本当に度胸があるな。


そのまま走り続けること数時間、俺達は目的地へと到着した。

ほう、ここがゴレイ山脈か。

異世界の山って事で相当大きいのを想像していたんだが、思っていたよりもかなり小さい。

少なくともテレビで見たことのあるエベレストや富士山よりもずっと小さい。

ほんの少しだけ拍子抜けした気分だ。そんな事を俺が考えていると。

「あのユーマ君、そろそろ下ろしてもらってもいいかな？」

あ、やべぇリサの事忘れてた。

俺は慌てて腕の中にいたリサを地面に下ろす。

「ありがとユーマ君。それにしても、本当に一日とかからずに着いちゃうなんて」

「やはりあの方法は正解だっただろう？」

「ふふ、そうだね。最初は少し恥ずかしかったけど慣れれば快適だったよ」

ほう、快適ときたか。やはりいい根性をしている。

イグルやマルブタにも見習わせたいくらいだ。

「そいつはよかった。さて、これからどうするリサ？」

空を見る限り、おそらく日が落ちるまで相当時間がありそうだ。

俺一人ならこのまま探しに行ってもいいのだが、今回はリサも一緒。

もしリサに疲れがあるようなら無理をせずにここで一泊するのが正解だと思う。

そして明日の朝からゆっくりと捜索を再開する。

まあ今後の予定を決めるのは依頼人であるリサだ。さて、どうするかね。

「そうだね。まだ日が落ちるまで相当時間がありそうだし、このままアルス鉱石を探しに行こうか。

ユーマ君はあれだけ走った後だけど体力は大丈夫？」

「俺なら問題ないさ。体力には少し自信があるからな。よし、そうと決まれば早速探しに行くとするか。はぐれないように気を付けてなリサ」

「大丈夫、ユーマ君から目を離さないようにするから。それじゃ行こうか」

こうして俺とリサはゴレイ山脈へと足を踏み入れていく。

そしてしばらく山道を歩き続けていると、一つ聞き忘れていた事を思い出し。

「リサ、聞き忘れていたんだがアルス鉱石ってどんな見た目をしているんだ？」

「そういえば言ってなかったね。えーとアルス鉱石はこれくらいの大きさで、色は青一色だから分かり易いとは思うよ」

なるほど、確かにそれは目立ちそうだ。

それから俺とリサは一緒に山道を奥へと進んでいった。

当然の事だが歩いている最中も警戒を怠(おこた)ったりはしない。常に周りに魔物の気配がないかを確認しながら慎重に歩き続けていく。

そうしてしばらく歩き続けていると、正面の草むらから魔物の気配が。あまり強い気配ではないのでおそらく手ごわい魔物ではない。ゴブリン程度と予想する。

「リサ、魔物の気配がした。そこで止まってくれ」

「魔物、大丈夫かいユーマ君？」

「おそらく気配から察するに問題ない相手だ。すぐに始末してくるからここで待っててくれ」

俺はアイテムボックスからデーモンリッパーを取り出し、目の前の草むらに接近していく。

そうして近づいて行くと、目の前に二匹の魔物が姿を現す。

どうやら俺の予想通りゴブリンのようだ。とっとと仕留めるとしよう。

まず一匹目のゴブリンの正面へと素早く移動し即座に首を刎(は)ねる。同じように二匹目のゴブリンも首を刎ね、二匹の死体をアイテムボックスへと収納する。

これで掃除は終了だ。そう考えリサの元へ戻るとなぜかリサは驚愕の表情を浮かべ。

「ただいまリサ。そんで、どうしたんだその顔は？」

「……あ、その。僕もユーマ君が強いってのは知ってたんだけどね。まさかここまで強いとは思わなくてさ。正直さっきのユーマ君の動き、ほとんど見えなかった。話に聞くのと実際に見るのじゃ大違いなんだなって実感したよ」

「まあこれでもAランク冒険者だからな。さて、魔物も片付いた事だし先に進むとしよう」

「うーん、Aランク冒険者以上の動きだったように思えるんだけどな〜」

俺とリサは山道をさらに奥へと進んでいった。


そして数匹の魔物を倒しながら山道を進んでいくこと数十分が過ぎた頃。

俺達は無事に目的のアルス鉱石を見つけることに成功した。成功したのだが。

「なあリサ、アルス鉱石ってあれだよな」

「うん、間違いないね。あれはアルス鉱石だ。いっぱいあるね」

「だよな。そんでこのアルス鉱石を手に入れるためには、こいつらを倒す必要があるって事だよな。はあ、なんでこんな事になったんだ」

現在、俺とリサが隠れている少し先には大量のアルス鉱石と、それを守っているかのように鎮座している三匹のゴレムが存在していた。

うーん、一匹なら問題なさそうだが三匹となるとな。

まあ魔法には弱いと聞いているからなんとかなるとは思うけど、まずは鑑定かな。

そう考え三匹のうちの一匹へと鑑定を発動させる。すると。

ゴレムLv42
HP310／310　MP　0／0
力79　体力82　素早さ14　幸運11

……ん、こいつ弱くね？

俺が想像していたよりもレベルも能力も遥かに低い。

しかもこいつ、スキルも称号も何も持っていない。

いや待てよ、もしかしたら三匹のうちこいつだけが弱いだけなのかもしれない。

そう考え残りの二匹にも同じように鑑定を使っていく。

その結果、三匹とも同じようなもんでしたとさ。

うん、余裕でこいつら倒せそうな気がしてきたわこれ。

「リサ、ここで少し待ってて。ちょっとあいつら倒してくるわ」

そう軽めに言い残しリサを置いて飛び出していく。

後ろでリサが無茶だよなどと言っているが気にしない気にしない。

そして三匹のゴレムの背後へと回り込み。

「まず一匹目だ。ファイアボール」

俺の放ったファイアボールはゴレムの背中に着弾する。

「ゴオオオオオオオオオオ!!」

その一撃でゴレムの体は砕け、崩れ去っていった。

よ、よえええええええ。

魔法に弱いとは聞いていたが、ここまでとは思わなかったぞ。

そして仲間の一匹が崩れ去るのを目撃した残りのゴレムがようやく俺に存在に気付いたようで。

叫び声を上げながら俺のいる場所へと突進してきた。

体の大きなゴレムが突進してくるのでそれなりの迫力はあるのだが、いかんせん動きが遅すぎるぞ。歩いているかと勘違いしそうなほどの遅さだ。

はあ、本当にこいつらは大きくて硬いだけの魔物なんだな。

道理でミナリスさんが魔法を使えたら問題ない相手と言うわけだよ。

「もうお前ら飽きたわ。ファイアボール、ファイアボール」

俺は適当に走ってくるゴレム二匹へファイアボールを飛ばし、戦闘を終わらせる。

はあ、本当にあっさり終わってしまったな。

少しだけ拍子抜けした気分だが、まあこれで邪魔者のゴレムはいなくなった。早速目的のアルス鉱石を採取するとしますかね。

そんな事を考えながらアルス鉱石の元へ向かおうとすると、背後からかなりの勢いでこちらに走ってくる足音が聞こえて来た。

あ、そういえばリサの事を忘れていたな。

そう考え背後に目を向けてみると、思った通りリサがこちらへと走ってきていた。

その表情を見るに、相当興奮しているように思える。

そして俺の元へとたどり着くと、もう我慢できないといった感じで喋り始める。

「凄い、凄いよユーマ君！　まさかあのゴレムを一撃で倒しちゃうなんて！　僕のファイアボールとは桁違いの威力だよ！」

ふむ、興奮するのは別に構わないんだが、少し近寄りすぎじゃないだろうか。

顔もかなり近いし、視線を下に向けるとその豊かな胸がもう少しでくっつきそうだった。

まったく、目に毒だなこれは。

「はは、ありがとな。けどゴレムってかなり弱かったぞ？　魔法が使えたら苦戦するような魔物には見えなかったんだが」

そう思った事を話すとリサは首を横に大きく振り。

「そんな事ないよ！　確かにゴレムは魔法に弱いって言われてるけど、それでも普通は下級魔法のファイアボール一発で倒せるような魔物じゃないんだよ。少なくとも僕はそんな事できる人ユーマ以外に知らないよ！」

理由は不明だが、俺の魔法は他の魔法使いよりも威力が高いらしい。

これは異世界人補正でもあるのだろうか。

それとも、単純に俺のレベルがリサの話している魔法使いより上なのだろうか。

まあどちらでもいいか。今の俺にはそれよりもっと気になっている事がある。

「なあリサ、さっきから自分のこと僕って呼んでるみたいだけど」

リサって僕っ子だったっけ。

「…………!!」

俺がそう質問した途端、リサは俺から離れてしまう。少し残念。

そしてリサは少しため息をつきながら。

「はあ、興奮するとすぐ昔みたいになっちゃうな。最近は慣れてきたと思ってたんだけど、なかなか上手くいかないものだね」

「リサの言葉から察するに、昔は自分の事を僕と呼んでいたのを、今は無理やりに変えてしまっているということか？」

「そうだね。僕ってこんな見た目してるだろ？　それに加えて自分の事を僕なんて呼ぶもんだから、昔は男の子に間違えられる事が多くてさ。それが嫌で僕って呼ぶのをやめたってわけ。まぁそのお陰で最近は男に間違えられる事もなくなったけどね」

なるほど、確かにリサは非常に中性的な顔をしている。

髪も女性にしては短めだ。

確かに昔であれば男と間違えられたのも無理はないかもしれない。

だが現在は中性的ながらも女性としての可愛らしさもあり、十分魅力的に見える。

それと多分、最近男に間違えられる事がなくなった最大の原因は、僕っ子をやめたからではなく、その大きく育った胸の影響だと思いますけどね。

「なるほど。大体の事情は分かったよ。ただ今のリサなら自分の呼び方なんて変えなくても、十分に女の子らしくて可愛いと思うぞ」

「……本当かい？」

「ああ、本当だ。リサは難しく考えすぎだ。自分の呼び方なんて、自分が一番呼びやすいと思ったのでいいんだよ。そんなの気にしなくてもリサは十分可愛い。少なくとも俺はそう思う」

俺は自信満々にそう断言する。

するとリサは表情を赤くしながらも笑顔で言った。

「ふふ、男の子にこんな事言われるなんて思ってもいなかったよ。あーあ、ずっと悩んでたのが馬鹿らしくなってくる。そうだね、たしかにユーマ君の言う通りだ。なんかスッキリしたよ。これからは無理に女の子らしくせずに、自然にいくことにするよ」

そう笑顔で話をするリサは今までで一番自然で可愛らしく見える。

まあ長年悩んでいた問題がこんな簡単に解決するのは少し驚いたが、リサは満足しているのならそれに越したことはないだろう。

それにしても、リサのやつ俺の事を男の子って。俺はもう男の子なんて呼ばれる年ではないんだけどな。いい機会なのでその辺をはっきりさせておくか。

「吹っ切れたようで何よりだ。それとリサ、最後に一つだけ言っておく事がある」

リサは小さく首を傾げながら。

「ん、なんだい？」

「俺は今年で二十五歳。もう男の子なんて言えない年なんだ。済まんがな」

そう言い放ってから数十秒間。

リサの表情は驚きで固まったままだった。

それから数十分後。俺はリサと協力して、この場所にあるすべてのアルス鉱石をアイテムボックスに収納していた。

最初は依頼に必要な分だけを持って帰ろうと思っていたのだが、リサからアルス鉱石は貴重で高値で売れるという情報を聞き予定変更。ここにあるアルス鉱石はすべて持って帰る事にしたのである。

「ふう、終わった終わった。付き合わせて悪かったなリサ」

「このくらいなら問題ないよ。無事に依頼も達成する事ができたわけだしね」

そう、本当ならこれで依頼は達成。後はフロックスへ帰るだけだ。

だがなぜだろうか。俺は今になってミナリスさんの言葉を思い出していた。

前に現れたのは数百年前。本来なら現れるはずのない魔物。

そのはずなんだが、どうしてもミナリスさんの言っていた嫌な予感というのが気になって仕方ない。これは俺の考えすぎなのだろうか。

「どうしたんだいユーマ君。何か考え事でもしてるの？」

「実はな、ここに来る前にある知人から気になる話を聞いたんだ。なんでもこの場所には普通のゴレムとは違い黒いゴレムが出現するらしい。まあ前に現れたのが数百年前らしいのでほぼ伝説みたいなもんだけどな」

俺がリサにそう話すと、リサは顎に手を当て何かを考えながら呟く。

「黒いゴレム。もしかして、災厄の……」

ん、リサはエビルゴレムについて何か知っているのか。

そう思い質問しようとしたところ、俺達の立っている場所が突然激しく揺れ始めた。

まるで前の世界でいうところの大地震のように。

突然の事にリサは慌てて俺の手を掴み、青ざめた表情で言った。

「ユーマ君、これはもしかして!?」

「ああ、魔物の気配だ。それも、今までほとんど感じた事のないほど圧倒的な。いいかリサ、俺の手を絶対に離すなよ。来るぞ」

俺の言葉が言い終わると同時に、俺達の目の前に地中から魔物が出現する。

その魔物は見た目だけはゴレムによく似ている。

しかし、体は漆黒のように黒く、大きさはゴレムの倍以上にも見える。

間違いないな。こいつがミナリスさんの話してくれた黒いゴレム、エビルゴレムだ。

なるほど、俺が倒した一匹目のゴレムが最後に発したあの声、あれは断末魔ではなく仲間を、エビルゴレムを呼ぶために発したのかもしれない。

まあこの状況だ。色々考えても意味はない。まずはリサを俺の背後へ移動させ。

「いくぞ、ファイアボール、ファイアボール、ファイアボール!!」

エビルゴレムへとファイアボール三連発を放つ。

一発一発がかなりの威力を持った一撃だ。それが三連続、流石にこれは効くだろ？

しかし、そんな俺の甘い考えはすぐに否定される事になる。

「おいおい勘弁してくれ。これで無傷なのかよ」

爆風の中から現れたエビルゴレムは、その体に傷一つ付けていなかった。

エビルゴレムは俺に狙いを定めたようで腕を振りかぶると、その体の大きさから全く想像できない程の速度で攻撃を放ってくる。

これは避けないとまずいな。そう思い体を横に動かそうとするが、俺は後ろにリサがいる事を思いだす。俺が避けるとリサに被害がいくなこれは。

そう考え両手でエビルゴレムの攻撃を受け止める体制に入る。

しかし、俺の予想以上にエビルゴレムの力は強かったようで、その攻撃に耐えきれず俺の体は後方へと弾丸のように飛ばされていく。

「ユ、ユーマ君⁉」

リサは俺が飛ばされるのを間近で見て大きく悲鳴を上げる。

そして俺という敵がこの場からいなくなった今、エビルゴレムの標的はリサへと移り、リサの眼前へとエビルゴレムは移動し拳を振りかぶる。

こうなるとリサには何もする事はできない。目の前で腕を振りかぶっているエビルゴレムを呆然と見つめ、目から涙をこぼし足を震わせ、小さく呟いた。

「は、はは。僕、こんなところで死んじゃうのかな。父さん母さん、僕も今からそっちに……」

「生きるのを諦めるにはまだ早いぞリサ」

エビルゴレムの拳が振り下ろされる直前、俺はリサを抱きかかえその場から離れる。

次の瞬間、誰もいない地面へとエビルゴレムの一撃が炸裂する。その一撃で地面は大きく抉れてしまっている。まともに食らったら確実にミンチだな。

「ユーマ君⁉　無事だったのかい⁉」

「俺にあの程度の攻撃は効かないさ。まあ、少し痛かったけどな」

「あれで少し痛かったって……ふふ、さっきまではもうダメだと思ってたけど、ユーマ君と話しているとこれで大丈夫なんだなって思えてくるから不思議だよ」

「そう思ってくれるなら嬉しいね。さて、この辺でいいかな」

そう考えエビルゴレムからそこそこ離れた位置にリサを下ろす。

次にアイテムボックスから数匹のオークの死体を取り出しリサの前方へ並べていく。

リサはそれを見ながら少し引いたような声で。

「あ、あのユーマ君。これはどういう事なの？」

「見て分かる通り、これはオークの死体だ。もし戦闘の余波がここまで来たら、こいつらを盾にしてくれ。図体はでかいからいい盾になると思うぞ」

「ちょっと待ってよ。ユーマ君はまだ戦うつもりなの⁉　今なら逃げる事も！」

「無理だな。エビルゴレムは図体の割りにかなり素早い。リサを抱えて逃げるのは不可能に近いと思う。あいつも俺達を逃がすつもりはないようだからな」

「そんな、ユーマ君……」

「それでも、今回の依頼主はリサだ。もしリサがこのまま逃げろと言うのなら俺はリサに従う。そしてリサがあいつを倒せと言うのなら、俺は必ずあいつを倒すと約束する」

するとリサは覚悟を決めた表情で言った。

「分かった。僕はユーマ君を信じる。だから絶対にあいつを倒してほしい。そして、必ず生きて帰って来てほしい」

「ああ、了解した。リサは安心してここで待っててくれ。では行ってくるよ」

そうリサに言い残し、俺はエビルゴレムの正面へと移動する。

さあ、お待ちかねのタイマン勝負と行こうか。

まず俺はアイテムボックスからデーモンリッパーを取り出し魔力を込める。

それを見たエビルゴレムが俺に攻撃を開始するが、俺はその攻撃を掻い潜っていき、エビルゴレムの首付近へ魔力を込めた一撃をお見舞いする。

これは流石に効いたんじゃないか？　そう思い攻撃が当たった場所を確認するが、そこには少しの傷があるだけでほとんど効いている様子はなかった。

「ゴルウウウウウウウウウウウ!!」

「あれでノーダメージは少し堪えるぞ。どうやって倒すんだよこいつ」

エビルゴレムの攻撃を避けながら、反撃の手段を考える。

まず魔力を込めての一撃で駄目なら斬撃系の攻撃はほぼ役に立たない。

次に魔法だが、最初に撃ったファイアボールはほとんどダメージを与えてはいなかった。もっと魔力を込めて大きくすれば効果もあるかもしれないが、それだとエビルゴレムだけではなく近くにいるリサも危険に晒す事になるかもしれない。

次に気配遮断だがこれは絶対に使う事はできない。もし俺の姿が見えなくなったらエビルゴレムがリサに向かう可能性があるからだ。

そうなってくると、俺に残された手段はこれだけだな。

いいだろう、正々堂々真正面から殴り合うとしようじゃないかエビルゴレムよ。

俺はエビルゴレムの攻撃を掻い潜っていき、その腹部を最大の力を込め殴りつける。

「ゴオオオオオオオオオ⁉︎」

エビルゴレムの腹部は少し砕けて、叫び声を上げる。

しかし、その一撃で砕けたのはエビルゴレムの腹部だけではなく、殴った方の俺の腕も血だらけとなり、同じように砕けていた。

俺はかなりの痛みを感じながらも、すぐにヒールで腕の傷を回復させる。しかし、以前にも言ったことだが回復魔法を使うには若干の溜め時間がいる。そしてそのような隙を見逃すはずもなく、エビルゴレムは俺に拳を振り上げ、振り下ろした。

「ゴルォォオオオオオオオオオオオオオ‼」

エビルゴレムが今日一番の雄叫びを上げる。

それはまるで自分の勝利が確信した時に上げるような勝利の雄叫び。

全く、オークキングといい魔物は詰めが甘いな。

俺はエビルゴレムの拳を両手で受け止めながら、徐々に腕に力を入れていく。

ここまで来るとエビルゴレムも俺が死んでいない事に気付き、慌ててもう一度押しつぶそうと力を入れるが、すでに手遅れだ。

俺は体全体に力を入れると、エビルゴレムの巨体を力の限り投げ飛ばした。

「ゴルゥウウウウウ!!」

エビルゴレムは地面に叩きつけられた衝撃でかなりのダメージを受けている様子。

俺はその隙を見逃さず、エビルゴレムの腹部へ馬乗りになり何度も何度も拳の一撃を食らわす。

するとエビルゴレムの腹部は徐々に砕けやすくなっていき、俺の血で赤く染まっていく。

そして必死に立ち上がった時には、その腹部は限界を迎えていた。

しかし、エビルゴレムはその闘志を欠片も緩める事はなく、俺に殴りかかってくる。

「いい覚悟。だがこれで終わりだ。砕け散れ、エビルゴレム」

エビルゴレムの最後の攻撃をギリギリで避けながら、腹部へとクロスカウンター気味に拳を放つ。

この一撃でエビルゴレムの腹部は粉々に砕け、その巨体が音を立てて崩れていく。

「やっと終わったか。全く、とんでもない硬さだった」

ただ相手が悪かったな。なんせ俺の力はサイクロプス以上だからな。

まあ少し前まではサイクロプスと同等以上の力なんて嫌だなと思っていたんだけどね。

今回はその力に助けられる事になった。世の中何が起きるか分からないもんだ。

そんな事を考えていると、後ろの方からリサが走ってきてその勢いのまま。

「ユーマ君、やったんだね！」

なんとリサはそのまま俺に抱き着いてきた。

正面から抱き着かれているのでリサの顔がすぐそばにあるのを感じる。

そして胸の感触も直に感じる。これは効きますね。まあそれはともかくとして。

「リサ、少し落ち着いてくれ。そして俺から離れたほうがいいぞ」

「え、僕はもう少しこのままでも……」

「俺は別に構わんのだが、リサの服が色々と大変な事になってるぞ？」

現在、俺はエビルゴレムとの戦いの影響で血だらけの状態だ。まあ真っ黒なパーカーを着ている
ので気付きにくいとは思うけどな。

そんな俺にリサは正面から抱き着いてきた。ここまで話せば分かってもらえるとは思うが、現在
リサの来ている服は俺の血でべっとりという事だ。

俺がそこまで言うとリサは血だらけになった自分の服を見て。

「うう、僕としたことが、ユーマ君に汚されちゃったよ」

「おいリサ、その言葉、色々と誤解されそうなので他のやつには絶対言うなよ。それと、抱き着い
てきたのはリサの方だから俺は悪くないからな」

「そ、そうだよね。僕の方から抱き着いてたんだよね。今になって少し恥ずかしくなってきたよ。

それと、色々と誤解ってどういう事？」

「それはまだ知らなくてもいい事だ。さて、血が固まってしまう前にとっとと服を洗うとするか。リサの服も一緒に洗うから早く脱いでくれ」

俺のこの発言のせいで、リサは再び顔を真っ赤に染めて微妙な空気になってしまうのだった。


エビルゴレムを倒してから数時間後。

俺とリサは血で染まってしまった服をしっかりと洗い、近くの洞窟で身を休めていた。

そしてこれからの予定を話し合う事に。

「リサ、日が落ちるまであと数時間もない。今から下山するのならおそらく途中で夜になってしまうと思う。俺はここで一泊するのが正解だと思うんだがどうだろうか？」

「うん、僕もユーマ君の言う通りここで一泊するのが正解だと思う。幸い、この洞窟には魔物もいないみたいだからね。安全だと思う」

「まあどんな魔物がいたとしてもリサは守るから安心してくれ」

「うう、そんな事を言われるとまた恥ずかしくなってくるじゃないか。けどありがとねユーマ君。さてと、そうと決まれば僕の荷物をここに出してもらってもいいかな？」

ああ、あの妙に重かった大荷物ね。

そういえば何が入っているのか結構気になっていたんだよねあれ。

アイテムボックスからリサの荷物を取り出し地面にそっと置く。

するとリサがその荷物の中から何か大きな物を取り出す。なんだろうと思い聞いてみると、どうやらテントのようなもんらしい。異世界にもテントってあるんだな。

そんな事を考えている内に、リサはあっという間にテントを組み立てていく。

ふむ、流石に地球に存在したテントと比べると劣ってしまうが、それでもかなり立派だな。

まあ洞窟にテントがいるのかは疑問だが。

その後、二人で夕食を食べ終えると。

時間も遅くなってきたのでリサが寝る準備を始めていた。

そしてリサは申し訳なさそうな表情で俺に問いかける。

「ねえ本当にいいのかい？　僕だけ寝てユーマ君だけ起きてるなんて」

「問題ない。流石に依頼主を見張りにするわけにはいかないからな。それに、俺は多少寝なくても平気だ。日が昇る頃に起こすからそれまではゆっくり寝ているといい」

「うん、分かった。じゃあ遠慮なく休ませてもらうことにするね。また明日ねユーマ君」

「ああ、お休みリサ」

その後、何も起きることなく時間は過ぎていった。


護衛依頼日の翌日。

洞窟の外を見てみると丁度日が昇るところだったので、リサを起こすことに。

「おーいリサ、時間だぞ起きろ」

その俺の言葉に返事はなかった。

それから何度も呼びかけてはいるのだが、一向に返事がくる気配はない。

この様子だとおそらく熟睡しているようだな。

だが起こさないわけにもいかないよな。そう考えテントの扉を開け強引に起こす事に。

すると俺の目の前に予想もしていなかった光景が。

「これは、随分と酷い寝相だな」

テントの中で寝ているリサの姿は中々に酷いものだった。

例えるなら、子供が寝ているかのような感じだ。

おっと、ずっと見ているのも悪いな。さっさと起こすとしようか。

そう考え寝ているリサの肩を軽く揺さぶりながら。

「おいリサ、そろそろ時間だ。起きてくれ」

すると流石のリサも目を覚ましたようで体を起こす。

しかし、顔を見てみるとまだ半分は寝ぼけているような表情だった。少し可愛い。

リサは寝ぼけ半分の目で周りの様子を確認すると、やっとテントの中に俺がいる事に気付き、いきなり表情を赤くして慌てだした。

「な、ななななんでユーマ君がテントの中にいるんだい!?」

「いや、朝なので起こそうと思い、テントの外から何度も声をかけたんだが中々起きなくてな。それで仕方なく直接起こしにきたというわけだ」

「そ、そうだったのか。それは申し訳ない事をした。済まないね」

「いいさ。それよりもうすぐ朝食にするから準備ができたら来てくれ。それと、お腹が丸出しだと風邪を引く恐れがある。寝ている時はちゃんと服は着たほうがいいぞ」

そう言い残し俺はテントの外へと移動する。

すぐ後にテントの中から可愛らしい悲鳴が聞こえたが、まあ気にしないでおこう。

その後、俺達は何事もなかったかのように朝食を食べ終える。

最後にテントを片づけアイテムボックスに入れた。

後はフロックスへと帰るだけだ。

「リサ、準備はいいか？」

現在、俺にお姫様抱っこされている状態のリサに質問すると。

「僕はいつでも大丈夫だよ！」

「よし、なら出発だ」

帰るとしましょうか、フロックスへ。


ゴレイ山脈を出発してから数時間後。

俺とリサは無事にフロックスに到着していた。

ふむ、予想よりもずっと早く帰ってこれたな。

これもリサが思っていたよりタフで、休憩回数を最低限に抑えられた影響だろう。

イグルやマルブタの件があったので一応体調には気を配っていたのだが、取り越し苦労だったようだな。全く大したもんだよ。

もしかしたら、リサはイグルやマルブタよりも体力があったりして。

まあ流石にそれはないだろうけどね。

さて、とりあえずフロックスへ到着したことだし、そろそろ抱っこしているリサを下ろすとするか。

そう考えリサに声をかけるとリサは少しだけ残念そうな表情で。

「あ、もう着いちゃったんだね。僕はもう少しこのままでもよかったんだけどな」

「ほう、昨日は随分と恥ずかしがっていたのにたった一日で慣れたもんだな。だがいいのか？　俺はこのままお姫様抱っこしていってもいいが、そうなると必然的に大勢の人達に見られる事になる。それでもいいならこのまま行くけどな」

俺は冗談半分でそう質問する。

するとリサは少し表情を赤くし苦笑いしながら言った。

「そ、それは確かに恥ずかしいね。仕方ないな」

納得してくれたようなのでリサを地面へとゆっくり下ろす。

その後、門を抜けフロックスに入った俺達はまずリサの店へと向かった。

リサの大荷物や今回の依頼の目的であるアルス鉱石を届けるため、そして護衛依頼書にリサのサインをもらうためにだ。

それにしても、よく考えてみればリサと二人で街を歩くのは初めてだ。

なんだか新鮮な気分だ。そんな事を考えながら歩いていると、目の前を魔法学園の生徒が数人横切っていった。そのまま武器屋に入っていくようだ。

本当に最近よく見るようになったな。何かイベントでもあるのだろうか。

そんな事を考えていると、隣で歩いているリサが俺の顔を覗き込みながら言った。

「どうしたのユーマ君。何か気になる事でもあったかい？」

「いや、別に大した事じゃないんだけどな。最近魔法学園の生徒をよく見るようになった思って」

「ああ、それなら進級の時期だからだと思うよ。魔法学園の生徒って二年生になると授業で杖を使うようになるんだ。それが理由でこの時期は杖を買いに街に来る生徒が多くなるのさ。それと偶にだけど杖を買うお金がない生徒が、学園で紹介された簡単な依頼のような事をしてお金を稼ぎに街に来てるらしいよ」

ほう、リサは魔法学園の事について詳しいな。

大掃除の時から少し気になっていたのだが、リサは魔法学園に何か関係がありそうだ。

まああの時のリサの表情から察するに、この件にはまだ触れない方がいいだろう。

誰にだって触れられたくない過去はあるもんだ。俺だって自分の過去を話すのは嫌だし怖い。

そう考え俺は疑問を心の奥底にしまい込むと。

「なるほど、道理で杖を買う生徒が多いわけだ。ありがとなリサ。疑問が一つ解消したよ」

「どういたしまして。ユーマ君の役に立てたようでよかったよ」

それから俺とリサは話をしながら歩き続けた。

数十分後、無事リサのお店へと到着して扉を開け中へと入っていく。

リサはまさか一日で戻ってくるとは思ってもいなかったようで。

「本当にゴレイ山脈まで行ってたった一日で帰ってきちゃったよ。今だに信じられない気持ちだよ。なんで門番の人はあっさり信じてくれたんだろ」

「あの人は俺に慣れてるからな。さて、荷物とアルス鉱石だがどの辺に出せばいいんだ？」

「慣れてるって問題じゃないと思うんだけどな〜。えーと、荷物はあの辺に、アルス鉱石はこの台の上に出してもらってもいいかな」

「よし、分かった」

俺はまずリサの指定した場所に大荷物を出して、それからアルス鉱石を次々と取り出していって、四分の一程度を出し終えたところでもう十分だよと言われたのでストップだ。

そして最後にリサから護衛依頼書へサインをもらい、これで今回の依頼はすべて終了した。

後はメルさんのところに行き報告をするだけだな。

さて、それでは早速ギルドに向かうとしますかね。そう考え店から出ようとするのだが、その前に気になる事を聞いておこうと思いリサへ。

「なあリサ、依頼を受けた時から少し気になっていたんだが、アルス鉱石を使ってどんなマジックアイテムを作る予定なんだ？」

「うーん、まだ秘密かな。まあ完成したら絶対にユーマ君に知らせるから楽しみにしててよ」

「そういう事なら俺も出来上がるのを楽しみに待つことにするさ。さて、俺はそろそろ依頼報告のためにギルドに向かうとするよ。また今度なリサ」

「うん、またねユーマ君」

その後、リサの店から出た俺はギルドへ向け歩き出す。

数分後、無事ギルドに到着して中へと入りメルさんの元へ向かう。

「こんにちはメルさん。指名依頼を達成したのでその報告にきました」

そう言って護衛依頼書をメルさんへと渡す。

するとメルさんはなぜか頭を抱えながら俺に話しかけて来た。

「あれれ、私の記憶違いかしらね。ユーマ君は昨日ゴレイ山脈に出発したと思うんだけど」

「そうですね。昨日出発して今日帰ってきました」

「それじゃ、ユーマ君はフロックスからゴレイ山脈の往復を一日で終わらせたって事?」

「はい、その通りです」

「ちなみになんだけど、移動手段を聞いてもいいかしら。魔法とか使ったの?」

「いえ、普通に走っただけですよ」

「そう。流石はユーマ君、足が速いわね」

「褒めて頂きありがとうございます」

「はあ、もういいわ。相手はユーマ君だもんね。なんでもありよね」

なんかめちゃくちゃ言われてんな。

まあメルさんがそう言いたくなる気持ちも分かるので気にしないけどね。

そしてようやくメルさんはいつもの真面目な表情へと戻り。

「ようやく落ち着いてきたわ。さてユーマ君、護衛依頼書確かに確認しました。改めて依頼達成おめでとう。これが今回の依頼報酬よ」

そう言ってメルさんは金貨五枚が入った袋を手渡してきた。

俺はその袋を受け取り、一応中身を確認してからアイテムボックスへと入れる。

今日はもうギルドに用事はないな。最後にメルさんへ頭を下げながら。

「ありがとうございました。それでは、俺はこれで失礼します」

そう言い残しギルドを後にするのだった。

さて、用事も済んだ事だしそろそろジニアに帰るとしますかね。

そう考えジニアに向け歩き出す。

数分後、無事にジニアに到着して扉を開け中へと入っていく。

「ほらお母さん。やっぱりユーマさん帰ってきた！」

「はあ、本当にたったの一日で帰ってくるとはね。やっぱりユーマは色々とおかしいね……」

俺が中へと入るといきなりそんな会話が聞こえて来た。

どうやらサリーとサリアさんで俺の事について何か話していたようだ。

それにしても一体何の話をしていたのだろうか。

少し気になったので二人に聞いてみる事にした。するとサリアさんが。

「簡単に説明すると、まずこの子が急にユーマさんがもう少しで帰って来るって言いだしてね。なんでそんな事をいきなり言いだしたのか聞いてみると、ただの勘だって言うじゃないか」

なるほど、勘ねぇ……。

その後もサリアさんの話は続き。

「まあこの子の勘は不思議と昔からよく当たるんだけどね。流石に今回ばかりは信じられなくてさ。だってゴレイ山脈まで言って一日で帰って来るなんて普通は信じられないだろ？」

「そうなんですよユーマさん。お母さんったらなかなか信じてくれなくて」

いや、サリーには悪いが今回ばかりはサリアさんの反応が普通だろうな。

俺だって逆の立場だったら絶対に信じないと思う。

「それで少し口論になりかけてたんだけど、その矢先にユーマが帰ってきたってわけさ。全く、本当にたった一日で帰って来るなんて、あたしには今だに信じられないよ」

サリアさんは少し苦笑いしながら言った。

そしてサリーよ。自分の勘が当たって嬉しいのは理解できるんだが。母親に向かってその全力のどや顔はどうなんだ。まあ見ている分には可愛いので問題はないかな。

そんなサリーのどや顔を見てサリアさんは。

「ふふ、これも女の勘ってやつなのかね。それとも、愛の力ってやつかね？」

サリアさんはニヤニヤしながらそう告げた。

するとその言葉を聞いてサリーの表情は一転、顔色は一気に真っ赤となり、表情は羞恥心と若干の怒りが混ざり合ったような顔になっている。

「お、お母さん何を言ってるの⁉　あ、愛なんてそんな！」

「ふふ、母親に向かってあんな顔をするからだよ。それに、満更間違いでもないとあたしは思うけどね。それじゃあたしは夕飯の準備に戻るとするよ。後は若い二人ごゆっくり〜」

そう言い残し、サリアさんは最後までニヤニヤしながら厨房へと戻っていった。

残されたのは俺と顔を真っ赤にして俯いているサリーだけ。

ふむ、こういうとき男の俺は何て声をかけたらいいんだろう。うむ分からん。

そんな事を考えていると、この空気に耐えきれなくなったのかサリーが先に口を開き。

「そ、それじゃ私も夕飯の準備に戻りますね！　ユーマさんまた夕飯の時間に！」

「ああ、準備頑張ってな。夕飯楽しみにしてるよ」

そうしてサリーは逃げるように厨房へと走り去っていった。と思ったら途中で振り返りこちらに戻ってくる。何か言い忘れた事でもあったのかと聞いてみると。

「はい、お母さんのせいですっかり言い忘れちゃってました」

そして俺の目の前までやってきたサリーは、顔を赤くしたまま笑顔で言った。

「ユーマさんお帰りなさい。無事に帰って来てくれて凄く嬉しいです」

なるほど、そういうことね。これを言うためだけにサリーは恥ずかしいのを我慢して戻って来たって事か。まったくサリーらしいな。

せっかくサリーが恥ずかしいのを我慢して言いにきてくれたんだ。俺も何か言わないとな。

まあお帰りなさいなんて言われたら、返す言葉はこれしかないだろう。

「俺もジニアに帰ってこれて嬉しいよ。ただいまサリー」


あれから数時間後。

俺は自分の部屋へと戻り夕食の時間までのんびり過ごしていた。

今はベッドに横になりながらステータスの確認をしている最中なのだが。

「うむ、思ったよりもレベルが上がっていないな」

エビルゴレムを倒したのだからレベルも相当上がっていると期待していたのだが、現実は厳しいもんだ。まあエビルゴレム以外はゴブリン数匹とゴレム三匹を倒しただけ。これではレベルが上がらなくても仕方ないかなとも思う。

やはりレベル上げにはゴールデンラビッツが最適のようだな。

そうなってくると明日からはまたしばらくの間、ゴルド森林へ通う日々になりそうだ。

まあレベル上げは楽しいので全く問題ないんだけどね。


その後、数十分ほど外をのんびり眺めていると、少しずつ日が落ちて来たようだ。

そろそろ夕食の時間だな。そう考えベッドから体を起こし食堂へと向かう。

そして食堂へ到着するといつもの俺を呼ぶ声が。

「お、サリーちゃんの言う通り本当に帰ってきてるじゃねえか。こっちだぜユーマ」

「アニキ、こっちですよー」

あれ、俺の気のせいかもしれんがイグル以外の声が聞こえたような。

しかも最近はよく聞くようになった野太い声が。

俺は声の正体を確かめるために、急いでイグルの元へと向かう。

すると、そこには俺の予想通りの人物の姿があった。

「お前、本当にここに来たんだなマルブタ」

「勿論ですよ。アニキに誘われたとあれば来ないわけにはいかないっす！」

ふむ、俺の記憶が正しければマルブタを誘ったのはサリーだったと思うが。

まあ別にいいか。サリーも客が一人増えて喜んでいるだろう。

そんな事を考えながらマルブタの隣の席へと座ると、マルブタは興奮しながら。

「そういやアニキ聞きましたよ。護衛依頼でゴレイ山脈まで行ったたって。それなのにたった一日で帰って来るなんて、本当にアニキは凄いっす！　最高っす！　化け物っす！」

おいマルブタ君、悪気はないんだろうが化け物はやめろ。

そうして興奮が続いているマルブタをよそに、イグルは普通に話しかけて来た。

「それにしてもユーマ。一日で帰って来るって事はそれなりの速さで走ったんだろ？　お前はともかくリサちゃんは大丈夫だったんか？」

「リサか。全く問題なさそうだったぞ。走っている最中に普通に話しかけて来たくらいだからな。

むしろあの状況を楽しんでいたように思えるな」

それを聞いたイグルとマルブタは表情を引きつらせながら言った。

「まじかよ、そりゃ凄いな」

「そうっすね。女性でアレを楽しめるって相当ですよ」

まあ確かにリサは根性あったな。

それ以外の原因だと運び方の違いとかもあるのだろうか。リサは丁寧にお姫様抱っこして運んだが、こいつらは適当に担いで走っただけだからな。

もしかしたらイグルやマルブタもお姫様抱っこしたら大丈夫だったのではないか。そんな事を考えた途端、俺を急激な寒気が襲った。

だめだ、これ以上は決して考えてはいけない。

俺はなんておぞましい姿を想像してしまったんだ……。

「おいユーマどうした。いきなり顔色が悪くなったようだけど」

「あ、ああ……俺の事なら心配するな。少し休めば元に戻るさ」

「アニキ、本当に大丈夫っすか⁉」

「あ、ああ……本当に大丈夫だ。それと心配してくれるのは有りがたいが、少しばかり顔が近いぞマルブタ君。もう少し離れてくれないかな？」

俺がそう言うとマルブタは素直に顔を遠ざけてくれる。

有りがたい。今の精神状態でマルブタの顔が至近距離にあったら、ついついグーパンしてしまう恐れがあるからな。

そんな事を話しながら三人でのんびりしていると、サリーが夕食三人分を持ってきてくれた。たったの一日食べていないだけで妙に懐かしく感じる。最高に美味そうである。

ちなみにサリーは夕食を置くとすぐに厨房へと戻っていった。まだまだ忙しいようである。

さて、そろそろ我慢の限界だ。食べるとするか。

数分後、目の前にあったはずの三人分の夕食は綺麗になくなっていた。

腹が膨れて満足しているとマルブタが満面の笑みで。

「凄く美味かったですアニキ！　俺が前に泊まってた宿屋とは大違いっすよ！」

そうだろうそうだろう！

サリーの作った夕食は最高なんだ。マルブタ君はよく分かってるね。

その後、腹が膨れて満足した俺達は各自の部屋へと戻っていく。

俺も部屋に戻る為に階段を昇っていくのだが、隣にはなぜかマルブタの姿が。

そして自分の部屋に着くとマルブタが嬉しそうに。

「おお、アニキの部屋って俺の正面の部屋なんですね。これからよろしくっす」

「そうだな。これからよろしくなマルブタ」

マルブタにそう言い残し俺は自分の部屋へと入っていく。

そして一日ぶりのベッドに横になりながら。

「ふう、今日も無事に一日終了だな」

それにしても、まさかマルブタまでジニアに来るとはな。
しかも正面の部屋。これは明日から騒がしくなる予感がビンビンしますね。
さて、腹も膨れて丁度眠くなってきた。そろそろ寝るとしますか。

【第六章】

護衛依頼を終え、ゴレイ山脈から帰還した翌日。

ぐっすり眠っていた俺は、窓から差し込む明るい日差しで目を覚ます。

「……眩しいな。もう、朝か」

まだ完全には目が覚めていない、半分は寝ているような状態の目で窓から外を確認してみると、どうやら日が昇ってから少し時間が経ってしまっているようだった。

ふむ、少し寝すぎてしまったようだな。おそらく昨日寝てなかった影響だろう。

昨日は初めての護衛依頼、体力的には全く問題ないと思っていたのだが、精神的には疲れていたという事だろうか。

まあいいか。色々考えるのはこれくらいにして、そろそろ起きるとしましょうかね。

そう考えベッドから体を起こしいつものストレッチを始める。

そしてストレッチをしながら今日の予定について考えていく。

「今日は何をするか。まあいつも通りゴルド森林に行ってレベル上げかな」

そう考えた直後、ある用事を忘れていた事に気付く
そうだ、確かゴレイ山脈から帰ってきたらミナリスさんに魔法を教えてもらう約束をしてたな。

まずいな、すっかり忘れていた。準備が終わったら早速ミナリスさんの部屋に行くとしよう。

その後、数分ほどで準備を終えた俺はミナリスさんの部屋へと向かう。

そして扉を軽くノックしながら声をかける。

「ミナリスさん、話したい事があるのですが大丈夫でしょうか？」

すると返事はすぐにきて。

「その声はユーマじゃな。うむ、入ってええぞ」

「そうですか、では失礼しますね」

許可を得たので扉を開けて中へと入っていく。

するとミナリスさんはベッドにちょこんと座っていた。見た目だけなら本当に可愛らしい姿だ。

中身は婆さんなんだけどね。まあそれはそれで有りかな。

そんな事を考えながらミナリスさんを見ていると、悪戯（いたずら）っぽい表情で。

「ユーマよ、いくらわしが可愛いとはいえ、そうジロジロ見るのは感心せんぞ？」

その表情は年相応に可愛く見えた。

それにしても、百五十歳を超えた婆さんが自分の事を可愛いとよく言えたもんだ。

まあ確かに可愛いけどさ。見た目だけはね？

まあそれはともかくとして、女性に対してジロジロ見るのは確かに失礼だったな。

「申し訳ありません。今度から気を付けますので」

「うむ、許そう。ではは本題に入るとするか。今回ユーマがわしの部屋を訪ねてきた理由は、前に約束した魔法の使い方を教える件で合っているかの？」

「はい、その通りです」

「やはりそうか。結論から言うと、済まんが用事ができてしまっての。今すぐ教える事はできそうにない。おそらく二～三日後なら大丈夫と思うがそれでもええか？」

ほう、ミナリスさんに用事か。

どんな用事なのだろうか。まあ俺が気にしても仕方ないか。

「そうですか、分かりました。では三日後に改めて話を伺う事にしますね」

「約束を守れなくて済まんの」

「いえ、俺はご厚意で教えてもらえる立場なんで気にしないでください。俺はいつもで大丈夫ですので。それでは、これで失礼します」

そう言い残し部屋を出て行こうとする。

しかし、途中でゴレイ山脈で起きた事を思い出し振り返ると。

「どうしたユーマよ、何か言い忘れていた事でもあったか？」

「お察しの通りです。ミナリスさん俺に言いましたよね。ゴレイ山脈には黒いゴレムがいると。俺は今回の指名依頼の中で黒いゴレム、エビルゴレムと遭遇して戦闘を行いました」

「なんじゃと!?　それは本当かユーマ!?」

そう質問してくるミナリスさんの表情は、今までに見ないくらい焦りに満ちていた。

俺はその問いに静かに頷きながら話を続ける。

「はい、見た目はゴレムをそのまま真っ黒にしたような感じで、ゴレムの倍以上の大きさ。そして力や体の硬さ、魔法に対する抵抗などはゴレムとは比較にならないほどでした」

「そうか。お主が嘘をつくような性格の人間ではない事は分かっておった。そしてお主の言っておる特徴はわしの知っておるエビルゴレムと一致しておる。決まりじゃのう」

そう言うとミナリスさんは何かを考えるように目を瞑る。

そのまま数十秒が経過すると、ミナリスさんは小さくため息をつき目を開く。

「まさか、この時代にエビルゴレムが現れるとはな。ユーマ、この話は一旦お主とわしだけの秘密にしておいてくれるか？ 無駄に混乱を招きたくないのでな」

「それは構いませんが、エビルゴレムがどのような存在なのか説明してもらってもいいでしょうか？ 俺と一緒にいたリサはやつを見て災厄と口にしていましたが」

俺がそう質問すると、なぜかミナリスさんは少し感心したような感じで言った。

「この時代にエビルゴレムの情報を知っておる者がおるとはな。わしは詳しく知らんがそのリサという娘は相当な勉強家じゃな。話の続きじゃがエビルゴレムはその昔、災厄と呼ばれ皆から恐れられておった。まあ正確には災厄の黒と呼ばれておった」

「災厄の黒ですか。どこか不吉な呼ばれ方ですね」

「お主の言っておる通り、あやつは昔から不吉の象徴として扱われておった。数百年前にあやつが姿を現した時には、街が丸ごと消滅する事になったという噂があるくらいじゃ」

その話を聞いた俺は血の気が引いていくようだった。

あくまで噂、そう思えればいいのだが信憑性のない噂でミナリスさんがここまで焦るはずがない。

その事に気が付いてしまったから。

「この件はわしが責任をもって調査にあたろう。まあグレンやアルベルトには折を見て話しておく事にするがの。それ以外は基本的に他言無用で頼むぞ。理由は分かるな？」

「はい。混乱を避けるためですよね」

「その通りじゃ。今回の件が街中に広まってしまったとしたら、もうただの噂では済まなくなってしまう。下手をしたら大侵攻以上の混乱が訪れるじゃろう」

「そうですね。俺もこの件については誰にも喋らないと約束します。リサにも伝えておきます」

俺がそう言うとミナリスさんは安心したように少し笑う。

そして笑みを苦笑いに変えて。

「それにしても、この年になってこんな問題が起きるとはな。全く、人生も楽じゃないのう。それにしてもユーマ、お主よくエビルゴレムから逃げる事が出来たのう」

あれ、もしかしてミナリスさん勘違いしてる？

そういえばエビルゴレムを倒したとは言っていなかったな。

「ミナリスさん、少し勘違いされているようですが、エビルゴレムはその場で倒しましたよ。倒す手段が少なかったのでかなり苦労しましたけどね」

手とか服とか血だらけになってたからね～。

あの時はテンションが上がり後半はほとんど痛みを感じなくなってたな。本当によく勝てたもんだよ。もう二度とあんな戦いはしたくないね。アサシンっぽくないしね。

そして俺の話を聞いたミナリスさんは、珍しく間抜けそうな表情をしながら言った。

「まさか、本当に倒したと言うのか。いや、お主が嘘を言うような人間ではない事はさっきも言ったが理解しておる。だが、それでもあやつは高度な魔力操作がないと」

「そうですね。俺の魔法では傷一つ付けられなかったので、素手で倒しました」

俺の言葉を聞いたミナリスさんは、見た目相応の可愛らしい仕草で首を傾げ。

「……ん、済まんユーマ、今なんて言った？」

「分かりました。ではもう一度。エビルゴレムは俺が素手で倒しました。何度も何度も拳が砕けてかなりの激戦でしたけどね。最後はなんとか倒す事が出来ました」

それを聞いたミナリスさんは再度驚きで固まる。

数秒後、我に返ったミナリスさんは今度は表情を歓喜で染め大声で笑いだした。

「はは、ははははは!!　まさか、エビルゴレムを素手で倒すじゃと!?　そんな倒し方をする者が現れようとはな！　長生きはしてみるもんじゃわ！」

「は、はあ。ありがとうございます」

褒められているかは微妙なところだが、とりあえず礼を言っておく。

そしてミナリスさんの興奮はまだ収まりきらず。

「くっく、わしがここまで笑うのは何十年ぶりかのう！　お主からエビルゴレムの出現を聞き若干狼狽(うろた)えていたのじゃが、お主の話を聞いているとなんとかなりそうな気になってくるのう！」

「そう思ってくれるなら嬉しいです。ミナリスさん、俺にできる事があったら遠慮なく言ってください ね。俺もこの街を、サリー達を守りたいですから」

「うむ、何か分かったらすぐにお主に知らせよう。今のお主の腕ならば十分に戦力となる。よし、わしは早速調査に出かけるとしよう！　三日後に会おうぞユーマよ！」

そう言い残すと、ミナリスさんはまるで雷のような速さで部屋から出て行った。いきなりの出来事に呆然としている俺を部屋に残して。

ミナリスさんって数百年を生きているわりに、案外子供っぽのかもな。

まあそれは置いといてだ、今の俺がするべき行動は。

「とりあえず部屋を出るか。女性の部屋に俺がいるのはまずい」

そう考えた俺は急いでミナリスさんの部屋から出ていく。そして朝食をまだ食べていない事を思い出し、食堂へと歩いて行くのだった。

食堂へ入ると俺の事を呼ぶ声が聞こえて来たのでそちらに向かう。

そしてイグルが意外そうな表情で話しかけて来た。

「よおユーマ。今日はお前にしては珍しく遅かったじゃねえか」

「そうだな。いつもより起きるのが遅れてしまってな」

「イグルさん、アニキは昨日ゴレイ山脈から帰って来たばかりなんですよ。起きるのが遅いどころか、もっと寝ててもいいくらいっすよ」

「おっと、そうだったな。すぐ帰ってきたもんだからすっかり忘れてたぜ」

その後、俺が席に着くとすぐにサリーが三人分の朝食を持ってきてくれた。三人分って事はイグルとマルブタは俺が来るまで食べずに待っててくれたのか。

相変わらずいい奴らだな。俺は心の中で二人に感謝をしながら朝食を食べ始める。

それから数十分後、俺達三人は朝食を綺麗に完食し、のんびりと話をしていた。

「そういやユーマ、お前は今日何をする予定なんだ？」

「俺か？　俺はいつも通りゴルド森林にでも行ってレベル上げをする予定だな」

そう答えるとイグルとマルブタは呆れ半分、心配半分のような顔になり。

「はあ、お前って本当にレベル上げ好きだよな。まあお前が大丈夫だと思うならいいんだけどさ。たまには休息も必要だと思うぜ」

「イグルさんの言う通りですよアニキ。確かにアニキは人間を半分くらいやめてるような凄い人ですけど、それでもたまには休んだ方がいいっすよ」

相変わらずマルブタ君は少し失礼な事を言ってるな。あながち間違ってはいないが。

ただ二人の表情を見る限り、本気で俺の体を心配しているのは伝わってくる。

「本当にきついと思ったら素直に休息をとるから大丈夫さ。二人とも心配してくれてありがとな」

その後も少し話を続けた結果、三人でギルドへ向かう事にした。

ジニアを出て数分後、ギルドに到着した俺達は扉を開け中へと入っていく。

「それじゃユーマ、俺はＣ級の依頼を探してくるからまた後でな」

そう言い残しイグルはＣ級掲示板の元へ歩いて行った。

俺はこの場に残ったマルブタに。

「それで、マルブタは今日の予定は決まっているのか？」

「俺ですか？　今日は可愛がっている新人の依頼に付いて行くつもりっすよ。お、丁度こっちに向かってきてるみたいなんでアニキにも紹介するっす」

ほう、どれどれ。俺はマルブタが指を指した方向へと目を向ける。

すると、俺の視線の先にマルブタと瓜二つ、それかマルブタの顔を少しマイルドにしたような少年がこちらに向け走ってくるのが確認できた。そしてマルブタの前まで来ると。

「お待たせしましたっす兄貴。それで兄貴、こちらの方はどなたで？」

マルブタによく似た少年は俺を見ながらそう質問する。

するとマルブタは腰に手を当て、なぜか少し威張りながら言った。

「よくぞ聞いてくれたっす。こちらの方は俺の命の恩人にして、俺がこの世界で一番尊敬している人物。つまりは俺のアニキっす！」

するとマルブタによく似た少年は俺の事を尊敬の眼差しで見ながら。

「おお、あなたが噂の兄貴の兄貴でしたか！　これは失礼しました。俺の名前はハンブタと言います。これからよろしくお願いします大兄貴！」

そう言ってハンブタ君は俺に頭を下げる。

どうやら非常に礼儀正しい子のようだ。おっと、俺も挨拶しないとな。

「丁寧にありがとな。俺の名前はユーマだ。これからよろしくな」

そう言って手を差し出しハンブタと握手を交わす。

その後、マルブタとハンブタはEランク依頼を受けてギルドから出ていった。

ちなみにマルブタにこっそりと聞いた限り、マルブタとハンブタの間に血縁関係はないらしい。

つまり赤の他人というわけだ。それであそこまで似るのは凄いな。

さて、そろそろ俺も依頼を探しに行くとしますかね。

そう考え依頼掲示板の元へと歩いて行く。すると、早速気になる依頼を見つける事に。

「Bランク依頼、グロースラビッツの討伐。報酬は金貨六枚」

目的地はファリス森林、俺がこの世界に来て最初に降り立った、あの森だな。

ファリス森林か随分と懐かしく感じるな。まあ考えてみればあれから一か月以上も経っているんだよな。懐かしく感じるのも無理はない。本当に時が過ぎるのは早いもんだ。

昔を懐かしむのはこれくらいにしておいて、依頼内容を見ていくとするか。

まず依頼人はゾンガさん。確かバリス村の村長さんだよな。

討伐目標はグロースラビッツ。聞いた事のない魔物だな。

まあ所詮はBランク、今の俺なら油断さえしなければ問題なく倒せる相手だろうな。

おまけでラビッツ数匹を確認とあるが、これも気にする必要はないだろう。

最後に報酬は金貨六枚。まあBランク依頼の平均ってとこだな。

依頼の内容は大体こんなもんだな。さて、問題はこの依頼を受けるか受けないかだ。

依頼人はゾンガさん、つまりバリス村からの依頼って事になる。バリス村にはお世話になったガントさん達が住んでいるので受けてもいいんだが、少し遠いんだよな。

まあ今の俺なら走ればそれほど時間はかからないか。それにもしかしたらガントさん達が困ってるかもしれないんだ。放っておく事はできないよな。

そんな事を考えていると、近くにグレースさんが寄ってくる。

ギルドにいたんだなこの人。珍しく声をかけて来なかったので気付かなかった。

「ユーマ、その依頼受けるつもりなのか？」

グレースさんは今までに見た事ないくらい真剣な表情で質問してきた。

俺はそんなグレースさんの表情に少し戸惑いながらも。

「あ、はい。今のところ受けるつもりですよ」

「そうか。お前なら心配いらないと思うが、気を付けろよ。その依頼はBランクの依頼だが、グロースラビッツの強さはおそらくAランクはある」

なんだと？　それならなんでこの依頼はBランク依頼になっているんだ。

少し疑問に思ったのでグレースさんに質問した結果。

「俺の勝手な憶測になるが、バリス村には今あまり金がないんだろう。元々あの村はかなり貧乏なんだよ。お前が倒してくれたラルドの時も、俺を雇うために必死に金を集めたらしい。その上、俺が不甲斐ないせいで村にかなり被害が出ちまった。俺には気にするなとゾンガのおっさんは言ったが、復旧にもかなり金を使ってると思う」

なるほど、そんな事情があるなら納得できる。Aランク依頼ともなれば報奨金も膨大だ。Bランクの冒険者を雇うだけでもきついのに、そんな大金を払えるわけがない。

「そういう事でしたか。事情は把握しました。この依頼は俺が受けますよ」

しかし、そんな理由があるのならやはりこの依頼は俺が受けるしかない。

おそらく、俺以外にこの依頼を受ける冒険者はいないだろうからな。

冒険者だって慈善企業じゃないんだ。Aランク級の難易度の依頼にBランク並の報酬で行く人なんてほとんどいないだろう。冒険者にとって依頼人の事情なんてのは関係ない。

俺だってもし無関係な人がこんな依頼をしていたらおそらく受けない。もし依頼人が困っていようが所詮は他人。無理して受ける理由がなさすぎるからだ。

「済まねえなユーマ。本当なら俺が行かないとならないところなんだが、俺じゃこいつは倒せなかった。いや、俺達じゃ倒せなかったか」

そう話すグレースさんは今までに見た事ないほど暗い表情をしていた。

理由が少し気になるところだが、今それを聞くのはやめておこう。

「安心してくださいグレースさん。この魔物は俺が責任をもって討伐してきますから」

そうグレースさんに言い残し、俺は依頼書を持ってメルさんの元へ。

するとそれを見ていた人物が俺に話しかけて来た。

「あ、あなたこの依頼を受けてくれるんですか⁉」

俺に話しかけてきたのは、かなりボロボロの鎧を着こんだ男性だった。

「はい、そのつもりですが、何があったのか聞いても？」

俺がそう答えると、男性はよっぽど嬉しかったのか勢いよく話し出す。

「ありがたい！　一刻を争う事態だって言うのに誰も依頼を受けてくれなくて困ってたんです。実は数日前、グロースラビッツが村まで攻めてきたんです。その時は何とか森まで追い払ったんですが、今度いつまた攻めてくるかもわからない状況で……」

なに、村まで攻めてきただと⁉

そんな大変な事になっていたのか、ガントさん達は無事なのか⁉

「すいません、村まで攻めて来たっていうのは本当でしょうか⁉　村の住人に被害は出なかったんですか⁉」

そう質問すると、男性は少し俯きながら答えた。

「何とか村に侵入される最悪の事態は免れたのですが、怪我人はかなり出ました。特に先輩のガントさんは俺を庇って、足を……」

こいつを庇ってガントさんが怪我をした、だと？

そうか、こいつどこかで見た事あると思ったが、あの時ガントさんと一緒にいた門番か。

まあ今はそんな事どうでもいい。俺が気になるのは一つだけだ。

「それで、ガントさんは無事なのか。答えろ」

「は、はい。命に別状はないと聞いています。しかし、もう歩けなくなってしまうかもしれないと聞かされました。俺なんかのために、うう……」

よし、それなら俺の回復魔法で何とかなるかもしれない。

興奮していた気持ちが少し落ち着いてきたので、目の前の門番が少しでも安心できるように。

「分かりました、俺はこれで失礼します。安心してください。バリス村にこれ以上の被害が出ないよう、グロースラビッツは必ず仕留めると約束します」

するると男性は涙ぐみながら、ありがとう、ありがとうと呟いていた。

そして俺はメルさんの元へと歩いて行って。

「こんにちはメルさん。早速ですが、この依頼を受けたいと思います」

俺がそう話すとメルさんは真剣な表情で頷き言った。

「こんにちはユーマ君。話は私にも聞こえてたわ。気を付けるのよ。グロースラビッツにやられた冒険者はかなり多いわ。それこそBランクののパーティーでも壊滅の危険がある。そんな魔物よ。油断だけは絶対にしないでね」

「はい、分かっています。あ、そうだメルさん、イグルに伝言を頼んでもいいですか？」

「伝言？　いいわ、何を伝えればいいのかしら？」

「えーと、ファリス森林まで行ってくるのでおそらく二〜三日は帰れない。サリーやみんなにもそう伝えておいてもらえると助かると。あと心配はいらないとだけ」

「分かったわ。責任をもって伝えておくわよ」

「ありがとうございます。では行ってきます！」

そう言い残し俺はギルドから出て行った。

さて、まずはバリス村に行ってガントさんの足の治療だな。

バリス村まではそこそこ時間がかかるだろうが、アイテムボックスに食料は大量に入っているので特に準備はいらない。早速向かうとしますかね。

俺はいつもの門番さんに軽く挨拶をして、バリス村へ向かい走って行く。今回はガントさんの事もあるので最初から最後まで全速力で突っ走るぞ。

その甲斐あってかフロックスを出発してから数時間後、俺は無事にバリス村へと到着する事が出来た。以前はバリス村からフロックスまで十日前後かかっていたのにな。俺も随分と成長したもんだ。


そしてバリス村へ到着してすぐ、以前来た時との違いに気付く。

「門が、ボロボロだな」

以前に見たときはかなり綺麗な状態だった門が、今は所々に傷がつき、なんとか村を守っている状態だ。それでも、この門があったからこそ村は無事に済んだんだよな。

俺はよくやった、と門を軽く撫でてから村の中へと入っていく。すると村の中は以前来た時とほとんど変わっていないようだった。いや、若干綺麗になっているかもしれない。

そして俺が村に入ってすぐ、俺を見つけ話しかけてくる人物がいた。

「あれー、もしかしてユーマさんですかー?」

そう声をかけながら近寄ってくるのは、サリーとほとんど瓜二つの顔をしたマリーだ。改めてみるとマリーの方が若干だが髪が長いな。

俺は近寄ってくるマリーに軽く手を振りながら答えた。

「よおマリー、久しぶりだな」

するとマリーは元気な表情を浮かべ笑顔で言った。

「久しぶりって数か月前に会ったばかりじゃないですかー。まさかこんなに早く再開できるとは思っていませんでしたよ。それにしても、ユーマさんはほとんど変わっていませんね。と思ったけど、少し筋肉質になりましたかー？」

おお、やはり俺の肉体は日々進化を続けているようだ。この調子で筋肉モリモリのマッチョ体系に。いや、それはないな。ほどほどでいいや。

「まあ沢山の魔物と戦い、沢山成長したからな。あ、そうだマリー。いきなりで悪いんだが俺をガントさんのいる場所に連れていってくれないか？」

「え、別にいいけど。お父さん今は怪我して動けないよー」

口調はいつも通りのマリーだが、表情が少し暗くなってしまっている。

「ああ、丁度その怪我についてだ。もしかしたら俺の回復魔法が効くかもしれないからな」

俺がそう言うと、マリーは暗くなっていた表情を変え興奮した様子で言った。

「それ本当⁉　今すぐ案内するから付いてきてユーマさん！」

そう言ってマリーは俺の手を握り走り出した。

数分後、マリーに案内されマリアさんが経営している宿屋へ到着する。そしてガントさんがいるらしい部屋へ二人で入っていった。

「お父さん！　ユーマさんが来て怪我が治るかもしれな……」

ん？　先に部屋に入ったマリーの言葉が妙なとこで途切れた。

何があったのだろうか、そう考え一言だけ声をかけ部屋の中へと入っていくと。

「おい、勝手に人の部屋に入って来るな……ってユーマじゃねえか！」

「あらあら、ユーマ君また来てくれたのね。歓迎するわ」

ガントさんとマリアさんは冷静にそう言った。なんで、なんで二人ともそんな冷静なんだよ。そんな至近距離で抱き合ったままの状態でさ。

俺のその視線に気づいたのだろうか。ガントさんは少し慌てながら言った。

「おっと、何時までもこんな体制でいるわけにはいかねえな。済まねえなマリア、いきなり持たれかかっちまってよ。重かっただろ？」

「いいのよ、気にしないで。あなたは村の為に戦ったわ。その結果、歩けなくなるのは残念だけど、これからは私達があなたを支えていくわ」

「マリア、お前ってやつは、本当に最高の女だぜ」

「ふふ、あなたにそんな事言われたのは久しぶりね。嬉しいわ」

おい、この二人、俺とマリーがいること忘れてんじゃねえだろうな。

怪我をしたと聞いて必死に走ってきたのに、こんなラブラブシーンをなんで見せつけられねばならんのだ。もういいや、とっとと治療をしてこの場を離れる事にしよう。

「ガントさん、ちょっとこっち向いてくださいね。はいそのまま。【ヒール】」

「おおお!?　いきなり何するんだよユーマ！」

そう言ってガントさんは両足で立ち上がる。そう、怪我をしていたはずの足で。そしてその姿を隣で見ていたマリアさんが呆然とした表情で呟く。

「あ、あなた。足が」

マリアさんの言葉を聞いたガントさんは視線を下へと向ける。

そこでようやく今の自分の状態に気が付いたようで、興奮した様子で騒ぎ出す。

「お、おおお、足が、俺の足が動いてるぞ!!」

「治ったみたいですね。それでは俺はこれで失礼します。後はお二人で仲良くどうぞ」

そう言い残し俺は部屋を出ていく。

おっと、マリーを残してきてしまったな。まあいいか。

それにしても、まさかあんな光景を見せられる事になるとはな。実に羨ましい。まあ元気そうで少し安心したのも事実だけどさ。

さて、とりあえずこれで一番の目的は達した。次は依頼の話を聞きにゾンガさんのところへ向かうとしますかね。そう考えゾンガさんの家に向け歩き出す。

以前にゾンガさんの家に行ったのは数か月前。道を覚えているか少し不安だったのだが、記憶を頼りに歩いて行くとほんの数分で到着する事ができた。

それにしても、相変わらずでかい家だね。他の家の三倍近くはありそうだ。

よくこんな貧乏な村でここまで大きな家を建てたもんだ。おっと、少し嫌味みたいになってしまったな。ゾンガさんすいません。

そんな事を考えながら村長宅を観察していると、村長宅の敷地内に小さな建物を発見した。

その建物は非常に小さく、一見するとただの物置のようにしか見えない。しかし、よく見てみると人が住んでいるらしき痕跡を発見する。

不思議なもんだ。敷地内にこんな大きな家があるのだから一緒に住めばいいだろうに。

まあ俺が気にしても仕方ないか。所詮は人様の家の事情だからな。

それに今は別の用事がある。そう結論をつけ村長宅の玄関へと歩いて行く。

さて、ゾンガさんが家にいてくれるといいのだが。そう考えながら扉を軽くノックして人を呼ぶ。

数秒後、待ってましたと言わんばかりに、勢いよく扉を開け一人の男性が現れる。その男性は俺の顔を見るや否や、不機嫌そうな顔でこう言った。

「ちっ、冒険者かと思って期待してみれば、ただの子供じゃねえか」

はあ、本当に異世界に来てから子供扱いされる事が多くなったな。

まあ俺の顔は童顔らしいので諦めるしかないか。それにしてもこの男は失礼だな。

「申し遅れました。俺の名前はユーマ。冒険者として活動しています。今回はグロースラビッツ討伐依頼の件でこちらを訪問させて頂きました。ゾンガさんはご在宅でしょうか？」

なるべく丁寧に分かり易く説明する。

しかし、俺の言葉を全く信じていない男性は俺の事を鼻で笑いながら。

「お前が冒険者だって？　はん、冗談はほどほどにしとけよ。しかも、あの化け物を倒すだって？　やめとけやめとけ。お前みたいなやつに倒せるようなやつなら苦労はしねえよ」

この男、殴ってもいいかな？

いや、だめだ落ち着け。いくら失礼な態度を取られたからといって、すぐに暴力に走ってしまうのは悪手だ。俺はもう二十五歳、大人の部類なんだ。

それに、よく見てみればこの男は俺よりもかなり年下だ。おそらく二十歳前後といったところだろう。ここは年長者の余裕ってやつを見せるいい機会……。

「お前は何時までここにいるつもりなんだよ。こっちは今かなり忙しいんだ。本当ならお前なんかに構っている暇がないくらいにな。分かったらとっととこの村から消えるんだな。そんで当分この村には近づかねえ事だ」

やっぱり軽くなら殴っちゃってもいいかなー！

そんな事を心の中で考えながら拳を軽く握りしめていると、目の前の男は何やら独り言をつぶやき始めた。どうやら何かを思い出そうとしているようだ。

「いや、待てよ。冒険者のユーマってどこかで聞いた事があるような気が」

お、これは兆しが見えて来たか。

「確か首、首折りの……」

惜しい、少し違うんだよな。

仕方ない、少しだけヒントをあげるか。男の近くで小さく首狩り、首狩り、と呟く。

すると男はその表情を驚愕に染めると慌てて言った。

「ももも、もしかして首狩り、首狩りのユーマ様でしょうか!?」

「はい、それで合っていますよ。さて、無事に誤解も解けた事ですし、そろそろゾンガさんの元に案内をお願いしても大丈夫でしょうか？」

「は、はい。色々と失礼な事を言ってしまい申し訳ありませんでした！」

凄いな。喋り方から態度まですべてが変わってしまった。

やはりAランク冒険者という存在はそれだけでかなりの影響力を持っているようだ。

そんな事を考えていると、目の前の男が申し訳なさそうに言った。

「あの、疑うわけじゃないんですが、一応ギルドカードを見せてもらっても大丈夫でしょうか？」

男性のその言葉に俺は雷でも落ちたかのような衝撃を受けた。

そうだ、ギルドカードなんて便利な物があったじゃないか。すっかり忘れてしまっていた。これを覚えていればこんな面倒な事にはならなかっただろう。俺の不注意だなこれは。

そう心の中で反省をして、アイテムボックスからギルドカードを取り出し男性に見せる。すると男性は珍しい物でも見たかのように目を輝かせて言った。

「おお、これがAランクのギルドカード。間違いないようですね。それでは早速村長の元へと案内させて頂きます。後ろに付いてきてください」

そうして俺と男性は村長宅の中へと入っていく。

相変わらず中も広いな。そんな事を考えながら歩くこと数十秒後、前に村長と会った時の部屋へと到着した。部屋に入る前に男性が一声かける。

「村長、Aランク冒険者、首狩りのユーマ様をお連れしました」

すぐに部屋の中から入ってくれと返事が戻ってくる。

案内してくれた男性が扉を開け中に入るよう促してきたので、部屋の中へと入っていく。どうやら男性は一緒に部屋には入らず、部屋の外で待機するようだ。

部屋の中へ入りゾンガさんの姿を確認すると、気のせいかもしれないが以前に見た時より少し痩せたような気がした。やはり色々と大変なんだなと実感する。

そんな事を考えながらゾンガさんの正面へと座り、頭を下げながら。

「お久しぶりですゾンガさん」

俺の挨拶にゾンガさんは笑顔で答えた。

「うむ、久しぶりじゃなユーマ殿。噂は色々と聞いておるよ。なんでも大侵攻を一人で阻止したとか。丁度わしからもお礼が言いたかったんじゃよ。もし大侵攻が起きていたとしたらフロックスだけではなく周りの街や村にも被害が出ていただろう。ユーマ殿、感謝する」

そう言って頭を下げるゾンガさんに俺は。

「頭を上げてくださいゾンガさん。あの大侵攻は俺が止めたいと思ったから止めただけです。結局のところは自分のためですので。それに後始末の事も考えると、俺一人が頑張ったからではなく、冒険者みんなが頑張ったお陰ですので」

俺がそう話すと、ゾンガさんは顔を上げ呆然とした表情で俺を見る。

まるで、何か懐かしい人でも見るかのように。

「どうかしましたか、ゾンガさん?」

「……ああ、いや何でもない。ユーマ殿がわしの昔の知り合いにダブって見えてのう。まあ気にしないでくれると助かる。さて、それで今回ユーマ殿がこの村を訪れた理由じゃが、グロースラビッツ討伐の依頼を受けて来たという事でいいんじゃろうか？」

うむ、どう考えても強引に話を逸らしたな。まあ少々気になるところではあるが、深追いはしないほうがいいだろう。それに今は依頼の話が優先だ。

「はい、ゾンガさんの思っている通りです。まあ先にガントさんの治療を優先させて頂きましたけどね。その辺は大目に見てくれると助かります」

「勿論じゃよ。ガントの怪我を治してくれたのなら文句なぞあるわけない。それにしても、本当によかったのかユーマ殿？　今回の依頼はBランクじゃがグロースラビッツは」

「ああ、その点でしたら問題ないです。事前にグレースさんから情報を聞いたうえでこの依頼を受けることに決めましたので。ゾンガさんもそんなに気にしないでくださいね」

「済まんのユーマ殿。この埋め合わせはいつか必ずさせてもらう。さて、それでは依頼の説明とわしらが掴んだグロースラビッツの情報を話すとしようか」

「はい、お願いします」

俺がそう言うと、ゾンガさんから依頼の説明が始まった
それから数十分後、説明を聞き終えた結果、現在グロースラビッツはファリス森林に奥深くにいるらしい事。グロースラビッツの他のラビッツが数十匹いる事。

最後にグロースラビッツは村に攻めて来た時の戦闘で左の前足に傷がつき、動きが多少鈍くなっ

ているらしい事が分かった。

　これはかなり有りがたい情報だ。大体の生息地が分かっただけでも収穫なのに、まさか弱点まで判明するとは。これで戦いも随分と楽になるだろう。

「分かっている情報はこれくらいじゃが、大丈夫かのユーマ殿」

「十分過ぎるくらいですよゾンガさん。これだけの情報があれば相当有利に戦える事は間違いないです。正直言って俺の予想以上でした」

「ふむ、そう言ってもらえると必死に情報を集めた者たちも報われるというものじゃ」

「その人達には俺が感謝していたと伝えてくれると助かります。では今日のところはこれで失礼します。ファリス森林へは明日の早朝に向かおうと思います」

「そうじゃのう。今日はもう遅い。ゆっくり休んで明日に備えてくれ」

　ゾンガさんとの話を終え、俺は部屋から出るために立ち上がる。

　すると、突然に部屋の外から大きな怒鳴り声が聞こえて来た。何があったんだ？

「だから今は駄目ですって。村長の客人が来ているんですから」

「そんな事はどうでもいいんだよ！　いいからお前はそこを退け！」

　どうやら俺の事を案内してくれた人と言い争っているようだ。

　それにしても、仮にも村長の家でこんな騒ぎを起こすとは。一体何者なのだろうか。

　そんな事をのんびり考えていると、何者かが強引に部屋の扉を開け中へと入って来た。正直言って何が何だかよく分からないが、とりあえずゾンガさんを守れる位置に移動する。

そして部屋に入って来た少年はゾンガさんに向けて何かを叫ぶ。

「じいちゃん、何で俺は駄目で冒険者なんかに依頼したんだよ！　ちゃんと説明してくれよ！」

じいちゃんだと？　つまりこの少年はゾンガさんのお孫さんって事か？

あくまで俺の勘だが、なーんかややこしい話になりそうな気がしてきたな。


ゾンガさんのお孫さんが部屋に着てから数十分後。

現在、俺の目の前では祖父と孫の言い争いが勃発していた。

「なんで俺じゃ駄目なんだよじいちゃん！　あれから俺だって強くなった。今の俺ならグロースラビッツだって倒せるはずだ！」

「何回も言うとるじゃろ。確かにお前は強くなった。それはわしも十分に分かっておるつもりじゃ。しかし、いくら強くなったと言っても今のお前がグロースラビッツに勝てるとは到底思えん」

あ、あの。依頼の話はもう終わったんだし、俺はもう帰ってもいいですかね。

などと言い出せる雰囲気ではない。ここは黙って部屋から出ていくのが正解だ。そう考えゆっくりゆっくり部屋の出口へと近づいて行く。

そしてもう少しで出口というところで、俺をここまで案内してくれた男性が俺の前へと立ちはだかった。男性の目は俺をここに置いて行かないでくれと訴えているようだ。

ああ、その気持ちは俺にも理解できる。こんな場所に一人はさぞかし辛いだろう。

だが俺も譲る事は出来ない。男性に今すぐそこを退けと目で訴える。しかし、そんな俺の視線を受けても男性が扉の前から動く気配はない。意地でも俺を部屋から出さないつもりか。

そういう事なら仕方ないな。この男性には少し眠ってもらうと事にしよう。物事にはいつだって犠牲は付き物なのだから。

俺は右手を男性の首元に伸ばし意識を刈り取ろうとする。すると男性もそれに気付き一瞬で俺の右手を掴みそれを阻止しようとする。俺の攻撃を止めるとはこの男性、中々の強者だな。だが甘い、Aランク冒険者、首狩りを舐めるなよ！

俺と男性がそんな下らないやり取りをしている間に、祖父と孫の言い争いは更に激化しているようだった。お孫さんが体を大きく震わせて叫ぶ。

「大体じいちゃんは俺がどれだけ強くなったのか知ってるのかよ！　いつもいつも村の仕事ばっかりで、俺の事なんてほったらかしにしてた癖に！」

お孫さんにそう言われ、ゾンガさんの表情が申し訳なさそうに歪んだ。

「シング、わしはバリス村の村長なんじゃ。わしにはこの村のすべてを守る義務がある。お前だけを特別扱いするわけにはいかんのじゃよ」

「言い訳なんて聞きたくないよ！　とにかく、俺は明日グロースラビッツを倒しにファリス森林に行く。誰にも邪魔はさせない。もちろんじいちゃんにもだ！」

そう言ってお孫さんは俺の事をギロリと睨む。

うーん、そんなに睨まれても、俺には何が何だかさっぱりなんだが。

「あいつだけは、父ちゃんの仇のあいつだけは俺が倒すんだ！」

そう言い残し、お孫さんは部屋から飛び出していった。

残されたのは部屋の入り口で固まる俺と男性、それに酷く落ち込んだ様子のゾンガさん。

やばい、なんだこの気まずい空気は。

少しの間、俺はどうしていいか分からずにその場で固まっていた。

するとゾンガさんが俺の様子に気付いたようで、申し訳なさそうに言った。

「済まんなユーマ殿、こんな話に巻き込んでしまって」

ほんとその通りだよ。心の中ではそう思いながらも平静を装い。

「大丈夫ですよゾンガさん。俺は特に気にしていませんから」

「そう言ってもらえると助かる。しかし、ここまで聞かせてしまったからには、ユーマ殿にも話をしないわけにはいかないのう。グロースラビッツとわしらの因縁、詳しく話すとしよう」

え、俺は別にそういう事は興味ないんですけど。

正直言って今すぐにでも帰りたいところだが、ゾンガさんの真剣な表情を見ていると、流石に話を聞くしかないかと諦める。

「はい、お願いします」

ゾンガさんの正面へと腰を下ろすと、昔話が始まった。

「今から三年ほど前の事じゃ。当時この村には一つの冒険者パーティーが滞在しておった。パーティーの名は蒼き狼。メンバーのほとんどがBランク以上の実力を持つ冒険者で、ギルドからも将来が期待されておったパーティーじゃった」

Bランクと言えばグレースさんと同ランク。つまりグレースさん並の実力者が集まったパーティーか。なるほど、確かに優秀なパーティーのようだ。

「蒼き狼のメンバーはみな気さくな人物ばかりでのう。村の住人とも非常に仲が良く、大きな獲物を狩ってきた日などには、村中を巻き込み騒ぎ倒したもんじゃ。シングもあの頃はよく笑っておったよ」

きっと昔の事を思い出しているのだろう。

ゾンガさんの表情は今まで見た事ないほど穏やかなものだった。

だが、その表情はすぐに曇っていく……。

「あの頃は本当に楽しかった。じゃが、そんな時間は長くは続かなかった。丁度蒼き狼が拠点をフロックスに移そうと考えていた時期。やつが、グロースラビッツが現れたのじゃ」

「……」

「ユーマ殿も知ってはおると思うが、グロースラビッツの強さはAランク。当時のこの村は今以上に貧乏でのう。Aランク冒険者を雇う金などあるはずもなかった。村中が困り果てていたその時に立ち上がったのが蒼き狼じゃった」

勇敢ともいえるが無謀ともいえるその行動。

ただ、それでも蒼き狼には戦う理由があったんだろうな……。

「本来なら、わしは止めるべきだった。蒼き狼は確かに強かったが、それでもグロースラビッツに勝てるとは到底思えんかった。それでも、村長として村の事を一番に考えると、蒼き狼に頼るしか道はなかったのじゃ」

その事を話すゾンガさんの表情は、本当に苦しそうだった。

「結果、グロースラビッツを倒す事は出来なかったが、大きな傷を与え、ファリス森林の奥深くに追いやることに成功した。当時、蒼き狼のパーティーリーダーだったジルグ、わしの息子であり、シングの父親でもあったあやつの命を引き換えにの……」

シングというのはゾンガさんの孫の少年か。

三年前という事はシングは当時十歳前後。その年でこれは辛いな。

「当時まだ小さかったシングは、その事実が受け止めきれずに、毎日一人で泣きじゃくっておったよ。考えてみれば当然の話じゃ。シングの母親はまだ幼かった頃に他界しておる。つまり、シングにとって父親のジルグは特別な存在だったのじゃろう」

「……」

「本当に情けない話じゃが、そんなシングにわしや村のみんなはかける言葉が見つからなかった。それをシングは見捨てられたと思ってしまったのだろう。それ以来、シングは周りに誰も近づけず、一人を好むようになってしまったのじゃ」

なるほど、離れの家はそういう理由ね。

それにしても一人を好むか。まるで昔の……。

「さて、話はこれで終わりだが、ユーマ殿に一つ頼みがある。聞いてくれるかの?」

「……あ、はい。何でしょうか?」

「明日のグロースラビッツの討伐にシングも一緒に連れていってはくれないだろうか？　もしこのままシングが一人で向かう事になったら、間違いなくシングの命はないじゃろう」

なるほど、俺と一緒ならある程度は安全という事か。

しかし、同行は難しいのではないだろうか。

最後に俺を見た時のあの目。おそらくシングは冒険者の事を……。

「ゾンガさん、別にシングが同行するのは構いませんが、大丈夫なのでしょうか？　俺の勝手な思い込みになりますが、シングは冒険者の事を嫌っているのでは？」

「気付いておったか、流石はユーマ殿じゃ。確かにシングはあの事件以来、冒険者に敵対心のような感情を抱いておると感じる。原因があるとすれば、それはおそらく蒼き狼が父親を見捨てて逃げたと思い込んでおるといったところか」

「それなら、俺が同行するのは難しいのでは？」

「まあその辺はわしが説得するので大丈夫じゃ。それに、これがあの子の本心とは限らんからのう。わしにはあの子が本気で冒険者を嫌うとは思えんのじゃ」

説得か、果たして成功するかどうか。

まあいい、ゾンガさんがそう言うのなら俺は信じるだけだ。

「分かりました。それでは明日、日が昇る頃にこちらに伺いますので、それまでに説得の方はよろしくお願いしますね。では失礼します」

そう言い残し、部屋から出るために立ち上がる。

すると、背後で俺を案内してくれた人が驚きの表情で立っていた。

何にそこまで驚いているのだろうか。少し気になったので聞いてみると。

「実は、首狩りのユーマ様は非常に冷徹な性格で、気に入らない物は即座に首を刎ねると噂で聞いていたものですから。そんな人物が村長の頼みを簡単に受け入れたのが少し意外でしたので。いや、噂なんて当てにならないものですね」

根拠のない噂に少し怒りが湧いたが、言われてみれば確かにそうだ。

後半の噂はまるっきりデマだが、俺が冷徹な性格だというのはあながち間違ってはいない。なんせ敵とはいえ人の首を斬りまくっても何とも思わないからな。

少なくともいつもの俺ならばたとえゾンガさんの頼みであっても、こんな簡単に引き受ける事はなかったと思う。

それなら、なんで俺はこんな簡単に頼みを受け入れたんだ？

何か魔法でも使われたか。いや、違う。ゾンガさんはそんな事をするような人間ではない。それくらいは俺にだって分かる。

だめだ、いくら考えても答えは出てこない。よし、こういう時はいくら考えても無駄なもんだ。諦める事にしよう。もしかしたらただの気まぐれかもしれない。

「あの、どうかしましたか？」

男性がそう心配そうに話しかけてくる。

どうやら考えるのに夢中で少し固まっていたようだ。

「いえ、少し考え事をしていただけなので大丈夫です。それでは、今度こそ失礼します」

俺がそう言うと、男性が玄関先まで送ってくれた。

「ではユーマ様、明日はシング様をよろしくお願いします」

男性はそう最後に言い残し、村長宅の中へと戻っていった
村長宅から外に出てみると、外はかなり暗くなっていた。

依頼の話も終わったし、そろそろガントさん達のいる宿屋に戻るとするか。


村長宅を出発してから数時間後。

俺は宿屋ロータスへと戻り、ガントさん一家と夕食をご馳走になっていた。

マリアさんの作ってくれた夕食を口に運び、懐かしの味を味わっていく。

「いや、相変わらずマリアさんの作る料理は美味しいですね」

「ガハハ、そうだろそうだろ。なんたってマリアの作る飯は世界一だからな！」

ガントさんの言葉を聞き、マリアさんは少し照れくさそうに笑った。

全く、相変わらず仲がいいねこの二人は。夕食を口に運びながらそんな事を考えていると、横に座っているマリーが俺の服の袖を少し引っ張りながら言った。

「ねえねえユーマさん、こっちの料理は私が作ったんだよ。食べて食べてー」

「おお、マリーが作ってくれたのか。早速頂くとするよ」

俺はマリーが作ってくれた料理を口へと運ぶ。

うん、美味い。流石にマリアさんには及ばないまでも、それでも十分に美味い。これなら将来マリーがこの宿を継ぐ事になっても安心だな。

俺はマリーに美味しかったと笑顔で告げる。マリーは俺の返事に表情を笑顔に変えて、マリアさんからも良かったわねと頭を撫でられていた。

そうして夕食を進めていると、急にガントさんが真面目な表情になり言った。

「そういやユーマ、おめえ本当に明日グロースラビッツを倒しに行くのか？　それも一人で」

ガントさんがグロースラビッツと口にすると、今まで明るかったマリーが急に暗い表情になり、心配そうに俺の顔を見つめてくる。マリアさんも同じような感じだ。

俺は二人に心配ありませんよと告げ、ガントさんに返事をする。

「俺一人ではありませんよガントさん。おそらくシングという子も付いてくると思います」

俺がシングの名前を口に出すと、ガントさんは神妙な表情になる。

「シングか。やっぱりあいつは今だにグロースラビッツに執着しているんだな。まあそれも仕方ねえよな。あいつは父親の仇だもんな」

そう話すガントさんは、昔を懐かしむような悔やむような複雑な表情をしていた。

なるほど、やはりガントさんはシングの事を知っているようだ。

「ガントさんはシング、いやジルグさんと知り合いだったんですか？」

「ああ、俺とジルグは幼馴染ってやつでな。昔は色々と一緒に馬鹿やったもんだぜ。そんな俺だからこそ、もっとシングの事を気にかけてやるべきだったんだけどな」

悲痛な表情で話すガントさんの背中を、マリアさんが優しく撫でる。

ガントさんはマリアさんに済まねえなと一言だけ告げると、話の続きを始めた。

「言い訳になっちまうんだけどよ。ジルグが死んだときに俺も少し参っちまったんだよ。そんで気付いた時にはもう手遅れだったってわけだ。情けねえよな。大人の俺がこんなんだから、シングは一人になっちまったんだ」

それは、仕方ない事なんじゃないかと思ってしまう。

昔からの幼馴染が死んで普通でいられる人など、ほとんどいないんじゃないかと思う。まあ俺のこの考えは、ガントさんにとって気休めにもならないだろうけどな。

そんな落ち込んだ様子のガントさんを、マリアさんとマリーは心配そうに見つめる。

その視線にガントさんが気付くと。

「おっと、飯の最中に暗い話をしちまったな。ユーマ、それにマリアとマリーも気を使わせちまったみたいで済まねえな。よし、気を取り直して飯の続きと行こうぜ！」

ガントさんは暗くなった雰囲気を戻そうと、いつものように笑顔で話し始める。

俺にはそれが空元気にしか見えなくて、逆に痛々しかった。


あれから数十分後。

夕食も終わり、マリアさんは夕食の片づけ、マリーは自分の部屋へ戻っていった。

俺もそろそろ部屋に帰ろうかと思い席を立つ。

すると目の前のガントさんの表情が再び真剣なものとなり言った。

「なあユーマ。俺が頼める義理じゃねえかもしれないけどよ。シングをよろしく頼む」

そう言ってガントさんは俺に頭を下げる。

全く、最近は頼みごとをされる機会が本当に多くなったな。

まあガントさんに頼みごとをされて断る気がないけど。

「分かりましたよガントさん。シングの事は俺の可能な限り守ると約束しましょう」

守るとは言ったが、あくまで可能な限りだ。

流石に会ったばかりの子供に命を投げ出すような真似はできない。これがサリーやリサ、おれにイグルやマルブタだったら答えは違ったかもな。

まあそんな俺の答えにガントさんは満足したようで。

「ありがとなユーマ。恩にきるぜ。本当なら俺も付いて行きたいところなんだが、悔しいが俺の実力じゃ足手まといになるのが関の山だからな……」

ガントさんには悪いが、確かにその通りだ。

今回の戦い、俺はよっぽどの事がない限り気配遮断を使うつもりはない。

そんな状態で初見の魔物を相手に、ガントさんとシングを守りながら戦うと言うのは、流石に無茶というもんだろう。今回は単純に倒すだけじゃなく目的もあるしな。

おっと、そう言えば俺もガントさんに聞いておく事があったのを忘れていた。

「ガントさん、グロースラビッツの外見について詳しく教えてもらってもいいでしょうか。ゾンガさんに簡単に説明は聞いたのですが、実際に見たガントさんにも聞いておきたくて」

「そうだな。俺も必死に戦ってたせいでよく覚えていないんだが、簡単に説明すると体の大きくなったラビッツってとこだな。体色も見た目もほぼそのままだ」

体が大きくなっただけか。それだけ聞くと強そうには思えないな。

そんな俺の様子にガントさんは少し笑いながら言った。

「くく、それだけじゃ弱そうだなって思っただろ？　けどな、体が大きいってのはそれだけで結構厄介なもんだぜ。なんせあいつの体は五メートル近くあるからな」

ほう、その話が本当なら、グロースラビッツの体格はサイクロプス以上って事か。

それに加えてガントさんは付け加えるように言った。

「しかもだ、あいつはそんな図体をしている癖に、異常な速さで動きやがる。お陰で俺達の攻撃なんてほとんど当たりはしなかった」

そう悔しそうな表情で話すガントさん。

しかし、俺はそんな状態でよく森まで追い返す事が出来たなと、逆に感心していた。

それにしても、話を聞く限りかなりの強敵のようだ。仇を討ちたいシングには悪いが、場合によっては俺が速攻で仕留める必要があるかもしれない。できる事なら、シングに仇を討たせてあげたいとこなんだけどな。

「ガントさん、色々とありがとうございました。お陰でグロースラビッツが俺の考えていた以上に強敵という事が理解できました。明日は決して油断はしないようにしますね」

「そうだな。なあユーマ、さっきはシングを守ってくれなんて言ったけどよ、お前も無事に帰って来てくれよな。俺だけじゃなくマリアやマリーも同じようにお前の無事を祈ってる」

「大丈夫ですよガントさん、俺は必ず無事に帰ってきます。そしたら、昔のように村中を巻き込んで宴なんてどうです？　もちろんシングも一緒に」

俺がそう言うと、ガントさんは少し驚いたような表情になる。しかし、すぐにその表情を今日見た中で最高の笑顔へ変えて嬉しそうに言った。

「はは、そうなったら最高だなユーマ。俺はもう昔みたいに馬鹿騒ぎなんて出来ないと思っていたが、お前が言うと本当にそうなりそうな気がしてくるぜ。よし、ゾンガのおっさんには俺から話を通しておく！　お前とシングが帰ってきたら宴の開始だ！」

「俺も楽しみにしておきますよ。それでは、俺はこの辺で失礼します」

そうガントさんに言い残し、俺は自分の泊まっている部屋へと戻っていった。

きっとマリアさんが気を利かせてくれたのだろう。俺が今日泊まる部屋は、数か月前に泊まった時と同じ部屋だった。少し懐かしく感じる。

俺はすぐにベッドへと横になり、相変わらずの寝心地の良さに満足する。

「ふう、今日も色々あったな」

まさか、ガントさん一家とこんなに早く再開する事になるとは。

それとは別にサリーには悪い事しちゃったな。ゴレイ山脈から俺とリサが帰って来たのをあんなに喜んでくれたのに、またすぐに遠出する事になるとは。何か埋め合わせをしないとな。

それにしても今回の依頼、最初は割と軽い気持ちで受けたっていうのに、何だか随分と大事になってしまったもんだ。

ゾンガさんやガントさんの頼みもあるし、明日はシングの事をしっかり守らないと。はあ、俺が子供のお守りをする羽目になるとはな～。

しかし、なぜだろうか。不思議とシングの事を放って置けないと思ってしまうのは。

俺ってそんなに子供好きな性格だったかな。いや、それはないな。別に子供が嫌いなわけじゃないが、特に好きってわけでもない。

そうやって考えているうちに、一つの答えが見えてくる。

「まさか、そういう事なのか……」

半信半疑だが、考えられる理由としてはこれしかない。

シングは、似ているんだ……。

お互いの事情に相当の違いはあれど、今のシングと昔の俺は、どこか似ている。

そんな気がするから、俺はシングの事を放って置けないのだろう。

我ながら単純なもんだと少し気を落とすが、同時にスッキリとした気分にもなる。

答えを見つけた事に満足した俺は、明日に備え懐かしのベッドで一夜を過ごすのだった。

翌朝、村長宅での待ち合わせの為に早めに目を覚ます。

俺はベッドから体を起こし、いつもより少しだけ入念にストレッチを行い、適当に身だしなみを整え、部屋を出て食堂へと歩いて行く。

　すると、すでにマリアさんは朝食の準備を済ませていたらしく、俺が席に着くとすぐに出来立ての温かい朝食を持ってきてくれた。

　これから戦闘を行うだけにこれはかなり有りがたいな。元気が出そうだ。

「マリアさん、おはようございます。こんな早朝から朝食ありがとうございます」

　俺がそう礼を言うと、マリアさんは気にしないでと笑顔で言い厨房へと戻っていった。

　美人で優しく料理も上手、本当にガントさんが羨ましい限りだ。

　さて、温かいうちに食べるとしますか。そう考え出来立てのスープを口に運ぶと、口の中だけではなく体中が温かくなってくるのを感じる。

　起きたばかりの体に出来立てスープは身に染みるな。相変わらずの美味しさだ。

　これなら今日も一日頑張ることが出来そうだ。そう思いながら朝食を食べ進めていく。

　それから数十分後、マリアさんの用意してくれた朝食を綺麗に完食し、そろそろ村長宅へ向かおうと席を立つ。すると、それを見ていたマリアさんが何かを持ってこちらに歩いてくる。

　何か俺に渡す物でもあるのだろうか。そう思っているとマリアさんは。

「ユーマ君、お弁当作ったんだけど、良かったら食べてね」

　そう言ってマリアさんは俺に弁当箱のような物を二個手渡してきた。

　まさか、お弁当まで用意してくれているとは予想外だった。しかもシングと俺の二人分。

「お弁当まで用意して頂けるとは。本当にありがとうございますマリアさん」

俺は弁当箱をアイテムボックスに入れ、マリアさんに頭を下げ礼を言う。

それを見たマリアさんは首を小さく横に振りながら笑顔で言った。

「ふふ、本当に気にしないでいいのよ。主人から聞いたわ。ユーマ君がこの村の為に戦ってくれるんだって。私にはこれくらいしか出来ないけど、頑張ってね」

まあバリス村の為というよりは、ほとんどガントさん一家の為だけどな。

そんな事を心の中で考えながら、最後にもう一度マリアさんに礼を言いロータスを後にした。

さて、待ち合わせの時間は大丈夫かな。

そう考え空を見てみると、日が昇るにはまだ時間がありそうだった。

これなら待ち合わせまで余裕がありそうだ。朝食を食べたばかりなわけだし、ゆっくりと歩いて行くとするかね。そう考えのんびり村長宅へと歩いて行った。

そうしてしばらく歩くと村長宅は見えてくる。これなら待ち合わせには十分に間にあうな。

そう考え村長宅へと更に近づいて行くと、玄関先で村長の孫のシングが俺の事を少し怒った様子で見ている事に気付く。どうやら説得は成功したようだ。

しかし、なぜシングは怒っているのだろうか。おそらく待ち合わせの時間には間に合っていると思うんだけどな。

そう不思議に思いながらも、とりあえず話を聞いてみるかとシングに近づいて行く。するとシングが眉間(みけん)にしわを寄せ怒りの表情で怒鳴った。

「遅い、俺がどれだけ待ったと思っているんだよ！」

「すまん、俺の勘違いでなければ、待ち合わせの時間には遅れていないと思うんだが？」

俺がそう問いかけると、シングは少しだけ怒りを収めて言った。

「確かにお前の言う通り待ち合わせの時間にはなってない。ただ冒険者ってのは普通は余裕を持って少し早めに来るもんなんだよ。少なくとも俺の父ちゃんはいつもそうだったぞ！」

なるほど、確かに日本にいた頃も五分前行動や十分前行動など色々あったな。

それが冒険者にとっての常識ならここは素直に謝っておく事にするか。

そう考え俺はシングに軽く謝罪をした。するとシングは俺が素直に謝ると思っていなかったのか少し驚いた表情になり、少し照れくさそうに言った。

「ふ、ふん。分かればいいんだよ分かればな。まあお前も冒険者ならこれくらいは覚えておけよな。俺の父ちゃんみたいな冒険者になりたいんだったらさ！」

そう強気に言い放つシング。

しかし、恥ずかしいのか俺の顔を見ようとはせずそっぽを向いてしまっている。

おいおい、なんだその可愛らしい反応は。昨夜とは全然様子が違うじゃないか。まあ子供らしいと言えば子供らしいような気もするけど。

そんな事を俺が考えているうちに、どうやらシングは落ち着きを取り戻したようで、こちらを向き話を再開する。まずは自己紹介からだな。

「初めましてではないが改めて自己紹介させてもらう。俺の名前はユーマ。一応Aランク冒険者をやらせてもらっている。今回はグロースラビッツ討伐の依頼でお前と同行する事になった。短い付き合いになると思うが、まあよろしく頼む」

そう先に自己紹介をして、握手のために手を差し出す。

しかし、俺がそうした行動をとってもシングに動きはない。

なるほど、やはり冒険者の事は嫌いで握手もしたくないって事かな。そう考え少し残念な気持ちになったわけだが、それは俺の勘違いだったらしい。

目の前のシングを見てみると、なぜか驚きの表情で固まっていたのだ。何にそんな驚いているのだろうか。そう不思議に思っていると。

「……なあ兄ちゃん、Aランク冒険者ってのは本当なのか？」

「ん、ああ本当だぞ。ほら、これが俺の冒険者カードだ」

俺が冒険者カードをシングに見せると、シングは顔を近づけ真剣な表情で目を動かす。どうやらこれが本物かどうかを確認しているようだ。

その後、冒険者カードが本物だと分かるとシングは驚きの表情で言った。

「凄い、本物の冒険者カードだ。兄ちゃんって意外と強いんだな。見た目は父ちゃんよりも貧弱そうで、父ちゃんよりも顔も良くないのに」

お前が父ちゃんのことが大好きなのは理解したよ。

ただ、強さに顔は関係ないだろうが顔は！　そう声にしたい気分だったが我慢した。

その後、少しの時間俺の事を驚きの表情で見ていたシングであったが、握手の為に差し出したままの俺の手を見て自己紹介の最中だった事を思い出す。

シングは少しだけ申し訳なさそうに俺の手を掴んだ。

「じいちゃんから聞いてるとは思うけど、俺の名前はシングだ。よろしく頼むな兄ちゃん！」

ふむ、冒険者嫌いだと思っていたのにあっさりと握手するんだな。しかも、その表情はどことなく嬉しそうだった。うーん、俺の勘違いだったのかな。

その後、俺とシングは簡単にお互いの情報を交換していくことに。

話を聞いて行く限り、シングは剣を使っての戦闘がメインのようだ。まあ腰に剣がある時点である程度の予想はついていたけどな。

そんな感じで話は進んでいき、いよいよ出発。その前に、俺は最後の確認をすることにした。

悪いなシング、今後のためにステータスを見させてもらうぞ。シングに対してお久しぶりの鑑定を発動させる。すると、そこにあったのは俺の想像以上のもので。

シングＬｖ17
ＨＰ１１０／１１０　ＭＰ　30／30
力31　体力21　素早さ33　幸運21
【スキル】
剣術Ｌｖ７　気配察知Ｌｖ２　気配隠蔽Ｌｖ１
【称号】
冒険者を目指す者　剣神の加護

あれ、思ってたよりもずっとシング君が強いんだが。

まずレベルに対しての能力の伸びがおかしい。俺には流石に及ばないまでも、全ての能力が高水準でまとまっている。特に素早さの数値は驚異的だ。

確かグレースさんはレベル39で素早さ34だったはずだが、恐るべきことにシングはレベル17ですでにグレースさんの素早さを抜きつつある。

まあ流石に体力などは少し見劣りするが、そこは子供だし仕方ないだろう。

そして、特にやばいのはそのスキルだ。なんだよ剣術レベル7って。この世界に来て何人ものステータスを見て来たが、文句なく最高レベル。

フロックスのギルドマスターであるグレンさんであっても、剣術レベルは5。これをシングはこの年で上回ってしまっている。恐ろしい才能。努力で何とかなる問題じゃない。

そして最後に称号だが、なんだこのかっこいい称号は。俺も欲しいぞこの野郎。

まあいい、これは考えようによっては嬉しい誤算だ。シングがこれ程の強さを持っているなら、もしかしたら本当に仇を取らせてあげる事もできるかもしれない。

「おい兄ちゃん、どうしたんだよいきなり固まっちまって。もう話す事は全部終わったんだし、さっさとファリス森林に行こうぜ！」

おっと、今度は俺の方が驚きで固まってしまっていたようだ。

「すまん、少し考え事をしていた。そうだな、行くとしようか」

そうして俺とシングはファリス森林へ向かうために門に向け歩き出す。

すると、まだ早朝といってもいい時間帯にも関わらず数十人を超える村の人たちが俺とシングのことを、特にシングのことを心配そうに見つめているのに気付く。

ははは、何だかんだみんなシングの事が心配なんだな。その事実に少し表情が緩む。

「兄ちゃん、今度はニヤニヤしてどうしたんだよ。気味悪いぞ？」

「いや、なんでもないさ。ただ、少し嬉しくてな」

残念ながら今のシングはこの視線に気付いてはいないようだ。

いつか、気づいて欲しいものだと心の中で思う。

あれ、けどおかしくないか。確かシングは気配察知のスキルを持っていたはず。こんな素人同然の村の人達が隠れていたところで気付かないはずは……。

「おーい、早く来ないと置いていっちまうぞ兄ちゃん！」

声のした方向に目を向けると、すでにシングは俺からかなり遠ざかっていた。

いかんな、このままだと本当に置いて行かれてしまう。

さっきの事は後で考えるとして、とりあえず向かうとしようか。懐かしのファリス森林へ。


バリス村を出発して数十分後。

現在、俺はファリス森林に向け疾走中だ。肩にシングを担ぎながら。

「ちょっと兄ちゃん速すぎるよ！　少しは加減してくれよおおお！」

「あまり暴れてくれるなよシング。落としてしまっても知らんぞ？　それに加減はしているさ。もし俺が全力で走れば、今頃お前は夢の中だ」

そう、流石の俺でも子供を担ぎながら全力で走ったりはしない。

俺が今走っている速さは、丁度リサを抱っこして走った時と同じくらいの速さだ。それなのにここまで騒ぐとは、少しだらしないんじゃないかシング君。

そう俺が思っている事をシングにも話してやると、シングは首を大きく横に振り。

「俺が普通なんだよ兄ちゃん！　そのリサって女の人がおかしいんだよおお！」

その後、シングはファリス森林に着くまでひたすら叫び続けていた。

数十分の間叫び続けるその体力は大したもんだが、この調子でグロースラビッツを倒せるか少し不安になってきたぞ。まあ今更遅いけどね。

「ほらシング、ファリス森林にご到着だ」

そう言い肩に担いでいるシングを地面に下ろす。

するとシングはほっとしたように地面に座り込み、小さく呟いた。

「あ、ああ。やっと着いた……。」

「シング、安心しているところ悪いが休んでいる暇はない。さっさと進むぞ。できる事なら夜になるまでにグロースラビッツを仕留めておきたいからな」

俺がグロースラビッツの名を口に出すと、さっきまで魂が抜けたような表情をしていたシングの顔がやる気に満ちたきりっとした表情へと変わり、俺に元気よく言った。

「うん、行こう兄ちゃん。グロースラビッツを倒しに」

そうして俺とシングはファリス森林の中へと入っていった。

すると、森に入ってすぐの草むらで何かがいる気配を感じた。これは魔物か。

そう考え隣を歩くシングに注意をしようとしたところ、それよりも早くシングが口を開き。

「兄ちゃん、魔物がいるね。多分二～三匹だと思う」

ほう、シングも気付いていたのか。

流石は気配察知のスキルを持っているだけはある。

それにしてもこれはチャンスだな。そう考え俺は一歩後ろに下がりシングに言った。

「よく気付いたなシング。さて、お前の言う通り前方の草むらには魔物がいる。俺が倒しても問題はないが、まずはお前が戦ってみろ。グロースラビッツと戦う前の準備運動にはなる」

そう、俺はステータスを見ただけで実際にシングが戦っている姿を見たことがない。

ここらで一度自分の目で確かめておいたほうがいいだろう。

そして俺の発言を聞いたシングはニヤっと小さく笑い、自信満々に言った。

「はっ、こんな魔物だと準備運動にもならないよ兄ちゃん！」

そう言ってシングは腰にある剣を抜き放つ。

それと同時に草むらから三匹のラビッツが飛び出し、シングに向け襲い掛かる。

「いくぞ、はああ！」

三匹のラビッツはほぼ同時に攻撃を仕掛けてきたが、シングは落ち着いていた。

まず正面から向かってきたラビッツを袈裟切りのように斜めに斬りおとす。

次に、二匹目と三匹目のラビッツが左右から挟み撃ちのようにシングを襲うが、それで慌てる事もなく、落ち着いて後ろに一歩だけ下がり攻撃を躱す。

そして攻撃後の隙を見逃す事はなく、一匹をさっきと同じように袈裟切りで倒し、もう一匹をそのままの体制から剣を切り上げ止めを刺す。

「これは、凄いな……」

剣の使い方が恐ろしい程に滑らか(なめ)で、それでいて剣速もかなりの速さ。

普段剣を使わない俺でも分かる。おそらく俺が異世界で見た剣士、グレースさんやグレンさんよりもシングは剣の扱いが上手い。それもかなりだ。

まさかここまでとは思わなかった。完全に俺の想像以上。まあ欠点がないわけでもないけどな。

それについては後で話しておくとするか。

そんな事を俺が考えていると、戦いを終えたシングが俺に近づいてきて。

「ねえねえ兄ちゃん、俺の戦いどうだった⁉」

若干興奮している様子で俺に質問してくる。

ふむ、こういう姿を見てみると本当に子供みたいだな。まあ実際に子供か。

「ああ、いい戦いだったよ。俺の想像以上だ。やるなシング」

そう言ってシングの頭を軽く撫でる。

するとシングは若干恥ずかしそうにしながらも、表情は笑顔だった。

「よし、シングの実力も確認できた事だし、先に進むとするか」

「分かった、行こう！」

そうして俺とシングは森の更に奥へと進んでいく。

ほんの数分後、再び魔物の気配を感じた俺とシング。今度は5匹か。

「また魔物だね。今度は五匹も。少し気合いを入れないとかな」

そう言ってシングは腰にある剣を抜こうとするが、俺がそれを手で止める。

「シング、悪いが今回は俺に譲ってくれ。丁度、俺も準備運動をしておきたかったところだ」

俺はアイテムボックスからデーモンリッパーを取り出し戦闘準備を行う。

それを見ていたシングは剣を抜くのをやめる。そして目を輝かせながら言った。

「おお、やっと兄ちゃんの戦いが見られるんだな。楽しみだ！」

「そうか、楽しみにしておいてくれ」

まあ、シングに俺の動きが確認できればの話だけどな。

そう考えながら、俺はデーモンリッパーを片手に五匹のラビッツが待ち構えているであろう場所の中心地へと移動する。それを確認したラビッツ五匹が一斉に襲い掛かってくる。

それを近くで見ていたシングはかなり焦った様子で何かを叫んだ。

「危ないよ兄ちゃん！　早く逃げ――」

「心配するなシング。もう戦いは終わっている」

そう言った次の瞬間、俺に襲い掛かってきたはずの五匹のラビッツはほぼ同時に首から血を噴出し、断末魔をあげる暇すらなく地面に崩れ落ちる。

「……え、え?」

目の前で何が起きたか理解が追いついていない様子のシング。

ふむ、やはりシングにはまだ見えなかったようだ。まあそれも仕方ないか。

その後、少しの間呆然としていたシングだが、気を取り直したのか俺に質問をぶつけてくる。

「兄ちゃん、いつの間に攻撃したの? もしかして、魔法を使ったとか?」

「まあ確かに俺は魔法も使えるが、今回は違う。単純に少しだけ本気で動いた。それだけだ」

そう、さっき俺の行った行動はシングの反応できないスピードで動き一匹ずつ仕留めていった。

それだけだ。魔法もスキルも使ってはいない。

その事実を聞いたシングは更に驚いていたようだが、やがて腕を大きく上下に振り、興奮した様子で話しかけて来た。

「凄い、やっぱり兄ちゃんは凄いよ。まさかストレングスも使っていないのにあんな速く動くなんて。そんな人を見たの俺初めてだよ!」

ストレングスか、初耳だな。おそらく魔法だとは思うが。

気になったので聞いてみる事に。

「シング、ストレングスってのは何か教えてもらってもいいか?」

「兄ちゃん、魔法は使えるのにストレングスを知らないのか。いいよ、俺が教えてやるよ! ストレングスってのはさ、身体強化魔法の一種さ!」

ほう、身体強化魔法か。初めて聞くな。

中々に興味深い話だ。早速試してみるとしましょうか。

「【ストレングス】発動」

そう口にすると無事に魔法は発動したようで、俺の体が一瞬だけ少し光る。

それを見ていたシングは驚きと興奮の入り混じった表情で言った。

「おお、兄ちゃんいきなり成功するって凄いな。ある程度修行を積んだ魔法使いでも取得には数か月かかるもんだって父ちゃんが言ってたのに」

シングの様子から察するに、これがストレングスで間違いないようだ。

そう言えば、確かにさっきよりも体が軽くなった感じがする。

気になったのでステータスを確認してみると、力や体力などの能力が全て一割ほど上乗せされていた。俺の思っていた以上に強力な魔法のようだ。

「シング、いい魔法を教えてもらったよ。ありがとな」

「へへ、いいって事よ。さあ兄ちゃん、さっさと先に進むとしようぜ！」

「ああ、そうしよう」

俺がストレングスを解除し、ファリス森林の奥深くへと進んでいった。

「シング、今度は六匹だ。やれるか？」

「またかよ兄ちゃん！　確かにこんな魔物何匹いようと問題ないだろうけどさ。いくらなんでもさっきから数が多すぎじゃない⁉」

そう愚痴をこぼしながらも、シングは六匹のラビッツへと向かっていく。

それにしても数が多いか、確かにな。

俺達がファリス森林に入ってここに来るまでに、すでに五十匹以上のラビッツと戦闘を行っている。いくらなんでも多すぎるだろう。

ゾンガさんからは数十匹と聞いていたんだけどな。これは認識を改める必要があるか。

そんな事を俺がのんびりと考えているうちに、シングの方は戦闘が終了したようだ。

「終わったよ兄ちゃん」

「ああ、お疲れ。いい戦いだったな」

まあ、本当は考え事に夢中であんまり見ていなかったけどね。

しかし、そんな俺のお世辞にシングは気分を良くしたようで自信満々に言った。

「へへ、こんな奴ら何匹いたって俺の敵じゃないさ！」

あらら、シング君随分と調子に乗っちゃってるな。

まあこれは無駄にお世辞を言った俺にも責任があるんだろうな。少し反省だ。

それにしても、子供だからと甘やかすのは簡単だが、このままだと若干不安が残るな。

念のために釘を刺しておく事にするか。そう考えなるべく真剣な表情を作りシングに言った。

「シング、自信を持つのはいい事だ。だけどな、過剰な自信は油断に繋がる事もある。そして、少しの油断が命取りになるのが実戦だ。これだけはよく覚えておいてくれ」

「……うん、分かったよ兄ちゃん」

シングの様子から察するに俺の言いたい事は分かってくれたようだ。

しかし、若干不貞腐れたようなその表情は隠せていない。

おそらく褒められると思っていたのに説教のような事を言われたのが不満なのだろう。

はあ、仕方ないな。俺はシングの頭を軽く撫でながら言った。

「よし、それじゃ先に進むとしよう。それとなシング、さっきも言ったがいい戦いだったぞ。この先もその調子で頼むな」

「……あ、うん！　任せてくれよ兄ちゃん！」

俺がそうして雑なフォローをすると、シングは本当に嬉しそうに微笑む。

それにしても、何度か思っていた事だがシングには時折妙な必死さを感じるな。

まるで、人との交流に飢えているような。そんな感情を……。

「兄ちゃんまた考え事か？　先に行っちゃうぞー？」

「……悪い。今行くよ」

まあ別にいいか。そう結論をつけ俺とシングは森の奥へと進んでいった。


それから数十分後。

丁度時間がお昼に差し掛かろうとしていたその時、俺は懐かしの場所を発見する。

「これは、懐かしい場所に来たな」

「ん、兄ちゃんはこの洞窟の事を知ってるの？」

「ああ、以前この森に来た時は、この洞窟で寝泊まりをしたのさ」

そう、俺の目の前にあるのは以前寝泊まりをしたあの洞窟だ。

あの時、この洞窟を見つける事が出来なかったら、俺は生き残れていなかったかもしれない。俺にとってはかなり大事な場所だ。まさか、また来ることになるなんてな。

丁度いい、記憶が正しければこの洞窟に魔物はいないはずだ。ここで休息する事にしよう。

「シング、一旦ここで休息をとる事にしないか？」

俺がそう提案するとシングは少し不機嫌そうな表情になって。

「ええ、俺はまだまだ行けるよ！　休息なんていらないよ！」

「まあそう言うなシング。昔から言うだろう？　腹が減っては戦は出来ないとな」

「何言ってんだよ兄ちゃん、そんな言葉聞いたことないよ！」

ああ、そうだったそうだった。

最近忘れがちになるが、ここは異世界だったな。

日本のことわざなんてこっちの世界に存在するはずもないわな。

「まあ簡単に説明すると腹が減っては満足に戦う事は出来ない。なのでまずは腹ごしらえをして体力を回復しましょうって事だ。それに、そろそろ時間帯も昼頃だ。俺も少し腹が減って来たしお前だって腹が減ってるんじゃないか？」

俺がそう話すと、シングのお腹からグ～と音が鳴る。

シングは慌てて自分のお腹を両手で隠すがもう遅い。俺は少し笑いながら言った。

「はは、お前も腹が減ってるみたいだな。大人しく食事休憩といこうじゃないか。それに、今回はマリアさん特製の弁当まであるんだぞ？　食べたいだろ？」

俺がマリアさんのお弁当と言葉を発した瞬間。

今まで腹が減っているのを我慢していたシングの様子が変わる。

「マリアさんのお弁当があるの⁉　もう兄ちゃん、今すぐ休憩しよう！」

そう言ってシングは一目散に洞窟の中へと走り込んでいく。

その様子から察するに、どうやらシングとマリアさんは顔見知りのようだ。

まあ少し考えればそれも当然か。なんせシングの父親とガントさんは親友同士だったんだもんな。

それならガントさんの妻のマリアさんと交流があっても何ら不思議ではない。

さて、あんなに嬉しそうなシングを待たせるのは悪いな。俺もさっさと洞窟の中へ入るとするか。

そう考え久しぶりに洞窟へと足を踏み入れた。

うん、以前に来た時とほとんど変わっていないな。魔物が生息している気配もない。これなら安全に過ごす事が出来そうだ。

そう考え早速アイテムボックスから弁当を二つ取り出し、一つをシングへと手渡す。するとシングは弁当を持って大はしゃぎだ。

「やったやった！　久しぶりのマリアさんの弁当だ！」

「シング、嬉しいのは分かるがあまり急いで食うなよ。喉にでも詰まらせたら大変だからな」

「分かってるって兄ちゃん。あんまり子供扱いしないでくれよな！」

そんな事を口では言いながらも、シングは子供のように弁当を掻き込んでいく。

その姿、俺から見たらまるっきり子供なんだけどな。

まあいい、俺もそろそろ食べるとするか。

そうして俺とシングはマリアさん特製の弁当を食べ進めていく。

「美味しい美味しい！　やっぱりマリアさんの作るお弁当は村で一番だ！」

確かに、マリアさんの料理の腕前はかなりのもんだ。

まあサリーには負けるけどな。

「そういえば、シングは昔からマリアさんの弁当を食べていたのか？」

「うん、そうだよ。まだ父ちゃんがパーティーを組んでいなかった頃、よく父ちゃんとガントさんと俺の三人で出かけたりしてたんだ！　そんな時はいつもマリアさんが弁当を作ってくれたんだよ！」

なるほど、日本でいう遠足のようなところか。

「父ちゃんが蒼き狼を結成した後も時々作ってくれたんだけど、それがまた蒼き狼のみんなにも大好評でさ！　みんな美味しいって食べてたよ！」

弁当を口に運びながら器用に話をするシング。その表情は笑みで埋め尽くされている。

「あの頃は父ちゃんやみんなで毎日毎日騒いでさ。それに俺も混ざって夜遅くまで遊んでたんだ！

蒼き狼のメンバーもみんないい人達で、まだ子供だった俺に凄く優しくしてくれたんだ！　本当にあの頃は毎日が楽しかった！」

シングは昔の事を本当に楽しそうに話す。

その目から、涙が流れている事に気付く事もないままに。

その姿に耐えきれず、俺は口を挟む。

「……なあ、シング」

「それでさそれでさ。って何だい兄ちゃん⁉」

「お前さ、本当は昔みたいに戻りたいんだろ……？」

俺がその言葉を発した瞬間、時が止まってしまったかのように場に静寂が訪れる。

先ほどまで楽しそうに昔の事を話していたシングは、何かを言い返そうとするも、上手く言葉が出てこない様子だ。そしてやっと帰って来た言葉は。

「は、はは。何言ってるのさ兄ちゃん。俺は進んで一人になったんだよ？　今更昔みたいに戻りたいなんて、思うわけないじゃん……」

やめろ、やめてくれシング。

そんな辛そうな表情でいう言葉が本心なわけないだろ。

俺はシングの頭に優しく手を置いて言った。

「シング、もういい。俺はお前の本心が聞きたいんだ。幸いこの場にはよそ者の俺しかいない。お前が何を言おうとバリス村の住人には秘密にすると約束する。だから、お前の本心を俺に聞かせてくれないか？」

俺がそう言うと、シングは下を向き黙ってしまう。

それでも、それでも諦めずにシングの事を見つめ続けていると、やがて何か決心がついたかのように、俯いたままの状態で口を開いた。

「戻りたいよ俺だって。戻れるものなら昔みたいに戻りたい。だけど、今更どうやって戻ればいいのさ！　兄ちゃんは知らないだろうけど、父ちゃんが亡くなってすぐの頃、俺の事を心配してくれたジイチャンや蒼き狼のみんな、それにバリス村の人達に俺はすっげえ酷い事を言ったんだ。取返しのつかないくらい酷い事を」

シングの言葉を俺は一言も喋ることなく黙って聞いている。

「バリス村のみんなやジイチャンが俺の事を心配してくれているのは分かる。今朝もいっぱい見送りに来てくれて凄く嬉しかった。けど、怖いんだ。あんな酷い事を言った俺の事を本当はみんなどう思っているのか。もしかしたら拒絶されるんじゃないか、凄く怖いんだ。そんな事になるくらいならいっそ一人でいたほうが楽なんじゃないかって、そう思って……」

なるほど、これがシングの本心。

聞けて良かった。やはり、俺にはシングの事を放っておく事は出来ない。

シングを俺のようにしてはいけない。そう思うから。

「なあシング、お前が今進もうとしている孤高の道。確かに今は楽な道に見えるのかもしれない。けどな、きっとその道の先には後悔しか待っていない」

「……なんで、なんで兄ちゃんにそんな事が分かるのさ！」

顔を上げ俺の事を睨みつけるようにそう言うシング。

そんなシングに俺は苦笑いのような表情を浮かべながら言った。

「分かる、俺には分かるんだよシング。なんせ、実際に俺が歩んだ道だったからな」

「……え。それってどういう」

「まあお前とはまるっきり事情は違うけどな。俺の場合はほぼ自業自得の結果だった。それでも、後悔しかなかったのは事実だ。実際に見て来た俺が言うんだから間違いはないと思うぞ。まあそれに気付いたのは最近になってなんだけどな」

俺がそう言うと、シングは再度顔を俯かせてしまう。

そして、やがてシングの体が小刻みに震えだした。参ったな、怖がらせるつもりはなかったんだが。俺はもう一度シングの頭を手を置きながら言った。

「シング、そう怖がることはない。さっきはああ言ったが、お前は俺とは違う。俺はもう手遅れだが、お前はまだ十分にやり直す事が出来る」

「……兄ちゃん」

「多分だけどさ。今のお前に足りないのはほんの少しの勇気だけだよ」

「ほんの少しの勇気……」

「ああ、そうだ。ほんの少しでいいんだ。勇気を出して村のみんなやゾンガさんに話しかけてみな。きっとみんながそれを待っているはずだ」

俺の言葉にシングは一瞬戸惑いを見せるも、すぐに顔を上げて言った。

「分かったよ兄ちゃん。俺、頑張ってみるよ」

そう言い放つシングの顔は、不思議と少し大人びて見えたのだった。


洞窟での昼食から数十分後。

俺とシングはグロースラビッツを倒すため森の奥へと歩を進めている。

あの洞窟での一件で俺はシングの本心を聞くことができた、そのお陰なのかは分からないがあれ以来シングの俺に対する態度に変化が現れてきたように感じる。

それまでは口調はともかくとして、どこか余所余所しい態度が拭いきれなかったシングの態度が、少しだけ柔らかくなったように感じる。

分かり易く言えば、年相応に子供らしい態度をとるようになった。

それ自体は俺にとっても大変に嬉しい事だ。やはり子供は子供らしいのが一番だからな。

そう思って最初は俺も喜んでいたのだが、今になってほんの少しだけ後悔している。

「ねえねえ兄ちゃん聞いてる？　やっぱりSランク冒険者の中でもミナリスさんは別格だと思うんだよね。確かにあの強さも凄いけど、長年Sランク冒険者として活躍を続けている事が本当に凄いと思うんだ。兄ちゃんもそう思わない？」

「そうだな。俺も実際にミナリスさんと会った事があるが、シングの言う通り本当に凄い人だったよ。あの人には俺もまだまだ敵わないかな」

今のところ、俺が鑑定を使って効果がなかったのはミナリスさん唯一人。

自分でも今の俺はかなり強くなったと思ってはいるが、それでもミナリスさんの強さは全く底がしれない。俺の当面の目標である人物だ。

そして俺がミナリスさんに会ったことがあると話すと、隣にいるシングは目を輝かせながら、嬉しそうに話を再開する。

「うわあ、ミナリスさんと会った事があるなんていいな兄ちゃんは。俺もいつか実際にミナリスさんに会って色んな冒険の話を聞かせてほしいな！　でさでさ、次はSランク冒険者のレブナントさんの話なんだけどさ！」

そう嬉しそうに話すシングには悪いが、レブナントなんて人は知らんぞ。

ここまで聞いてもらえば分かってもらえるとは思うが、シングは冒険者の事を嫌っているというのは俺やゾンガさんの勘違いで、実際は生粋の冒険者オタクだったのだ。

そのせいで洞窟を出てから数時間、俺はひたすらシングの冒険者自慢を聞く羽目に陥っているというわけだ。ミナリスさんの話など今ので三回目だぞ。

「確かにレブナントさんはミナリスさんと比べるとまだまだ若いんだけど、あの速さは凄いと思うんだよ。流石は身体強化魔法を極めてるって言われるだけあるよね。多分だけど単純な速さだけなら冒険者で一番じゃないかな。……兄ちゃん、俺の話ちゃんと聞いてる？」

シングが下から俺の顔を覗き込むように質問してくる。

正直なところ、そろそろシングの冒険者自慢にも飽きてきているのだが、俺と話している時の楽しそうなシングの様子を見るとそんな事が言えるはずもなく。

「……ああ、聞いてるから大丈夫だシング」

「それならよかった。それでさ、次はSランク冒険者のクリュウさんの話なんだけど、あの人の剣術は本当に凄くてさ。まるで未来が見えてるみたいな……」

その後、しばらくの間シングの冒険者自慢が止まる事はなかった。

それから更に数十分が経過した頃、やっと俺が興味を持てる話がシングの口から。

「やっぱり一番有名な冒険者はあの人だよね。なんたって魔王を倒したんだから！」

……ん、魔王だって？

俺がまだ日本にいた頃は魔王が出てくるアニメなどをよくやっていたもんだが、やはりこちらの世界にもそういったのは存在しているんだな。

この話には少しだけ興味があるな。早速聞いてみる事に。

「シング、悪いが魔王について教えてもらってもいいか？」

俺の質問により、シングによる魔王説明会が始まった。

「まず魔王ってのはさ、数百年前に存在したって言われているんだ」

ほう、魔王が存在していたのはそんなに前の事なのか。

てことは、シングが魔王の存在を知っているのは本で見たとこだろうか。それともジルグさんかゾンガさんにでも教えてもらったのか。

もし魔王についての資料が今も残っているのなら。俺も是非見てみたいところだ。

今度ミナリスさんにでも聞いてみるとするかね。

「その頃はまだ魔族達の動きも活発だった時期らしくてさ。魔王はそんな魔族や魔物を操っていくつもの村や街を襲ったんだって」

ふむ、魔王もそうだが魔族ってのも初耳だな。

まだまだこの世界には俺の知らない事が沢山ありそうだ。

「それでいよいよ魔族がこの大陸にまで攻めてきたその時、たった一人の冒険者が魔王に立ち向かって行ったんだ！」

ほう、話を聞いた限り魔族や魔物を従える魔王は相当の強者。

その魔王を相手に一人で立ち向かうとは、凄い人もいるもんだ。

俺はその冒険者に少し興味が湧いたので詳しく聞くためにシングに質問を。

「シング、その冒険者の名前を聞かせてもらってもいいか？」

「うーん、兄ちゃんってAランク冒険者なのにあんまり昔の事は知らないんだね。えーとね、その冒険者の名前はクロダさんっていうんだよ」

俺の知ってる人だったああああああああ‼

いや、待て待て。もしかしたら名前が同じだけの別人って事も。

「なあシング、そのクロダさんっていう冒険者の外見を聞いてもいいか？」

「えーと前に読んだ本によると黒髪黒目の凄く珍しい外見だったって話だよ。あ、そういえば兄ちゃんも黒髪黒目だ。凄い偶然だね！」

ああ、確定だよ。シングの話してくれた冒険者は間違いなくクロダさんだ。

それにしても、なんでクロダさんは魔王と戦う事になったのか。人々を守るためか？

いや違う。あくまで俺の勘だがそれだけじゃないような気がする。

「シング、クロダさんが魔王と戦う事になった理由って分かるか？」

「俺もそこまで詳しくは知らないけど、目的の邪魔だっただけだ、ってクロダさんは答えたらしいよ。それが本当かは分からないけどね」

クロダさんの目的、おそらくは日本に帰る事。

そしてその目的の邪魔になった存在が魔王だったたって事か。

だめだな、今のところなぜ魔王が目的の邪魔になるのか理解できん。

これも今度ミナリスさんに聞いてみよう。

「ありがとなシング、お陰で魔王の事についてある程度分かったよ。それで、魔王を失った魔族や魔物達はその後どうなったんだ？」

「えーとね、魔物達はその場で殲滅して、魔族達は魔王を失った時点で降伏して自分たちの住んでいる大陸へ戻って行ったらしいよ」

なに、その話が本当なら魔族達は逃がしたって事か。

それは少し危ないんじゃないだろうか。もし魔族達がもう一度戦争を仕掛けてきたら。

そうシングに質問すると、大丈夫だよ兄ちゃんと言って。

「その心配はいらないと思うよ。魔族ってのは魔王がいないと本来の力が発揮出来ないみたいなんだ。だからもう一度攻めてくるなんて事はないと思う」

なるほど、だから魔族達は魔王がやられた時点で降伏したのか。

まあそれなら確かに心配はいらないか。なんせ魔王は既に死んでるんだからな。

「そうか、色々と教えてくれてありがとなシング」

そう言いながらシングの頭を撫でる。

以前に頭を撫でた時は少し恥ずかしそうだったのだが、今回は満面の笑みだった。


シングと魔王についての話をしてから大体一時間後。

俺とシングは森の奥深くへと進んでいき、やがて目的の魔物へとたどり着いた。

現在、俺とシングは草むらに隠れている状態。

そして俺達の目の前には、圧倒的な巨体の怪物が悠然と佇んでいる。

間違いない、あれがグロースラビッツか。

ラビッツと名前がついているだけで、まるで別物だなあれは。

おそらく大きさはサイクロプスと同等。いや、もしかしたら上回っているかもしれない。

頭には巨大な角も生えていて威圧感も十分だ。

さて、とりあえずは鑑定してみるとしますか。【鑑定】発動。

グロースラビッツLv67
HP400／400　MP0／0

力１４５　体力１２３　素早さ98　幸運97

なるほどな、グレースさんの言っていた通りAランク級の強さだ。

おそらくオークキングとゴリトリスの中間程度の強さだろうか。

力と体力はオークキングと同等だが素早さは圧倒的にグロースラビッツが上だ。

確かにこいつは厄介だ。幸いなのは特別なスキルを持っていない事くらいか。

とは言っても今の俺ならば相手にならないだろう。問題はシングが倒せるかどうかだ。

ステータスだけを見るならば、シングに勝ち目はないように思える。

ただし、ステータスの差が勝敗の全てを決するわけではない。

シングにはステータスの差を補えるほどの剣の才がある。

それにゾンガさんから聞いた情報では、グロースラビッツは左足に怪我があり動きが鈍っているという。上手くその怪我をシングが狙う事が出来れば十分に勝機はある。

まあ俺が色々と考えたところでどうしようもない。決めるのはシングだ。

そう考え隣に座っているシングに目を移す。すると。

「に、兄ちゃん……」

俺の隣に座るシングは、その体を小刻みに震わせていた。

そうか、ステータス云々の差の前にこれがあったか。俺は自分の考えの浅さに少しイラつく。

おそらくだが、シングはグロースラビッツを前に恐怖を感じている。

無理もない。シングにとっては初めての格上の魔物。恐れるなという方が無理な話だ。

俺は震えているシングを落ち着かせるように静かに声をかける。

「シング、グロースラビッツが怖いか？」

俺のその問いに、シングは体を震えさせたまま無理やりに笑顔を作り。

「こ、怖くなんかないよ。俺だって、覚悟はしてきたんだ……」

「シング、勘違いしているようだが一応言っておくが、恐怖を感じる事は悪い事じゃないぞ」

「……どういうこと？」

「お前が感じている恐怖って感情は人間にとって大切なもんだ。実際に人間なんて脆い生き物だからな。少しの事で死んでしまう事もある。つまりだ、俺達人間には恐怖って感情は絶対に必要なもんなのさ。死なないためにな」

「……それじゃあさ、恐怖を感じた時ってどうすればいいの？」

「そうだな。俺が今のシングの立場になったとしたら、間違いなく逃げるだろうな」

「そうだよね。逃げ……え？」

まさか俺が逃げると答えるとは思っていなかったのか、シングの表情が驚愕に染まる。

はあ、そんな表情をされてもな。これが俺の正直な気持ちなんだから仕方ない。

「そう意外そうな顔をするなよシング。俺だって人間だ。死ぬのが怖いさ。実際の話、恐怖を感じるような相手と出会った場合、逃げたり戦わないのが正解だと思うぞ」

「逃げるのが、正解？」

「そうだ。だからシング、今回お前がグロースラビッツに恐怖を感じているなら無理に戦わなくてもいい。俺が全て片づけてこよう。それで全てが解決だ」

俺がそう話すと、シングは下を向き何かを考え込む。

そして次に顔を上げた時のシングの表情は、今までの怯えているだけの表情ではなかった。

「だめだよ兄ちゃん。あいつだけは、父ちゃんの仇のグロースラビッツだけは俺が倒さないといけない。そうしないと俺は前に進めない。そんな気がするんだ」

今だにシングの体の震えは止まっていない。

だが、その表情には今までにはなかった力を感じた。

「それが、お前の答えか。後悔はないか？」

「うん、あいつは俺が倒す。勿論兄ちゃんなら簡単に倒せるって事も理解してる。それでも、俺がやりたいんだ。わがまま言ってごめんね兄ちゃん……」

ははは、せっかくの勇ましい顔が最後で台無しだぞ。

俺はシングの頭を優しく撫でながら答えた。

「シング、それがお前の答えなら俺は全力で手を貸すよ。お前はグロースラビッツだけを見ておけばいい。それ以外のゴミは俺が全て処理する。まあ危なくなったら少し手助けするかもしれないが、それくらいは勘弁してくれよな？」

俺がそう言うと、シングは俺を見ながら嬉しそうに言った。

「ありがとう兄ちゃん。俺、絶対にあいつを倒すから」

グロースラビッツを絶対に倒すと覚悟を示すシング。

その体には、先ほどまであった恐怖による震えは残ってはいない。

黙って俺を見つめているその視線も、先ほどまでの不安や恐怖が入り混じった弱々しい視線とは違い、自分自信が戦うという確かな強い意志を感じる。

おそらくだが、シングに恐怖といった感情がなくなったわけではない。

実際には今も目の前にいるグロースラビッツの事は怖いと感じているはずだ。

だが、その恐怖をシングは意志の力で抑え込んでいる状態だ。全く、この年で大したもんだ。

「シング、お前の覚悟は受け取った。なら次は戦闘についての話だ」

俺は今までシングに見せた事がないくらいの真剣な表情で話を切り出す。

シングも俺の表情を見て少しだけ強張った様子になりながらも、小さく頷いた。

「まず最初に言っておくが、グロースラビッツは間違いなくお前よりも強い」

今からグロースラビッツと戦う事になるシングに向かって、俺は少し残酷かもしれない言葉を投げかける。もしかしたらシングの心に動揺を生んでしまうかもしれない。

そう心配していたのだが、シングは俺の予想をいい方向に裏切り冷静に言った。

「うん、分かってるよ兄ちゃん。ここから見てるだけで分かる。グロースラビッツは俺よりも圧倒的に強い存在だって事が」

グロースラビッツが自分より強い存在だと認めながらも、シングの表情に焦りは見られない。

俺はそんなシングの様子に少し笑みを浮かべ話を再開した。

「よし、それなら力押しが通用する相手じゃないって事も分かるはずだな。さて、そんな相手にどうやって勝てばいいか。まずは弱点を探す事だ」

「あいつの弱点？」

「そうだ。あれだけ大きな体ならここからでもよく見えるはずだ。俺が直接教えてやってもいいが、まずは自分で探してみな」

俺がそう言うと、シングは草むらから少しだけ身を乗り出し、必死にグロースラビッツの弱点となる部位を探していく。

少しすると何か見つけたようで、嬉しそうにこちらを振り向きながら言った。

「兄ちゃん、あいつ左足に怪我してる」

「正解だシング。あの怪我はつい数日前、バリス村の人達が必死につけたものだ。そのお陰で多少動きが鈍くなっているとも聞いている。シング、戦闘になったらまず左足を集中的に狙うんだ。そうすればやつの機動力も衰え、必ずチャンスは来る」

「バリス村の人達があの傷を……分かったよ兄ちゃん、みんなの為にも俺は頑張る」

バリス村の名前を聞き、シングにより一層やる気が満ちて来たように感じる。

やはりシングにとってバリス村は特別な存在のようだ。

「さて、最後にもう一つだけ言っておくことがある。シング、グロースラビッツの攻撃は絶対にまともに受けようとするな。避けるか、避けきれない時は必ず受け流せ。いいな？」

「え、攻撃を受け流すって、俺にそんな事が出来るわけ……」

「それが出来なければ、死ぬだけだ」

俺がそんな事を言うとは思わなかったのか、シングは驚いた表情を俺を見る。

そんな表情をされても事実は事実だからな。それに、こういう事ははっきりと言っておいた方がシングの為にもなる。シングには死んでほしくないからな。

「シング、少し考えてみろ。お前、まさかグロースラビッツの攻撃をまともに食らって立っていられるとでも思っているんじゃないだろうな？」

「そ、それは……」

「結論を言ってやろう、無理だ。今のお前ではグロースラビッツの攻撃には耐えきれない。下手をすれば一撃で絶命って事も有りえるくらいだ」

「そんな……」

シングは俺の非情とも取れる発言に言葉をなくしてしまっている。

まだ話は終わってないんだけどな。

俺はシングの頭に手を置いて、目を見ながら言った。

「おっと、勘違いはするなよシング。俺はさ、お前にならできるって信じてるからこういう話をしているだけだ。もし無理だと思っていたら、初めから戦わせたりしない」

「兄ちゃんが、俺を信じてくれてる？」

「そうだ。俺はお前が戦っているところを少ししか見ていないが、それでも素晴らしい剣の才能がある事は分かっている」

まあ本当は鑑定で確認したから知っているんだけどね。

勿論それはシングには秘密だ。

「そんなお前だからこそ俺は信じているんだ。お前ならきっと大丈夫だってさ」

俺の励ましの言葉に、シングは少しずつ元気を取り戻していく。

そして手に力を入れ握りこぶしを作り、俺の目を見ながらはっきりと言った。

「兄ちゃんがそんなに俺の事を……うん、なんだかできるような気がしてきたよ！」

よーしよしよし、無事にシング君はやる気になってくれたみたいだ。

騙しているようでほんの少し心が痛むが、この場合はまあ仕方ないよな！

「よく言ったぞシング。さて、戦闘前の話はこれで終わりだ。という事でいよいよ戦闘開始なわけだが、準備はいいか？」

「うん、俺はいつでも大丈夫だよ兄ちゃん！」

「それなら今から10秒後。同時に飛び出すぞ」

俺はアイテムボックスからデーモンリッパーを取り出し右手に持つ。

シングも腰にある剣に手を置いていつでもいけるといった感じだ。

そして十秒後、俺とシングはほぼ同時に草むらから飛び出し、グロースラビッツの元へと疾走している。さあ、戦闘開始といくとしようか。

さて、まず俺がすべき事はゴミ掃除だな。

シングよりも素早さの数値が高い俺は当然一足先にグロースラビッツへと辿り着き、シングの戦い易いように周囲のラビッツを倒すことに。

まずはグロースラビッツの周囲を固めているラビッツを掃除していく。

流石に最弱クラスの魔物だけあり、デーモンリッパーを軽く振るだけであっさりと絶命していって、ラビッツ達は瞬く間に数を減らしていった。

そんなこんなでグロースラビッツ周辺のゴミ掃除が完了したので、邪魔にならないように死体をアイテムボックスに収納して、近くの大木の上へと移動する。

ここなら戦いがよく見れそうだし、シングの邪魔になる事もないだろう。

そして大木の上の俺の姿を、グロースラビッツは敵意むき出しの目で睨みつけてくる。

おいおい、俺にそんな敵意を向けている暇はお前にはないだろう。

お前の敵はほら、すぐ後ろに迫っているというのに。

「おおおおおおおおおおおおおおお!!」

「ギイイイイイイイイイイイイイ!!」

俺がゴミ掃除をしている間に、シングはグロースラビッツの背後へと静かに移動していた。

そして無防備なグロースラビッツへとシングの斬撃が炸裂した。

俺から見てもその一撃は見事だった。普通の魔物ならこれで勝負は決まっていただろうと思えるほどに。しかし、現実はそこまで甘くなかったらしい。

「ギギギイイイイイイイイイ!!」

グロースラビッツがシングの攻撃など効いていないと言わんばかりの咆哮(ほうこう)を上げる。ちなみにスキルではないので体が硬直するような効果はない。

だが間近でその咆哮を聞いたシングは驚き、その場から離れてしまう。

「くそっ俺の攻撃が効いてないのか⁉　いや違う、確かに手ごたえはあった！」

そう、シングの言う通りあの一撃はグロースラビッツにそれなりのダメージを与えていた。今も首から流れ続けている血がその証拠だ。

おそらく、グロースラビッツのさっきの咆哮は威嚇(いかく)目的ではなく、シングをあの場から遠ざけるのが目的だったのだろう。つまり、シングはまんまとグロースラビッツの思惑通りに動いてしまったわけだ。実戦経験の差が出てしまったという事か。

「ギイイイイイイイイイイイ‼」

グロースラビッツが咆哮を上げながらシングを睨みつける。

どうやらシングの事を倒すべき敵と判断したようだ。これでもうさっきのような不意打ちは出来ないだろう。ここからが本当の戦いだな。

シングはそんなグロースラビッツの様子を間近で見ているわけだが、表情に少し笑みが浮かんでいる辺り、思ったよりも余裕がありそうだった。

「父ちゃんが仕留めきれなかった魔物だ。こうなる事は覚悟してたさ」

シングが剣を両手で構え、グロースラビッツを睨みつけながら言い放った。

「お前が倒れるまで何度でも。何度でも攻撃を食らわせてやる。いくぞおおお‼」

なんとシングは叫び声を上げながら、真正面からグロースラビッツへと突っ込んでいった。

おいおい、シングのやつ俺の言った事を忘れてるんじゃないだろうな！

グロースラビッツは突っ込んでくるシングにカウンターを食らわせようとしている。

まずい、この勢いでカウンターを食らったらまずお陀仏だ！

そう考え俺が動こうとした次に瞬間、真正面から突っ込んでいったシングの重心が一気に沈み、その勢いのままグロースラビッツの左足を剣で切り裂いた。

「ギイイイイイイイイイイイイイ！」

怪我をしている左足を攻撃された痛みでグロースラビッツから悲鳴が上がる。

悲鳴が上がるという事は、攻撃が効いているという証拠。

シングは上手く攻撃を躱しながら、何度も何度も同じ場所を斬りつけていく。

やがてその攻撃にグロースラビッツが耐えきれなくなり、その大きな体を無理やりに回転させ攻撃すると同時にシングを自分から遠ざけようとする。

しかし、シングはグロースラビッツの僅かな動きの変化からその行動を予想していたようで、少し後ろに下がる事で回転攻撃をあっさりとかわした。

そして再び体の大きなグロースラビッツに張り付くように攻撃を再開する。

「これは、驚いたな……」

大木の上で戦いを見守っていた俺は思わずそう呟く。それ程にシングの動きは見事だった。

グロースラビッツへ突っ込んだと見せかけ、足へ攻撃した時も確かに驚いたが、問題はその後だ。

まさかあの回転攻撃を僅かな動きで予測して避けるなんて。

初めての強敵との戦闘。しかも父の仇を目の前にして、シングは恐ろしく冷静だ。

もしシングが父と同じく冒険者の道へ進むことになったら、凄い冒険者になりそうだ。

俺もうかうかしていられないなこれは。

「ギアアアアアアアアア！」

俺がそんな事を考えている間にもシングは攻撃を続けていたようで、いよいよグロースラビッツの体がシングの攻撃に耐えきれず地面へ崩れ落ちる。

「これで、終わりだあああああ！」

これを最大のチャンスをみたシングは持っている剣を大きく振りかぶり、目の前に存在するグロースラビッツの太い首を最大の力で斬りつけた。

その一撃は確かにグロースラビッツの首を深々と切り裂き、致命傷に近い傷を負わせる事に成功する。しかし、ここでシングは致命的なミスを犯してしまった。

「倒した⁉　俺が、倒したんだ！　父ちゃんの仇を！」

グロースラビッツを倒したという喜びがシングの全身を支配し、今まで必死に抑え込んでいた感情が溢れ出し、冷静さを完全に失ってしまう。

そしてあろうことか、目の前のグロースラビッツから目を逸らし、大木の上にいる俺へと視線を移してしまった。その表情はここからでも見えるくらい嬉しそうだ。

そんな様子のシングに向かって俺は大声を上げ必死に叫んだ。

「シング前を向け！　戦いはまだ終わっていないぞ！」

「え、何言ってるの兄ちゃん。グロースラビッツはもう俺が倒し――」

シングの言葉が最後まで続く事はなく、無防備なその体にグロースラビッツの大きな角による横殴りの一撃が叩き込まれてしまう。

「がは!!」

まるで弾丸のような速さで飛んでいくシングの体。

大木に激突することでやっと止まったようだが、そのダメージは計り知れない。

シングは口から血を流しながら、剣を杖のように使い必死に起き上がろうとするも、中々思い通りに体が動いてくれない様子だ。

無理もない。確かにシングは剣の才があるが、レベル自体はまだ低いんだ。

限界か。そう考え大木から飛び降りシングの元へ駆け寄ろうとするが、それを止めたのはすでに喋るのも辛そうなシングの声だった。

「に、兄ちゃん。俺は、大丈夫だから。こいつは、俺が倒すから……」

そう言ってシングは何とか立ち上がる事に成功する。

しかし、その立ち姿からは全く力を感じられない。立っているのがやっとなのだろう。

それでも、シングは残る力全てを振り絞り、グロースラビッツへと駆け出した。

「ガアアアアアアアアア！」

対するグロースラビッツも先ほどの一撃でほとんど力は残ってはいない。

グロースラビッツは必死に頭だけを動かし、走り近づいてい来るシングに向け大きな角でカウンター気味に攻撃を繰りだす。

駄目だ、あの一撃を避ける力はシングに残っていない。

そう考えシングに駆け寄ろうとするのだが、シングは俺の想像の上をいった。

「おおおおおおおおおおおお!!」

なんと、シングはグロースラビッツの大きな角を足場にその場で跳躍したのだ。

そしてそのまま落下の勢いを利用して、グロースラビッツの首の裏側、丁度この戦闘で一番初めにシングが攻撃したその場所へ、思いっきり剣を突き刺した。

「ギアアアアアァァ……」

最初の時と同じようにグロースラビッツの口から叫び声が聞こえる。

しかし、今度の叫びは断末魔だったようで、その巨体が音を立て地面を崩れていく。

そして最後の攻防で力を使い果たし、無防備な状態で落ちてくるシングの体をなるべく丁寧に両手で抱きかかえるようにキャッチする。

俺の腕の中のシングは本当に全ての力を使い果たしたようで、意識を保つのも辛そうに思える。

それでも、シングは意識を失う前に俺に一つだけ質問をした。

「ね、ねえ兄ちゃん。俺は、父ちゃんの仇、ちゃんと討てた?」

「ああ、今回の戦いは間違いなくお前の勝ちだ。本当に、本当に見事だった。後の事は俺に任せて、お前はゆっくりと休むといい」

俺がそう答えると、シングは安心したようで目を瞑り眠っていった。

あの激しい戦いの後とは思えない程、穏やかな表情で。

そんなシングを見ながら、俺は本当によく戦ったとシングに称賛を送る。

正直に言ってしまうと、俺は最初にシングが攻撃を受けた時点でほとんど勝負を諦めていた。あの攻撃を受けて立てるわけがない。そう思ってしまったからだ。

しかし、シングは決して諦める事はしなかった。バリス村のみんなを守るため、亡き父の仇を討つため、そういった強い想いがシングを勝利へと導いたのかもしれない。

俺は基本的に精神論はあまり信じないが、今回ばかりはそうあってほしいと思う。

さて、色々考えるのはこれくらいにして、まずはシングの怪我の治療をするとしましょうかね。

そう考えシングの体を大木に預け、回復魔法を発動する。

「念のため全力でいくか。【ヒール】」

魔法を発動させると、いつも通り青白い光が出現してシングの体を包み込み体を癒していく。そして光が収まった頃には、体の傷は綺麗になくなっていた。

怪我の影響か少し荒くなっていたシングの寝息も、穏やかなものへと変化していく。この様子だと無事に回復魔法は成功したようだ。もう心配はいらないかな。

「さて、シングの方はこれで大丈夫として、後はさっさとバリス村へ帰るだけだな。おっと、その前にやっておく事があったか」

俺はシングを背に背負い、背後にそのままの姿で放置してあるグロースラビッツの死体へと目を

向ける。せっかくシングが倒したんだ。このまま放置しておくわけにはいかない。

そう考えグロースラビッツをアイテムボックスの中へと収納する。

さて、これで今度こそファリス森林ですべき事は全て終わった。バリス村へ帰るとしよう。

そうして俺はシングを背負ったまま、ファリス森林の入り口へと歩を進めて行くのだった。


歩き出してから数十分後。

特に魔物に遭遇する事もなく、順調に歩き続けた。

その結果、早々にファリス森林を抜け、もうすぐでバリス村が見えてきそうな位置まで俺達は来ていた。そろそろシングを起こしておくとするかな。

俺がそう思った直後、俺の背で眠っていたシングが丁度よく目を覚ます。

そしてまだ寝ぼけ半分のような声でぼそりと呟いた。

「……あれ、ここは、兄ちゃん？」

「目を覚ましたようだなシング。体の調子はどうだ？　お前が寝てすぐに回復魔法をかけたから大丈夫だとは思うが、もしまだ痛むところがあったら言ってくれ」

俺がそう質問すると、背にいるシングが少し体を動かす。

どうやら痛みがないかを確認しているようだ。そして自分の体に異常がない事を確認すると。

「うん、体調は問題ないよ。痛むとこもないみたいだ」

「そうか、それを聞いて安心した」

「それよりも、兄ちゃんって回復魔法まで使えるんだね。父ちゃんが回復魔法が使える魔法使いはあんまりいないって言ってたのに、やっぱり凄いや兄ちゃんは！」

「まあ回復魔法については最近使えるようになったばかりだけどな。それよりシング、もうすぐバリス村に到着しそうなんだが、体調が治ったのなら自分で歩くか？」

俺がこの質問をした理由は、シングくらいの年頃だと背負われているのを見られるのは恥ずかしいかなと思ったからだ。実際に俺がそうだったから。

まあこの考えは俺の思い込みだったようで、シングは俺の提案に小さく首を振り、もう少しこのままでいさせてと言った。

なぜシングがこのような選択をしたのか。答えはすぐに分かった。

おそらく、シングは昔の事を思い出しているのだろう。まだ父親が生きていた頃の事を。その証拠にシングは俺の背で小さく父ちゃんと呟いていた。

そんなシングに掛ける言葉は俺にはなく、俺達は特に会話する事もないままバリス村に向かい歩いて行った。

しばらく歩きバリス村が見えてくる位置まで来ると、少しいつもの様子と違う事に気付く。入り口である門の前に数十人もの村の人達が集まっているのだ。

その中にはガントさんやマリアさんの姿もある。そしてその集団の先頭に立っているのは、この村の村長でありシングの祖父のゾンガさんだ。

その光景を目にしたシングはビクッと体を小さく震わせ、俺の背に隠れてしまう。

シングの行動に俺は少しだけ苦笑し、なるべく優しく問いかけた。

「なあシング。昔を思い出すのはいい。昔を懐かしむのもいい。ただ、それだけじゃ駄目だと俺は思うんだ。そろそろ前に進む時なんじゃないか？」

「ごめん兄ちゃん、俺、やっぱり怖くて……」

「分かってるさ。お前は大好きな村のみんなに拒絶されるかもしれないのが怖いんだよな。けどな、そんな事は有りえないと俺が断言してやるよ。バリス村のみんなは間違いなくお前のことを本気で心配してるし、本気で仲直りしたいと思ってる」

「そんな事が兄ちゃんに分かるわけ……」

「分かるさ。嘘だと思うならあそこで俺達の事を待っている人達の表情を見てみな。きっと俺の言っている事が真実だと分かる」

俺がそう断言すると、シングは恐る恐る俺の背から顔を出す。

そしてバリス村の人達の表情を確認していくと、緊張が現れていたシングの表情が少しずつ和らいでいくのを感じる。そして俺にだけ聞こえるように呟く。

「みんな、凄く心配そうな表情をしてる」

「だろ？　あの人達はみんなお前の事が心配で待っててくれているんだよ。まあ中には俺の事を待っててくれる人も少しはいるかもしれないけどな」

「じいちゃんも凄い表情してる。今にも泣きそうだ。あんなの初めて見た」

「ああ、ゾンガさんか。よっぽどお前の事が心配だったんだろうな。なんせ討伐に付いて行った孫が俺に背負われて帰って来たんだ。普通なら怪我でもしてるんじゃないかと不安になるさ」

「じいちゃんが、みんなが俺の事を本気で心配してる……」

「そうだ。洞窟でも言ったがもう一度だけ言うぞ。みんながお前の事を待っている。これは疑いようのない真実だ。どうだ、まだ不安は残っているか？」

俺のその問いにシングは小さく首を振って答える。

その様子に俺は満足して、背にいるシングをそっと地面へと下ろす。

そしてシングの背中を少しだけ強めにパンと叩き。

「行って来いシング。とっとと仲直りしてきな」

「うん、行ってくるよ兄ちゃん！」

俺にそう言い残し、シングは村のみんなの元へと走って行き、真っ先にゾンガさんへと抱き着き、涙を流しながらゾンガさんに色々ごめんなさいと謝っている。

そんなシングにゾンガさんはわしの方こそ済まんかったと言って、こちらも大量の涙を流しながらシングの小さな体を抱きしめ返す。

そして周りにいた人達もシングの様子に涙を堪え切れなくなったようで、俺達の方こそ悪かった、長い間放って置いてごめんと言いながらみんなで泣きじゃくっている。

この様子だともう心配はいらないな。そう考え少しほっとする。

それにしてもだ、この光景は中々に凄いな。なんせこの場に集まっているのはバリス村の住人ほぼ全てだ。そのほとんどが泣いている状態なのだ。

これは収拾がつくまで当分時間がかかりそうだ。

そう考え少しため息をつきながらも、今日だけはそれでもいいかなと思ったのだった。


俺は現在、マリアさんの経営している宿屋で休んでいる最中だ。

休んでいると言っても実際にグロースラビッツと戦ったのはシングなので、肉体的な疲れはほとんどない。あるとすれば、それは精神的な疲れだけだ。

その疲れの原因は、間違いなく数時間前のアレだろうな……。

今から数時間前、村に戻ったシングは無事バリス村の人達と和解する事が出来た。

それ自体は大変喜ばしい事なのだが、その後が本当に大変だった。

なんせそれから約一時間の間、ひたすらその場にいたほとんどの人々が泣きじゃくっていたのだ。

あの場にはバリス村の住人ほぼ全てが集まっていたため、その規模は半端じゃない。

最初は俺もこのくらいは仕方ないよなと呑気に放って置いたのだが、流石にこれ以上放って置くと魔物が寄ってくる危険があると考え、急いで止めに入ったというわけだ。

そしてこの人数での騒ぎが簡単に収まるはずもなく、俺は仕方なく村の住人に一人ずつ声をかけて回っていたというわけだ。

「たった一人の子供の為にあそこまで親身になれる。いい人達なのは理解出来るんだが、流石に疲れたわ。少し横になって休むとしますか」

そう考えベッドに横になり目を瞑る。

出来る事ならこのまま少し仮眠をとりたかったところなんだが、どうもそう思い通りにはいかないらしく、誰かが部屋の扉をノックする音が聞こえてきた。

「ユーマさん起きてますか？　村長さんがユーマさんに用事があるって訪ねて来てますよー」

どうやら扉をノックしたのはマリーだったようだ。

そしてゾンガさんが俺に用事ね。まあ大体の想像はつく。無視するわけにはいくまい。

「分かった。すぐに向かうとゾンガさんに伝えておいてもらえると助かる」

「分かりましたー。では私は仕事もあるのでこれで失礼しますねー」

「ああ、わざわざありがとなマリー。仕事頑張れよ」

俺がそう告げると、マリーはスキップでもするかのように機嫌よく走り去っていった。俺に褒められて嬉しかったのだろうか。全く可愛いやつめ。

さて、あまり待たせるのも悪い。俺もさっさとゾンガさんに話を聞きに行くとしよう。

そう考え部屋を出て一階へと向かうと、俺を見つけたゾンガさんから早速声が掛かった。

「来てくれたかユーマ殿。休んでいるところ済まないの」

「ゾンガさんに用事があるなんて言われたら、来ないわけにはいきませんよ。それに気を使う必要はありません。俺はシングのお陰で疲れはほとんどありませんので」

「そう言ってもらえると助かるわい」

「まあ事実ですからね。さてゾンガさん、俺を呼んだ理由について聞かせてもらっても？」

「うむ、今回ユーマ殿を呼んだのはグロースラビッツの件で話があったからじゃ」

「なるほど、ではあれをどうするか決まったんですね？」

「そうじゃのう。村のみんなで、勿論シングも含めて話し合った結果、グロースラビッツは今夜の宴会の主食に使う事になった。しかし、本当にいいのかユーマ殿。グロースラビッツを我々が丸ごともらってしまって？」

　申し訳なさそうに言うゾンガさんに、俺は少しため息をつきながら言った。

「はあ、何度も言ってるじゃないですかゾンガさん。今回のグロースラビッツとの戦闘で俺は一切手を出していません。あれを倒したのはシングです。確かにほんの少しの助言はしたかもしれませんが、本当にそれだけなんです。なのでこれ以上俺が口を挟む事はないですよ」

　俺がそうはっきりと断言すると、ゾンガさんは深く頷き。

「そこまで言うのなら、この話はこれで終わりにしよう。それにしても、本当にシングがグロースラビッツを倒すほどに力をつけていたとは。今でも信じられんよ」

　俺がそのゾンガさんの態度に少しだけイラっとしながら言った。

「ゾンガさん、グロースラビッツは今のシングでは到底勝てるような相手ではありませんでした。それでも、シングはゾンガさんやバリス村の為に必死に戦ったんです。それこそ死に物狂いで。その想いの差が勝負を分けたと俺は思っています。そうして必死に戦ったシングの事をゾンガさんが信じてあげなくてどうするんですか」

　俺のその言葉に、ゾンガさんは少しショックを受けたようで少し俯く。

そしてあまり元気のない声でボソリと言った。

「ユーマ殿の言う通りじゃ。祖父であるわしが一番に信じてあげるべきじゃった。長年シングと触れ合っていなかった影響か、少しシングの事が分からなくなっておったようじゃ。これではシングに自分の事を放って置いたと言われても仕方ないのう……」

「大丈夫ですよゾンガさん。時間はこれからいくらでもあります。きっと昔のように何でも言い合える関係に戻っていきますよ。シングもきっとそれを望んでいますから」

俺のその言葉にゾンガさんは力強く頷きながら答えた。

「うむ、わしもそうなるように努力していこうと思う。ユーマ殿、助言感謝する」

「いえ、俺は思った事を言っただけですので。それではゾンガさん、俺への用事はこれで終わりでしょうか？　もしこれで終わりなら自分の部屋に戻ろうと思うのですが」

「いや、済まんがもう一つだけ話がある。実はこれから数時間後に村の広場で大宴会を行う予定なんだが、それにユーマ殿も参加してほしいのじゃ」

「宴会ですか。そうですね、別に用事などもありませんので参加していこうと思います。しかし村の住人ではない俺が参加しても大丈夫なのでしょうか？」

「ふふ、何を言うかと思えば。ユーマ殿なら村のみんなも大歓迎に決まっとるよ。それにシングもユーマ殿には是非参加してほしいと言っておった。遠慮なく参加してくれ」

「なるほど、そういう事なら是非参加させて頂きます」

「そう言ってくれると有りがたい。これでシングの機嫌を損なわずに済む。それではユーマ殿、わしは家に帰り準備をしてくる。宴会でまた会おうぞ」

そう言い残しゾンガさんは自分の家へと戻っていった。

それじゃ俺は宴会開始の時間まで部屋でのんびり過ごすとしますかね。


あれから数時間後。そろそろだろうか。

宿屋の外が騒がしくなってきたのを感じ、俺は部屋を出て一階へ向かう。

階段を降りていくと、俺の事を待っててくれたのかガントさんがイスに座っていた。

「よお、やっと降りてきやがったかユーマ。待ちくたびれたぜ」

「ガントさん、待っててくれたんですか」

「まあ、お前だけを宿屋に残して行くわけにはいかねえからな。ただ、お前を待ってた理由はそれだけじゃねえ。ちゃんと礼を言いたくてな」

ガントさんは今まで見た事のないくらい真剣な表情になり、俺に頭を下げ言った。

「ユーマ、シングを守ってくれてありがとな。それと、俺の足を治してくれた件についてもだ。俺は魔法の事はあんま詳しく知らねえけどよ、お前の使った回復魔法が相当凄いもんだって事は簡単に想像がつく。なんせ歩く事も出来なかった俺の足が一瞬で治ったんだからな」

「ガントさん……」

「お前にだけ話すが、俺はかなり参ってたんだと思う。マリアやマリーの前では必死に強がっていたが、内心はこれからどうするか不安で一杯だった。そんな時にお前が来てくれたんだ。あの時はいきなり足が治った事で気が動転して何も言えなかったが改めて言わせてくれ。本当にお前には感謝してる。ありがとう」

余りにも真剣なガントさんに少しだけ面を食らいながらも、俺は笑みを浮かべ言った。

「どういたしまして。まあ今度また怪我でもしたら遠慮なく俺に相談してくださいね。ガントさん達に何かあったらどれだけ遠くにいたとしても絶対に駆けつけますから」

「少し大げさな気もするがありがとな。さて、結構話し込んじまったな。そろそろ腹も減って来た事だし俺達も宴会に向かうとするか。なあユーマ」

「そうしましょうか。俺も丁度小腹が空いてきたところです。行きましょう」

俺とガントさんは宿屋を出て宴会が行われている広場へと向かった。

少し歩くとすぐに目的の宴会広場へと到着する。どうやらすでにかなりの人数が集まっているらしく、相当の賑わいを見せていた。まるで日本にいた頃のお祭りみたいだな。

まあ俺はお祭りなんて見るだけで参加した事はなかったんだが。そんな寂しい事を考えていると、俺に気付いたゾンガさんとシングがこちらに近づいてくる。

「よく来てくれたユーマ殿。今日は楽しんでいってくれ」

「兄ちゃん、これ俺達が仕留めたグロースラビッツの丸焼きだぜ！　滅茶苦茶美味かったからいっぱい食ってくれよな！」

ほう、これがグロースラビッツの肉か。確かにこれは美味そうだ。

それにしても、やっぱりラビッツ系統なだけあって丸焼きなんだな。

そんな事を考えながらグロースラビッツの丸焼きを口に運ぶと、ラビッツの丸焼きとは比べ物にならない程の味と肉汁が口の中を支配していった。

「どう兄ちゃん、美味しいでしょ⁉」

「ああ、まさかこれ程の味だとは思っていなかった。最高に美味しい」

「やった！　じゃあ俺は向こうでみんなと遊んでくるから、また後でね！」

そう言い残しシングは元いた場所へと戻っていく。

そこには、丁度同じ年頃の子供と仲良く遊んでいるシングの姿があった。

隣にいるゾンガさんはその光景を本当に嬉しそうに見つめ、感慨深そうに言った。

「あんなに楽しそうなシングを見たのは本当に久しぶりじゃ。本当に、本当に良かった。ユーマ殿、改めてシングを救ってくれた事に感謝する」

「いえ、俺はほんの少しシングの話を聞いただけですよ。あそこであして笑っていられるのはシング自身が頑張った成果です」

「本当に謙虚じゃのう。さて、わしらも宴会を楽しむとするか」

「そうしましょう。それにしても、宴会とはいえここまでの規模になるとは思っていませんでしたよ。バリス村の住人のほとんどが参加してそうですね」

「うむ、ユーマ殿の言う通り全ての村人が参加しておるよ。わしが確認したので間違いはない」

ゾンガさんは村の人達の顔を全て覚えているのか。流石は村長だ。

それにしても全員参加は素直に凄いな。改めてバリス村はいいところだと実感する。

その後、食事を進めながらのんびりしていると、少しの違和感に気付く。

あれ、村人は全員参加だと言っていたのにあの人はいないのだろうか。

「そういえば、ゾンガさんの家にいたお手伝いさんは宴会に来ていないんですか？」

「わしの家のお手伝い？　誰の話じゃそれは」

「やだな。前日ゾンガさんの家に伺った時に俺を案内してくれた人ですよ」

「済まん、ユーマ殿が何を言っておるのかわしには理解できん。まず最初に、わしの家にお手伝いなんぞはおらんよ。そんな者を雇う金などあるはずがない。ここ数日でわしの家に入った人物はわしを除けばユーマ殿とシングの二人だけじゃよ」

ゾンガさんの言葉を聞き、俺は心臓の鼓動が一気に速くなるのを感じる。

気付いた時には、その場から走り出していた。

そして数分後、俺はゾンガさんの家に前に立っていた。目的の人物を目の前にして。

「おや、ここに何か用でしょうか首狩りのユーマ様。私の記憶が正しければ現在は宴会の真っ最中のはずですけど。私に何か御用でも？」

「あなたは、いやお前は誰だ」

「はて、いきなり誰だと聞かれましても。私はただのお手伝い」

「とぼけなくていい。村人全員の顔を覚えているはずのゾンガさんがお前の事を知らないと言った。しかもだ、俺の記憶が正しければお前とゾンガさんは先日に顔を合わせている。そんな相手の事を覚えていないなんてありえないだろ？　もう一度だけ聞くぞ、お前は誰だ」

俺のその言葉に、目の前の男は観念したように両手を上げ答えた。

「はあ、そろそろ魔法が切れる頃だとは思っていたんですよ。昨日のシング君が私に対して敵意がむき出しだったのもその兆候だったのかもしれませんね。はあ、せめてあなたがこの村を出発するまで持てばと思っていたのですが。思い通りにはいかないものですね」

「つまり、お前はゾンガさんとシングに魔法をかけていたという事か？」

「まあそんな感じで正解です。それではご要望通り自己紹介といきましょうか。私だけあなたの名前を知っているのは不公平ですから。ふふ、人間相手に自己紹介なんて数十年ぶりなので緊張してしまいますね」

緊張する、そう言いながらも目の前の男はどこか楽しげだ。

そして俺が今まで見た中でも最上とも言えるお辞儀をして、自身の正体を明かした。

「私の名はランビリス。魔人ランビリス・レゾムと申します。以後お見知りおきを」

目の前の男は自身を魔人ランビリス・レゾムと名乗る。

あくまで俺の勘だがこいつが嘘を言っている気配はない。ならこれが本当の名前か。

それにしても魔人か。魔族や魔王なら聞いた事があるが、魔人は初めて聞くな。

俺がそんな事を考えていると、目の前のランビリスは俺の様子になぜか驚きの表情だ。

「はあ、昔は魔人を目にすれば人間は恐れ慄いたはずなんですけどね。これは時代の流れなのでしょうか。それとも、私が嘘を言っていると思っているとか？」

「悪いな。お前が嘘を言っていないのはなんとなく理解できるが、俺は魔人なんて存在は聞いた事もない。知らなければ恐れようがないだろう？」

俺のその答えにランビリスはそういう事ですかと納得した様子。

そして敵意がない事を現すかのように両手を広げ、笑みを浮かべ言った。

「そういう事なら我々が無駄に争う必要はなさそうですね。あなたは魔人に対して敵意を持っていない。私もあなたと戦闘を行う気はありません。すぐにこの村から立ち去ると約束します。どうでしょう、見逃してもらえないでしょうか？」

ふむ、相手が何の信用も出来ない相手という事を差し引けば悪くない提案。

確かにこんな村の中で戦闘を行ったのでは村の建物に被害が出てしまう恐れがある。

それに騒ぎを聞きつけて村の人達もやって来ないとも限らない。

不本意だが仕方ない。ここはランビリスの提案に乗っておくとしよう。

「ランビリス、お前の提案を受け入れよう。ただし、少し質問をさせてもらうぞ」

「ええ、それくらいなら別に構いませんよ」

「まず最初に、お前はなぜ俺に魔法をかけなかった？　お前にとって俺は隙だらけだったはずだ。魔法をかける機会はいくらでもあったんじゃないのか？」

「残念ながらそう上手くもいかないものでしてね。実はこの魔法、ある程度の魔力を持つ者に対してはほとんど効果がないのです。それが欠点なんですよ」

「なるほど。では次にお前をここで見逃すとしてこれ以上この村に何もしないと約束するか？　もしお前がこれ以上ゾンガさんやシングに何かするつもりなら、俺はお前をここで殺す」

「その心配は不要ですよ。もうこの村に用はありませんので。それに、これ以上魔力を使い派手に動くと厄介な存在に勘付かれる可能性がありますからね。全く、あれから何百年も経っているというのにあのハーフエルフはいつの世も我々の邪魔をする」

そう話すランビリスは今までの上品な振る舞いと違い、明らかに苛立っている様子。

おそくらランビリスの話すハーフエルフとはミナリスさんの事だろう。

ランビリスとミナリスさんの間に何があったのか知らないが、相当怨みがあるなこれは。

まあ今の俺には関係のない話だ。そう考え俺は最後の質問をぶつける。

「これで最後だランビリス。お前は何が目的でこの村を訪れた？」

俺がそう質問するとランビリスは表情に不気味な笑みを浮かべ言った。

「ふふ、流石にそれは話す事は出来ませんね。まあ、いずれあなたにも分かる時が来ますよ。必ずね。それでは、私はこの辺で失礼させて頂きます」

そう最後に言い残すとランビリスは俺に背を向け壁に向かい歩いて行く。そして壁にあたる直前、まるで霧にでもなるかのように忽然(こつぜん)と姿を消したのだった。


ランビリスとの一件から数十分後。

俺が宴会会場の広場へ戻ると、今だに大盛り上がりのようだ。

そして俺の事を見つけたシングが走り寄ってきて。

「兄ちゃんどこに行ってたんだよ。俺もじいちゃんも必死に探してたんだぜ」

「ああ、それは済まない事をした。少しばかり用事があってな。それよりシング、悪いんだがゾンガさんがどこにいるのか教えてくれないか？」

「ん、じいちゃんならあっちにいるよ」

「そうか、俺はゾンガさんに少し用事があるからまた後でなシング」

シングにそう言い残し俺はゾンガさんの元へと向かう。

背後でシングが俺も構ってくれよと叫んでいるが、悪いが今は無理なんだ。

そうして俺はゾンガさんを見つける事に成功し真剣な表情で話しかける。

「ゾンガさん、少し話したい事があるのですが大丈夫でしょうか？」

そう話しかけるとゾンガさんは笑顔を崩しバリス村の村長としての厳しめな表情に。どうやら俺の様子で何かが起きたと察してくれたようだ。

「分かった。人気のない場所へ案内しよう。付いてきてくれ」

そう言ってゾンガさんが歩き出したので俺も後を付いて行く。

歩き出して数分後、ゾンガさんに連れて来られた場所は村の空き地のような場所だ。

確かにここなら誰かに話を聞かれる心配はない。

そう確信した俺はゾンガさんについ先ほど起きた事を全て説明していく。

そして全てを聞き終えたゾンガさんは神妙な表情で言った。

「なんてことだ。まさかこの村にそのような者が入り込んでおったとは」

「やつの口ぶりからおそらくこの村に現れる事は二度とないとは思いますが、ゾンガさんにだけは伝えておこうと思いまして。勿論シングにも伝えてはいません」

「うむ、村の皆には秘密にしておいたほうがいいじゃろう。下手に伝わろうものなら混乱を招くだけじゃからのう。それにしても、今の時代に魔人の名を聞くことになろうとは」

そう言いながらゾンガさんは深いため息をつく。

どうやら魔人の事を知っている様子だ。俺は気になったので質問してみる事に。

「ゾンガさん、魔人について教えてもらってもいいでしょうか？」

「わしも余り詳しくは知らんのだが、なんでもわしが生まれてくる数十年前に魔王がこの大陸の攻め込んできた時、魔族や魔物の指揮をしておったのが魔族という噂じゃ」

なるほど、つまり魔人は魔族の上位の存在といったところか。

確かにあのランビリスという男には何か不気味なものを感じた。今思えばあの時にランビリスと戦う選択をしなかったのも、無意識に警戒していたのかもしれない。

「なるほど。ではゾンガさんは魔人がこの村に来た理由などは？」

「それについては全く心当たりがない。何しろ魔人が最後に現れたとされているのは今より数百年前。それが今になって現れても、何が目的かなど見当もつかん」

ゾンガさんは頭を抱え必死に考えているようだが、答えは出てこないようだ。

魔人がこの村に来た理由か。もしかしたら、この村には魔人が求めるような絶大な力を持った何かが存在している可能性があるとか。いや、それはないな。

もしそんな物が存在しているなら、村長のゾンガさんも少しくらい知識があるだろう。

駄目だな、俺の知識じゃこれ以上考えても無駄だ。

「ゾンガさん、この件については俺の信頼出来る人物に相談する事にします。魔人の目的について何か分かったら必ず伝えに来ると約束します」

「うむ、ユーマ殿が信頼する人物ならわしも信じる事が出来る。この件はユーマ殿に任せ、わし達は普段通りに生活していく事にする。それが最善じゃろう」

「それが正解ですね。ゾンガさんが変に不安な気持ちを抱いていると、それが村の人達にまで伝染してしまう恐れがある。それだけは避けたいですから」

俺の言葉にゾンガさんはそうじゃなと深く頷いた。

魔人についての話はこれでひとまず終了だ。宴会に戻るとしますか。

「それではゾンガさん、俺達も宴会に戻るとしましょうか。実はシングの事を無視してこっちに来てしまったんですよね。早く戻らないと色々と文句を言われてしまいそうです」

俺がそう少し困り顔で話すと、ゾンガさんは真剣な表情を崩し笑みを浮かべた。

「本当にシングはユーマ殿に懐いたのう。確かにあそこまで楽しそうなシングを見るのは数年ぶりじゃ。余り待たせるのは酷じゃろう。小腹も空いてきた。そろそろ戻るとするか」

そう言いゾンガさんが歩き出したので俺も一緒に広場へと向かった。

広場に戻ると、俺の考え通りシングが凄い勢いで近づいてきて俺の手を掴む。

それから数時間の間、俺はシングと一緒に休む暇もない程に宴会を楽しむのだった。

グロースラビッツとの戦闘から翌日。

前日の宴会の影響かいつもより遅めに起きてしまったようだ。

体を少し伸ばしながらベッドから体を起こして部屋の窓から外を見てみると、すでに日が昇ってから数時間が経過しているようだ。すでに部屋の外も騒がしくなっている。

ちなみに俺は今日朝飯を食べたらバリス村を出発するだった。

その考えはすでにガント一家やゾンガさん、それにシングにも伝えてある。

昨日これを伝えた時にはシングに必死に引き留められたものだが、フロックスに俺の帰りを待ってくれている人達がいる事を話すと、シングは渋々だが納得してくれた。

そんな事もあり今日は早朝に出発する予定だったのだが、これは無理そうですな。

まあ今更後悔しても仕方ない。さっさと準備をして食堂へ向かうとしますか。

そう考え簡単に身だしなみを整えると、部屋を出て食堂へと歩いて行く。そうして一階へ到着すると早速ガントさんの元気のいい声が聞こえて来た。

「おお、やっと起きてきやがったかユーマよ！」

「おはようございますガントさん。それにしても、昨日あれだけ騒いでいたはずなのに相変わらず元気そうですね。疲れとかはないんですか？」

「まあ昔は毎日のように宴会をしてたからよ。体が慣れちまったのかもしれねえな。お前の方こそ体の方は大丈夫なのかよ。昨日は随分と騒いでたみたいじゃねえか」

「そうですね。若干ですが体が重いです。まあ昨日は楽しませてもらったので文句はありませんけどね。あれだけ楽しく騒いだのは本当に久しぶりでした」

「良かったじゃねえか。それじゃ俺はマリアにお前の分の朝飯を頼んでくるからよ。まあそこら辺に座ってのんびりしていてくれよ」

そう言い残しガントさんは厨房へと歩いて行った。

俺は少し申し訳ないと思いながらも、空腹には勝てず大人しく待つことに。

そうして席に座りのんびりしていると、俺に気付いたマリーが俺の正面の席へ座り言った。

「ユーマさん朝食を食べたら出発しちゃうんだよね。また私の作った夕食を食べてもらいたかったのに残念だなー。ねえ、またバリス村に来てくれる？」

「そうだな。俺にとってバリス村、特にロータスは心地のいい場所だ。また暇が出来たら遊びに来るとするさ。その時は必ずマリーの作った夕食を食べる事にするよ」

俺がそう話すと、マリーは俺に顔を近づけ嬉しそうに言った。

「本当⁉　私それまでに必死に練習するから。約束ですよー」

そう言い残しマリーはスキップしながら厨房へと戻っていく。

そしてマリーと入れ替わるようにマリアさんが出来立ての朝食を持ってきてくれる。

「お待たせユーマ君。ゆっくり食べてね」

「遅くなってしまいすいませんマリアさん。頂きます」

数分後、マリアさんの作ってくれた朝食を綺麗に完食した俺は、空になった食器を持って厨房へと向かい、マリアさんとマリーに別れの挨拶をした。

そして最後に扉の前で俺を待っているガントさんに挨拶をする。

「ガントさん、今回も色々ありがとうございました。またこの村には来るつもりなので、その時にはまたよろしくお願いしますね」

「何言ってんだよユーマ。世話になったのは俺達の方だ。お前には二度もバリス村を救われた。本当に感謝してる。また会える日を楽しみにしてるぜ」

「俺もガントさんと同じ想いです。必ず会いに来ると約束します。では失礼します」

そうガントさんに言い残し、俺は宿屋ロータスを後にした。

宿屋を出た俺が村の入り口の門まで歩いて行く途中、何度も何度も村の人達からありがとうと礼を言われる。今回頑張ったのはシングなので少しだけ複雑な気分だ。

そうしてグロースラビッツによってボロボロにされてしまった門に着くと、そこには村の村長であるゾンガさん、泣くのを我慢しているような表情をしているシングがいた。

そんなシングの表情に俺も少し涙が出そうになるが、我慢してゾンガさんに声をかける。

「ゾンガさん、色々お世話になりました。また必ず来ます」

「うむ、是非来てくれ。ユーマ殿ならバリス村の住人も大歓迎じゃよ。そうだ、もしまた今度来る機会があったら、その時はまた村中を巻き込んで宴会をするのも悪くないの」

「それは楽しみだ。その時は是非参加させて頂きますよ。それではこの辺で失礼します」

そうゾンガさんに言い残し、俺は最後にシングの元へと向かう。

俺を目の前にしたシングはもう涙を堪える事は出来ず泣き出してしまった。その様子に俺は少し苦笑しながらシングの頭に優しく手を置いて撫でる。

するとと段々と涙の流れる量が少なくなっていった。そして涙が完全に止まると、シングは残った涙を腕で強引に拭い、確かな覚悟を秘めた表情で俺にある宣言をする。

「兄ちゃん、俺は冒険者になるよ。兄ちゃんや父ちゃんのような冒険者に」

そのシングの発言に俺は特に驚くことはなかった。シングと一緒に行動している間に、冒険者に憧れているのは何となく理解していたからだ。

シングの後ろの立つゾンガさんに目を向けると、冒険者になるというシングの言葉に苦笑いの表情を浮かべている。すでに説得済みのようだ。

そういう事なら俺に出来る事は冒険者の先輩としてのアドバイスくらいだな。俺はシングの目をじっと見つめ少しだけ厳しめな表情で言った。

「シング、お前が冒険者を目指すのは理解した。俺も何か言いたいところではあるが、なんせ俺は冒険者になって数か月だ。特別な事は何も言えない」

シングは俺の冒険者歴に驚いている様子だが、それを口に出す事はせず黙って話を聞いている。

その表情は今までに見た事ないほど真剣だ。

「俺に言える事はこれくらいだ。シング、冒険者を目指すならまず強くなる事を考えろ。これはあくまで俺の考えだが、冒険者とは極論を言ってしまえば戦いの中で生きていく事を決めた者達を意味する。そんな冒険者に頼れる物があるとすれば、それは自分自身の強さだけだ」

「頼れるのは、自分自身の強さだけ……」

「あくまで俺の考えという事を忘れてくれるなよ。俺はまだパーティーも組んだ事がないからな。誰かを頼るという行動を知らないだけかもしれない。それと、強さだけを求めて礼儀などを疎かにしないように気を付ける事だ。俺から伝える事はこれくらいだな」

俺の話が終わると、シングは緊張した様子で小さく頷く。

そんなシングの緊張を和らげるように、俺は厳しめな表情を崩し笑顔で言った。

「そう緊張する事はないシング。幸いな事にお前には才能がある。焦らずゆっくりと強くなっていけばいいさ。ゾンガさんやガントさん、バリス村のみんなと一緒にな」

俺がそう言うとシングは緊張を解いてくれたようだ。

そして俺とシングは最後にある約束を交わすことになった。

「兄ちゃん、俺は強くなるよ。じいちゃんや村のみんなと一緒に。それでさ、俺が一人前の冒険者にまで成長したら、また一緒に冒険に行ってくれる？」

「ああ、勿論だ。お前ならきっといい冒険者になれる。その時が来るのを俺も楽しみに待っている事にするよ。さて、そろそろお別れの時間だな」

俺がお別れの時間と告げると、再びシングの目が少し曇る。

しかし今度は泣き出す事はなく、しっかりと俺の目を見ながら別れの言葉を。

「またね兄ちゃん。絶対にまた来てくれよな！」

そう今まで見た中でとびっきりの笑顔で言った。

そのシングの様子に俺も笑顔を浮かべながら言った。

「ああ、必ずまた来る。約束だ。また会おうシング！」

そう最後に言い残し、俺はバリス村に背を向け走り出す。

背後を見てみるとゾンガさんは俺の走りを見て固まっており、隣のシングは俺の姿が遠ざかって見えなくなるまで必死に手を振り続けていた。

【短編】

模擬戦闘、首狩りのユーマVS灼熱のグレン。

「なあユーマ、もし暇なら俺と模擬戦闘でもしてみねえか？」

大侵攻が無事に終わり数か月が過ぎた頃。

俺がいつも通りギルドで依頼を探していると、メルさんが珍しく俺に声をかけてきた。なんでもギルドマスターのグレンさんが俺に話があるみたいだ。

グレンさんが俺に話なんてまた何か問題でも起きたのだろうか。そう考え少し緊張しながらグレンさんの元へと向かったわけなのだが。

「あの、俺に用事ってもしかしてそれだけです？」

「おうよ。俺は思えばお前の戦っているところをあんまり見た事ねえからな。この機会にお前の実力をギルドマスターとして正確に確かめておきたくてよ！」

なるほど、俺の実力を確かめるために模擬戦闘か。

一応は筋は通っているな。自分のギルドに所属している冒険者の実力を把握しておくのはギルドマスターとしては重要な事なのだろう。

まあ目の前のグレンさんの嬉しそうな表情を見る限り、それ以外にも何か目的がありそうだけどな。そう考え俺はグレンさんに少し睨みを効かせて。

「なるほど、グレンさんの事情は大体理解しましたよ。ただ、本当に俺の実力を確かめる事だけが目的ですか？　他に何か隠してる事があるのでは？」

「か、隠してる事なんて、ねえよ……」

そう言って俺から目を逸らし口笛を吹くグレンさん。

グレンさんは隠し事をするのは苦手のようだ。その行動はどう考えても怪しすぎる。

同室にいるメルさんも同じ事を思ったようでグレンさんへ疑いの視線を向ける。

数秒後、俺とメルさんの視線に耐えきれなくなった観念した様子のグレンさんは俺に頭を下げる。

そして顔を俯かせたまま小さな声でぼそりと言った。

「すまねえ。本当はお前と戦ってみたかっただけなんだ……」

「はあ、それならそうと最初から言ってください。無理に理由など考えなくても今日のところは断るつもりはありませんので。模擬戦闘、望むところですよ」

俺がそう話すと先ほどまで落ち込んだ様子だったグレンさんの態度が一変。勢いよくその場から立ち上がると大声を上げ喜びを露わにする。

まるで子供のようだ。他の冒険者には見せられない姿だなこれは。

そしてグレンさんの様子に呆れ半分のメルさんが俺の隣に移動し小さく耳打ちした。

「本当にいいのユーマ君。別に断ってもいいのよ?」

「グレンさんにはお世話になっていますからね。これくらいなら別に構いませんよ。それに、グレンさんとの模擬戦闘は俺にとってもいい経験になりそうですので」

俺がグレンさんとの模擬戦闘を受けた理由は二つある。

一つ目はさっきも言ったがグレンさんにはお世話になっているから。二つ目は高レベルの対人戦闘を経験しておきたかったのだ。

思えば俺はこの世界に来てから強い魔物とは戦ったが強い人間とは余り戦っていない。

以前にステータスを見た限りグレンさんが強者である事は間違いない。例え模擬戦闘だろうと戦っておく価値は十分にあると考えたわけだ。

まあステータスだけで判断するなら少し前に遭遇した黒狼もかなりの強者だったな。残念な事に全て不意打ちで片付いたので欠片の役にも立たなかったわけなんだが。

「それなら良かったわ。それじゃ模擬戦闘は今から一時間後。場所はギルドにある修練場で行うって事で二人とも大丈夫かしら？」

俺はメルさんの言葉に小さく頷き、グレンさんもいいぜと元気よく答えた。


そしてそれから丁度一時間後。

戦闘の準備を整え修練場に向かうと、そこには多くの冒険者の姿があった。

冒険者達は俺が到着すると小さな声でこそこそ話し始める。

「おい見ろよ、首狩りが来たぜ」

「ああ、どうやらギルドマスターと模擬戦闘を行うって噂は本当らしいな」

「そんでお前らはどっちが勝つと思うよ？　俺は当然首狩りだけどな」

「俺も首狩りだな。なんせ大侵攻をたった一人で止めちまったんだ。さすがのギルドマスターだって首狩りには勝てねえと思うぜ」

ほう、随分と俺の評価も上がったもんだな。

まあ今はそんな事どうでもいい。目の前の相手に集中するだけだ。

「よく来たユーマ。待ちくたびれちまったぜ」

「時間は丁度だと思うんですけどね。それよりもグレンさん、少し肩に力が入っているようですが大丈夫ですか？　例え模擬戦闘だろうと俺は手加減はしませんよ」

挑発とも取れる俺の言葉にグレンさんはほとんど耳を傾けず笑みを浮かべる。普段の人懐っこい笑みとは違う、大好きな戦闘を前にした凶悪な笑みを。

グレンさんがそのつもりなら俺も戦闘の準備をするとしますか。

目を閉じて思考を魔物と戦う時と同じような戦闘モードへと移行させていく。

そして思考が完全に戦闘へと変化したのを確認してゆっくりと目を開いていく。それと同時に俺とグレンさんとの間に深く重苦しい空気が流れる。

周りの冒険者はその空気に少し気圧され気味のようだが、目の前のグレンさんだけは少しも気圧される事はない。むしろ表情を喜びで歪めていた。

「はは、いい気迫じゃねえかユーマ。昔を思い出すようだぜ!!」

「グレンさんの言う昔ってのはよく分かりませんが、そろそろ始めませんか？」

「俺もそうしてえところだがな、その前にやる事がある。メル、頼むぜ！」

グレンさんの合図でメルさんが前に出る。

どうやら模擬戦闘の説明をこれから行うようだ。

「それでは説明を開始します。まず両者が使用する武器ですが、こちらで用意した武器を使用してもらいます。次に勝敗ですが相手の背中を地面につける、もしくは相手の武器を破壊する。このどちらかの条件を満たした方の勝ちとします」

なるほど、模擬戦闘では自分の武器は使えないわけね。まあグレンさんも同じ条件なわけだし特に問題はない。公平なのはいい事だよな。

俺はメルさんから銅のナイフを受け取り、グレンさんは銅の大剣を受け取る。

「最後に一つ、審判である私が終わりだと判断したらその時点で戦闘は終了となりますのでお忘れなく。それではお二人とも、準備はよろしいでしょうか？」

メルさんの言葉に俺とグレンさんは武器を構え頷いた。

それを確認したメルさんは修練場の端っこまで走って行き。

「それでは、首狩りのユーマ様VS灼熱のグレン様、戦闘開始です」

メルさんによる戦闘開始の合図とほぼ同時。

修練上の真ん中で俺のナイフによる斬撃とグレンさんの大剣による斬撃が激突した。

お互いかなりの力を入れていたようで衝撃はかなりのもの。激突の瞬間、俺とグレンさんの周りに衝撃波が吹き荒れる。その衝撃でグレンさんの体が少し後方へと流される。

グレンさんはまさか自分が力負けするとは思っていなかったのかかなり驚いていたようだが、すぐに表情に笑みを浮かべ嬉しそうに叫んだ。

「はは、まさか俺が力負けするとはな。ユーマ、お前は最高だ！」

「それはどうも。ではどんどん行きますよ」

そう言葉を発すると同時、俺はグレンさんの目の前へ一瞬で移動し斬撃を放っていく。

グレンさんは大剣で必死に俺の攻撃を防いでいく。しかし、武器の影響もあるだろうが圧倒的に攻撃速度は俺の方が上だ。瞬く間にグレンさんの体に切り傷が増えていく。

グレンさんも黙ってやられているだけではない。俺の攻撃を隙を狙って大剣による一撃を放ってくるが、俺はその一撃を背後に少し後退する事で避ける。

そして大剣が目の前を通り過ぎるのを確認すると、再びグレンさんへと接近して斬撃を加えていく。マルブタが使っていたヒット&アウェイだ。

これにより俺の攻撃は休むことなくグレンさんを襲い、模擬戦闘は一方的な展開で進んでいった。

そして戦闘開始から数十分が経過した頃。

「はぁはぁ、ちくしょう……」

絶え間のない俺の攻撃でグレンさんの体力は限界に近付いているようだ。今までは大剣を支えになんとか立っていたのだが、いよいよその場に膝をつけてしまう。

ここまでかな。そう考えメルさんの方をチラリと見るとメルさんは小さく頷き前に出る。

「審判である私の判断により灼熱のグレン様のこれ以上の戦闘続行を不可能と判断。これにより模擬戦闘の勝者を首狩りのユーマ様とします」

メルさんが戦闘終了の合図をすると、周りの冒険者から一斉に歓声が上がる。

そして各々に今の模擬戦闘について熱く語り始めている。

まあ俺はそんな話に興味はないので、今も地面に座り込んでいるグレンさんの元へ。

「グレンさん、お疲れ様でした」

「ユーマか。済まねえな。俺から勝負を挑んだ癖に不甲斐ないところ見せちまって」

「そんな事はないですよ。俺にとってこの模擬戦闘はいい経験になりました。グレンさんさえ良ければまた戦ってくださいね」

俺がそう言うとグレンさんは元気を取り戻したようだった。

ちなみにこの時の発言のせいでこれから数日間、グレンさんに模擬戦闘しようぜ～と付きまとわれる羽目になるのを、この時の俺は知る由もなかった。

【短編】

マルブタの災難？

「アニキ、今日は一体何の依頼を受けるんすか？」

大侵攻が無事に終わり数か月が過ぎた頃。

ギルドで依頼を探していると、背後から俺を呼ぶ声が聞こえて来た。

背後にいるので姿は見えないのだが、すでに正体は分かっている。

なぜなら、俺の事をアニキと呼ぶような人物は俺の知っている限りでは一人しかいないからだ。

俺は後ろに振り向きながら言った。

「マルブタ、俺の事をアニキって呼ぶのいい加減やめないか？」

ちなみに俺がこの提案をするのはこれで数十回目だ。

当然この後マルブタが何て言うかは大体想像がつく。

そして俺の想像通り、マルブタは首を大きく横に振りながら言った。

「それは無理ってもんですよアニキ。なんせ俺とアニキは兄弟分ですからね」

想像通りだったマルブタの言葉に俺は苦笑を漏らす。

一応言っておくが、普段のマルブタは基本的に俺に口答えはしない。いつも笑顔で分かりましたアニキと言う、非常に素直な弟分なのだ。

しかし、なぜかこの件だけは絶対に譲るつもりがないらしい。

その理由は俺には分からないが、普段素直なマルブタがここまで強情になるのなら、まあこのままでもいいかなと最近は思うようになってきていた。

「確かにお前は俺の弟分だもんな。まあこのままでいいか」

「おお、アニキがそう言ってくれるのは珍しいっすね。嬉しいっす！　そんでアニキ、最初の質問に戻りますがアニキはどんな依頼を受けるつもりなんですか？」

「そうだな。今日はオーク討伐の依頼を受けようと思ってるよ。本当はもう少し難しい依頼を受けたいところなんだが残念な事に余りいい依頼がなくてな。まあ正直なところ、今日の依頼は単なる暇つぶしってとこだな。勿論依頼を受ける以上真面目にはやるけど」

「確かにオークが相手だとアニキは物足りないかもしれないっすね」

そうそう、マルブタの言う通りなんだよなぁ。

大侵攻が無事に終わったのは当然喜ぶべき事なんだが、最近はオークやゴブリンとばかり戦っていて少々物足りないと思ってしまっている。

流石に大侵攻のような事が起こってほしいとまでは思わないが、もう少し刺激が欲しいと感じているのが最近の悩みというところだな。

「なるほど、アニキくらい強いってのもある意味大変なんですね」

「まあな。そういやマルブタ、お前もギルドに来たって事は依頼を受けるつもりで来たんだろ？お前はどんな依頼を受けるつもりなんだ？」

「俺っすか？　俺は今日予定があるんで軽めの依頼だけにしておくつもりです」

そう話すマルブタは口調は軽めだが表情は真剣だ。

マルブタの様子から察するにかなり大切な用事のようだな。だが何をするのだろうか。

少し気になったのでマルブタに聞いてみることに。

「えーと、アニキは知ってると思うんですが、俺ってアニキに会う前は結構ヤンチャやってたんすよ。色んなやつに喧嘩ふっかけたりしてたっす」

「ああ、知ってる知ってる。俺からもお金取ろうとしたもんなお前」

「うう、あの時の事は本当に申し訳なかったっす……」

マルブタはおそらく俺と初めて会った時の事を思い出しているのだろう。その表情は絶望の色に染まり、顔を俯かせ黙り込んでしまう。

これでは話が続かないと思った俺はマルブタにあの時の事は気にしていないと告げる。するとマルブタはほっとした表情をしながら顔を上げ話の続きを始める。

「けど今思うと、あの時アニキに出会えて本当に良かったって思います。アニキに会えたお陰で俺は間違いに気付く事が出来ました。けど、それで俺がこれまでしてきた事が許されるってわけじゃないっす。だから今は少しでも罪滅ぼしになったらと思い、今まで喧嘩を吹っ掛けた相手に謝りに行ってるとこなんすよ。まだまだこれからですけどね」

なるほど、確かにマルブタの言う通りかもしれない。

今が真面目になったところで、昔にやった事が許されるなんて事は有りえない。

これはマルブタに限った話ではない、俺だってそうだ。

確かに俺は異世界に来て少しはまともな人間になったのかもしれない。

しかし、いくら俺はまともになったところで俺が引きこもり生活を続けていたあの時、父や母にかけた迷惑の数々が許されるなんて事は絶対にない。

「だから今日も昔に喧嘩した冒険者に謝りにいくとこなんです。ってどうしたんですかアニキ、そんな思いつめたような顔して⁉」

「……いや、何でもないさ。罪滅ぼし、頑張れよマルブタ」

俺はもう罪滅ぼしをする事すら叶わない。

今の俺に出来る事はマルブタの罪滅ぼしが上手くいく事を祈るくらいだ。

そんな俺の言葉を受けたマルブタは一層気合いが入ったようで。

「おお、俺頑張るっすよアニキ！　ではまず依頼に行ってくるので、また後で！」

そう言い残し、マルブタは元気にギルドから飛び出していった。

さて、俺も随分と話し込んでしまった事だし、そろそろ行くとしますかね。

俺はオーク討伐の依頼を受け、オーガス森林へ向かった。


あれから数時間後。

オーガス森林でオーク数十匹を始末した俺はフロックスへと戻ってきていた。

依頼の内容はオーク三匹の討伐だったのだが、少し調子に乗って狩り過ぎたな。

まあオークの死体は盾として活用出来るし別にいいか。そう考え俺は依頼報告の為にギルドへ向かい歩いて行く。

「ん、何かギルド周辺が騒がしいな」

もう少しでギルドに到着するという地点で俺は異変に気付く。

なぜかギルド周辺が異常に騒がしく、十数人の人だかりができているのだ。

いつもの俺なら特に興味など湧かないのだが、なぜか少し嫌な予感がしたので人だかりの中心まで足を運んでいく。そして俺の嫌な予感は的中してしまう。

「マル、ブタ……？」

人だかりの中心点、そこで俺が目にしたのは血だらけ姿で横たわるマルブタの姿だった。

ほんの数時間前にはギルドで俺と元気に喋っていたマルブタ。

そのマルブタが今は力なく俺の目の前で横たわっている。

どうしてこうなった。一体、誰がこんな事をした。

そういった疑問が一気に俺の頭に浮かぶが、すぐに我に返り。

「おい、大丈夫かマルブタ⁉」

俺は血だらけのマルブタに近寄り体を抱き上げる。

こんな事をすれば当然俺の服はマルブタの血でべっとりなわけだが、今はそんな事どうでもいい。

いざとなれば水魔法で洗浄すればいいだけの話だ。

それよりも、今はマルブタをどこか落ち着ける場所へ運ばなくては。

こんな人の多い場所では落ち着いて怪我の確認も出来ない。

そう考えた俺はマルブタの体を背に背負い、ギルドの中へと入っていった。

「おい、あいつマルブタじゃねえか。なんで血まみれなんだ？」

「まあ依頼を失敗したか、また何かもめ事でも起こしたんじゃねえのか？」

「いや、最近のあいつの様子を見る限りその線はないと思うぜ」

冒険者達が血まみれのマルブタに気付きギルドの中が少し騒がしくなる。

そんな冒険者達を無視して俺はメルさんの元へと向かう。

メルさんは急に騒がしくなった冒険者達に最初は不思議そうな表情をしていたのだが、すぐに俺の背にいる血だらけのマルブタに気付くと焦った様子で言った。

「マルブタ君血だらけじゃない！　何があったのユーマ君⁉」

「俺もさっきギルドの前でこの状態のマルブタを発見したばかりなので、詳しい事は何も分かりません。それよりもメルさん、マルブタを落ち着ける場所へ移動させたいのですが、ギルドの中にそういった場所はないでしょうか？」

「……分かったわ。付いてきて、空き部屋に案内するわ」

俺はメルさんの言葉に従い、ギルド内にいくつかあるらしい空き部屋へと向かう。

そして空き部屋へ到着するとマルブタをベッドに寝かせて、早速怪我の状態の確認をしていく。

そして思っていたよりも怪我が軽いのを確認した俺は。

「これは見た目ほど酷い怪我ではないようですね。大量の血の原因は、おそらく鼻が折れている事による失血でしょうか。安心しました」

「それでも顔だけで数十回以上は殴られてる。十分に重症よ。すぐにギルドの治療係を呼んでくるからユーマ君はここで待ってて！」

「あーメルさん、その必要はありませんよ。マルブタの治療は俺がやりますので」

「……え、ユーマ君が治療するってどういうことなの？」

「こういうことですよ。【ヒール】」

俺はマルブタに手をかざしヒールを発動させる。

そこそこの魔力を込めているため、サリーの怪我を治した時とほぼ同程度の青い光が出現してマルブタの体を丸ごと包み込んでいく。

そして光が収まった時には、マルブタの体の傷は綺麗さっぱりなくなっていた。

俺は治療が無事に終わった事を確認して、隣で呆然としているメルさんへ声を掛ける。

「メルさん、傷の治療は終わりました。後はしばらく寝かせておいてください」

「……は、今の回復魔法はどういう事なのユーマ君⁉　あんな強力な回復魔法が使えるなんて私は聞いてないわよ！　なんで教えてくれなかったの⁉」

そう言ってメルさんは割と凄い形相で俺に迫ってくる。

せっかくの美人がそんな顔してたら台無しだな、と心の中で思ったのは内緒だ。

「言う必要がなかったので言わなかっただけですよ。それよりもメルさん少し質問があります。マルブタがこんな状態になった原因に心当たりはありませんか？」

「はあ、まあいいわ。えーとマルブタ君の怪我の原因だけど、今のところ私に心当たりはないわね。……あ、ちょっと待ってそう言えば」

メルさんは急に何かを考えるように黙り込んだ。

もしかしたらマルブタの怪我について何か知っているのかもしれない。そんな希望を胸に俺はメルさんの考えが終わるまでじっと待つことに。

数十秒後、何かを思い出したようにメルさんは勢いよく顔を上げて言った。

「ユーマ君がマルブタ君をギルドに連れてくる少し前の事だったかしら。依頼の報告に来た冒険者が服に大量の血をつけていたわね」

「なるほど。しかし冒険者の服に血が付く事なんてよくあるのでは？」

「そうね、普通なら私もそう思うわ。けど依頼の報告を終えた後にあの冒険者はこう呟いていたのよ。謝ったって許すわけねえだろマルブタの野郎ってね」

メルさんの話を聞いた俺はマルブタの身に何が起きたのか理解した。

なるほど、マルブタは喧嘩した相手に謝りに行ってあれだけ殴られたという事か。

正直これを聞いただけでかなりの怒りが俺の中に湧いてくるのだが、それをぐっと我慢して最も重要な事をメルさんに聞いてみる事に。

「ねえメルさん、マルブタはその冒険者によっぽど酷い事をしたのでしょうか」

もしマルブタがその冒険者に相応に酷い事をしていたのなら、残念だがあれだけ殴られるのも理解は出来るし我慢も出来るというものだ。

しかし、メルさんから返って来た言葉は俺の予想を裏切るものだった。

「いえ、あくまで聞いた話だけど単純な口喧嘩だったらしいわよ。しかも先に喧嘩を吹っ掛けたのは相手の冒険者だったらしいわ」

「……そうですか。メルさん、その冒険者の外見を教えてもらえないでしょうか？」

「えと、長髪に長めのコート。それに短めの剣を腰に二本差してるわね」

「なるほど、よく分かりました。それでは俺は少し出かけてきますので、仕事の合間にでもマルブタの様子を見てやってくれると嬉しいです」

メルさんにそう言い残し、俺は部屋から出るため扉へと歩いて行く。

すると俺は扉に手をかけると同時に扉が勢いよく開き、その先から焦った様子のイグルが部屋に中へ飛び込んできた。そして部屋の中に俺がいるのを確認したイグルは。

「ユーマ、マルブタがやられたって聞いたぞ!?」

「話が早いなイグル。まあマルブタなら大丈夫だ。今は怪我も全て治り、あそこでゆっくりと寝ているところだ。そうだ、丁度いいからしばらくマルブタの様子を見てやってくれないか？」

イグルはマルブタの怪我が治ったと聞き安心した様子で言った。

「そうか、血だらけの状態って聞いたから心配してたんだが安心したぜ。そんでマルブタの様子を見るのは勿論いいけどよ、お前はこれからどこに行くつもりなんだ。あくまで俺の勘だけどよ、このままジニアに帰るってわけじゃないんだろ？」

「ああ、マルブタの件で少し話し合いに行くところだ。多分それなりに時間がかかると思う。俺が帰って来るまでマルブタの事を頼むな」

「……そうか。分かった、マルブタの事は俺に任せな！」

「ありがとなイグル。それじゃ行ってくる」

イグルにそう言い残し、俺は今度こそ部屋から出ていく。

目的の人物が見つかったのは、ギルドを出て数十分後だった。

メルさんの話してくれた外見情報に一致している。おそらく間違いはない。

さて、まずはどの程度の実力をもっているのか拝見させてもらうとしましょうか。

そう考え俺は鑑定を発動させ相手のステータスを確認していく。

オリーサルLv22
HP90／90　MP0／0
力24　体力27　素早さ22　幸運11

弱いな、明らかにマルブタよりも一回りは弱い。

目の前の男が相手なら間違いなくマルブタが戦いで後れをとる事はない。例え背後から不意打ちを食らったとしても、いくらでも反撃のチャンスはあるはずだ。

それなのに目の前の男の体に傷はない。あるのは殴っている時についたのだろうマルブタの返り血だけだ。てことは、つまりこいつは完全に無抵抗だったマルブタをあの状態になるまで永遠と殴り続けていたというわけか……。

まずいな、ここから見ているだけだと言うのに怒りが抑えきれなくなってくる。

さっさと始めるとしますかね。そう考え俺は冒険者オリーサルの眼前へと姿を現した。

俺の姿を確認したオリーサルは怪訝(けげん)な表情になり。

「ああん、なんだお前は俺に何か用か？」

「本題から入ろう。マルブタをやったのはお前だな？」

俺がマルブタの名前を口にすると、オリーサルはその表情に笑みを浮かべる。

「ああ、お前あのブタ野郎の知り合いなのか。てことは、お前が街で噂になってる首狩りのユーマってわけか。なんだ、ただのガキじゃねえか」

「俺の事はどうでもいい。マルブタをやったのはお前だなと聞いている」

「せっかちな野郎だな。まあいい、確かにマルブタの野郎をやったのは俺さ」

「……そうか。なら次の質問だ。なぜ謝りに来ただけのマルブタにあんな事をした。お前とマルブタの因縁はただの口喧嘩。あそこまでする必要はないはずだ」

俺がそう疑問をぶつけると、オリーサルは表情にゲスな笑みを浮かべ言った。

「なんでやったかだと。そんなもん気に食わねえからに決まってんだろ。いや、まじであのブタ野郎は傑作だったわ。なんせいくら殴っても反撃はおろか逃げだす事もしないんだもんよ。お陰でいいストレス解消になったぜ」

「お前は、その行為に少しも反省はしていないのか？」

「反省？　そんなもんするわけないじゃねえか。むしろこれから先もあいつには俺のサンドバッグになってもらうつもりだぜ。いくら殴っても抵抗しねえとか最高じゃねえかよ。まああのブタ野郎も少しは人様の役に立てて満足してるんじゃねえか？」

そのゲスな表情から今の言葉が嘘偽りのない本心だと理解する。

済まないマルブタ。お前は我慢したっていうのに、俺は我慢出来そうにない。

俺は抑えきれなくなった殺気を体中から放出しながらオリーサルへと近づいていく。

その殺気にオリーサルもさっきまでの余裕を崩し恐怖して後ずさりするが、何かを思いついたのか再びその表情に笑みを浮かべ、俺の肩に手を置いて言った。

「くく、いいのかい首狩りさんよ。あんたがここで俺に手を出しちまったら、お前だけじゃなくあのブタ野郎の立場まで危うくなるんじゃねえか？」

「その心配は不用なので安心していいぞ。今回は痕跡を残すつもりはない」

「ああ？　てめえ何を言って――」

オリーサルが最後まで言葉を言い切る前に、俺はオリーサルの手首を掴みそのまま力を入れて握りつぶした。

「……が、があああああああああ!!」

オリーサルが余りの痛みに地面に転がり込む。

まあ無理もない。骨を綺麗に折ったのではなく、ゆっくり握りつぶしたのだ。

その痛みはおそらく想像を絶することだろう。

オリーサルは少しの間、地面を転がり周り叫び続けていた。

そろそろいいかな。そう考え俺は魔法を発動させる。

「【ヒール】発動」

魔法が発動して、オリーサルの手首が正常な状態へと戻っていく。

ほう、この状態の手首でも数秒で治るのか。流石はレベル４の回復魔法だ。

そして自分の手首が正常な状態へ戻るのを呆然と見ているオリーサル。

やがて元に戻った手首を確認するように動かし、俺に敵意のこもった視線をぶつけてくる。

「てめえ、こんな事をしてただで済むと思ってんのか⁉」

「ん、何か問題でもあるのか？　怪我はちゃんと治してやっただろう？」

「そんな戯言（ざれごと）が通用するとでも――」

「通用すると思うぞ。なんせお前の体には怪我の痕跡すら残っていないんだからな。さて、下らない問答はこれくらいにしておいて、続きといこうか」

そう言って俺はオリーサルへとゆっくり近づいていく。

そんな俺が不気味だと感じたのだろうか。オリーサルは恐怖に怯えた声で。

「て、てめぇ、これ以上何をする気なんだ！」

「何を言っているんだ。むしろここからが本番じゃないか。これからお前の心が折れるまで体中の骨を握りつぶしていく。安心してくれ。さっきも見たと思うが俺の回復魔法はそれなりに強力だ。潰れた骨もすぐに元通りにしてやるからさ」

「く、来るな！　こっちに来るんじゃねえ！」

「そうだな、まずは逃げないように足首から潰していくとするか。さあ、始めようか」

それからしばらくの間、オリーサルの悲鳴が止まる事はなかった。

ここら辺が人通りの少ない場所で助かったな～。


「……もう……勘弁してください……」

オリーサルがそう申し出たのは作業開始から数時間後。

体中の骨をあらかた潰し終えた後だった。

「中々に持ったな。俺の想像以上。流石は冒険者といったところか」

「……もう、あたなには手を出しませんので、どうか」

「惜しいな。俺にじゃない。マルブタに今度一切手を出さないと誓え」

「分かりました……今後、マルブタには一切手は出しません……誓います」

「それでいい。だがこれだけは覚えておけ。お前が今後もし約束を破るような事があれば、今日以上の地獄を見ることになる。そうならないように気を付けるんだな」

俺は最後にオリーサルへとヒールをかけこの場を立ち去った。

さてと、予定よりもかなり遅くなってしまったな。

そろそろマルブタも目を覚ましている頃だろうし、俺もギルドに帰るとしますか。

【短編】

宿屋ジニアのお手伝い。

俺の名前は佐藤悠馬。今年二十五歳、フロックスを拠点に活動するAランク冒険者だ。

こんな事を自分で言うのもなんだが、俺は異世界に来てから割と成功している部類だと思う。

なんせ日本にいた頃はただの引きこもりだった俺が、今では大侵攻を止めたとして街の英雄扱いになってしまったのだ。そのせいで首狩りなんて物騒な二つ名も付いてしまったんだけどな。

まあ何が言いたいかと言うとだ、俺は異世界に来てから充実した毎日を送っているってわけだ。

そんなこんなで俺は異世界を満喫していたのだが、現在ある危機に陥っていた。

「おい、朝食がまだ来てないぞ」

「申し訳ありません。もう少しだけお待ちいただけると幸いです」

そう言って朝食が出来上がるのを待っているジニアの宿泊客へと頭を下げる。

これだけである程度分かってもらえるとは思うが、現在俺は宿屋ジニアでお手伝いをしている状態だ。なぜ俺がこんな事をしているのか。話は数時間前に遡る。


今から数時間前、俺はいつも通りの時間に起床。すぐに食堂へと向かった。

そして食堂へと入るといつもと少し様子の違う騒めきに気付く。何かあったのかと思い周りを見渡してみると、なんと厨房の入り口付近でサリアさんが倒れていたのだ。

サリーが必死に何かを語りかけているようだがサリアさんが反応する気配はない。

俺はその光景に体の血の気が引いていく感じを覚え、急いでサリアさんの元へと向かった。

「サリー、サリアさんに何があったんだ?」

「私にも分かりません……厨房で朝食を作っていたら食堂で食器の割れる音がして、気になって見に来てみたらお母さんが倒れてて！　ユーマさん、私どうしたらいいんでしょうか⁉」

「落ち着けサリー。俺は回復魔法が使える。大抵の事には対処出来る自信はある。今はまずサリアさんの治療が出来る場所へと運ぶことが優先だ」

俺がそう言うと、サリーは目から少し涙を流しながらも小さく頷いて。

「分かりました。お母さんの部屋に案内しますので付いてきてください！」

そう言ってサリーが歩き出したので俺もサリアさんを抱きかかえサリーの後を付いて行く。

数十秒後、サリアさんの部屋へと到着した俺はまずベッドにゆっくりとサリアさんの体を預ける。

次にサリアさんの状態を確認するためにまず額に手を当てる。すると俺の予想通り、サリアさんの額は驚くほどに熱く、かなりの高熱である事が分かった。

「サリー、最近のサリアさんは咳(せき)や頭痛などを訴えていなかったか？」

「あ、そう言えば一昨日から頭が痛いと言っていた気がします。それに夜中には咳もしていたようで、最近寝不足だとも言っていたと思います」

「なるほどな。サリアさんが倒れた原因はおそらく風邪だな」

「風邪ですか。初めて聞いた病名ですがお母さんは大丈夫なんでしょうか？」

サリーは泣きそうな表情で俺に質問してくる。どうやら風邪を重病と勘違いしているようだ。

風邪を知らないなんて珍しいな、そう最初は思ったがすぐにここは異世界だという事を思い出す。

そりゃ風邪なんて知っているわけないわな。

「安心してくれサリー。風邪はそこまで重い病気じゃない。まあこのまま放って置いたら重くなる可能性もあるが、今から治療を行うのでその心配はないかな」

「本当ですか⁉　良かった、本当に良かったです……」

そう言ってサリーは目から喜びの涙を流す。ようやく心から安心できたようだ。

さて、それじゃ俺は治療を開始するとしますかね。

ベッドで眠っているサリアさんに手をかざし回復魔法を発動する。

すると手から青白い光が出現しサリアさんを包み込み、徐々に光が収まっていく。

そして完全に光が収まると、回復魔法が成功したか確認するためにサリアさんの額へと手を伸ばしていく。するとさっきまでの異常な熱さはなく、正常な温かさへと戻っていた。

表情にしてもさっきまでの寝苦しいような事はなく、心地よさそうな穏やかな表情でベッドで眠っていた。それを見た俺は治療が成功したのを確信してサリーに言った。

「サリー、もう大丈夫だ。サリアさんの病気は完全に治った。後は念のために、このまま少し寝かせておけばすぐに全快すると思う」

「ありがとうございますユーマさん、本当に助かりました！　お母さんには今日はこのまま休んでもらう事にします。今思えばお母さん最近無理に働いていたように思えますし」

「俺もいいとは思うんだがサリーは大丈夫なのか。サリアさんが仕事を休むって事はサリーがジニアの仕事を全て処理するって事だろ。それは流石に無茶なんじゃないか？」

俺がそう言うとサリーは少し落ち込んだ表情になる。

やはりサリーだけでジニアの仕事を全て行うのは相当にきついようだ。

その表情に俺は仕方ないなと苦笑しながらサリーに言った。

「サリー、俺で良ければジニアの仕事手伝おうと思うんだが。どうだ？」

俺がそう言うとサリーは驚きと喜びの混じった表情を見せた。

「ほ、本当ですかユーマさん⁉」

「ああ。冗談でこんな事は言わないさ。まあ俺は宿屋の仕事なんてした事はない。もしかしたら足手まといになってしまうかもしれないが、それでも良かったら手伝わせてくれ」

「そんな事はないですよ。ユーマさんがいれば百人力です！　今日一日よろしくお願いします！」

「俺の方こそ今日はよろしく頼むな」

そんな事があり俺は今日だけジニアの仕事を手伝う事になったのだった。


そして現在、俺は軽い気持ちで仕事を手伝おうと言い出した事に少しだけ後悔している。

理由としてはまずこの仕事、俺の思っていた以上に忙しいのだ。

宿屋ジニアに泊まっている宿泊客の人数はおよそ四十〜五十人程度。その人数がほぼ同時に朝食の時間に押し寄せてくるのだ。その忙しさは本当に半端ではない。

俺は必死にサリーの作ってくれた朝食を運んだり食後の後片付けをしながら、普段この仕事を笑顔でこなしているサリーが心から凄いと尊敬した。

そして朝食ラッシュも終盤に差し掛かって来た頃、いつもの俺を呼ぶ声が聞こえて来た。

「ユーマ、今日は見ねえなと思ってたら何やってんだよ」

そう声を掛けて来たのは勿論イグルだ。その隣にはマルブタの姿もある。

「まあ色々あってな。今日だけジニアの仕事を手伝う事になったんだよ」

俺がそう言うと、イグルは周囲を見渡しサリアさんがいないのを確認してなるほどねと呟いた。

どうやら俺の事情に気付いたようだ。本当に周りがよく見えているなと感心する。

ちなみに隣のマルブタはイグルと違い何が何だかよく分かっていない様子だったが、頑張ってくださいアニキと応援はしてくれていた。基本的にいい奴だよね二人とも。


その後、ほとんどの宿泊客が朝食を食べ終えると、次に俺は部屋の清掃を始めた。

まずは俺の部屋の正面にあるマルブタの部屋から清掃を開始する。扉を開け部屋へ入ると、マルブタの部屋は驚くほどに武器や防具、ベッドが整理された状態で綺麗だった。

これは特にやる事もなさそうだな。そう考え軽くホコリなどを取り除くだけで清掃は終わった。

次に俺はイグルの部屋へと向かう。マルブタの部屋が綺麗だったのでイグルの部屋にも期待していたのだが、俺の予想を裏切りイグルの部屋はかなり汚かった。

まず部屋のそこかしこに弓矢などが散乱している。そしてベッドの上にはさっき着替えたのだろう服やズボンがそのまま置いてある。正直、余り触りたくない。

しかしベッドの掃除をするためにはこれらは邪魔でしかない。俺は嫌々ながらイグルの服やズボンを手に取りベッドから退かし掃除を開始するのだった。

それから数時間後、大方の部屋の清掃が終わり食後の片付けも全て終了、そして夕食の準備が終える頃には既に外は暗くなり始めていた。

そして俺が最後に残った部屋の清掃に向かうと、その部屋は今まで清掃したどの部屋よりも異質な雰囲気を放っていた。今まで俺が清掃してきた部屋は宿屋なので当然誰かが生活している痕跡のような物があるのだが、この部屋には全くそれがないのだ。

おそらく、この部屋には何年もの間、誰も住んでいない。宿屋でありながらそんな部屋がある事が俺は物凄く不思議に思いながらも、俺は清掃を開始した。

まあ清掃と言ってもほとんどやる事はないんだけどな。マルブタの部屋と同じく少しのホコリを取り除く程度だ。そうして俺が清掃をしていると扉の向こうから少女のような声が。

「なんじゃ、誰かいると思うたらユーマか。なぜお主が部屋の清掃などしておるのじゃ？」

扉の向こうから現れたのは俺の想像通りミナリスさんだ。相変わらず見た目は子供だな。

「少し事情がありましてね。今日だけジニアの手伝いをしているんですよ」

「なるほどな。それにしてもこの部屋の清掃を任せられるとは。以前から思っていた事じゃが、お主は本当にサリーから信頼されておるようじゃな」

「ミナリスさんはこの部屋について何か知っているので？」

「まあお主にならええか。この部屋はサリーの父親の部屋だったのじゃよ」

そのミナリスさんの言葉に俺はかなりの衝撃を受けた。

そう言えば、俺はサリーから父親の存在については全く知らされていない。

俺の困惑した表情を見たミナリスさんは優しく言った。

「そう心配する事はない。先ほど言ったがサリーはお主の事を信頼しておる。いずれ、サリー自身の口から父親の存在について語られる日が来るじゃろう」

「そうですね。申し訳ない。少し動揺していたようです」

「無理もない事じゃ。今のお主に出来る事はサリーを信じてその時が来るまで隣にいてあげる事じゃな。まあこれはわしが言うまでもないと思うが」

「はい。俺もサリーを信じています。色々とありがとうございましたミナリスさん」

そう言って俺とミナリスさんは別れ、俺は厨房へと戻っていく。

その後、忙しくなると思われた夕食だったが、何とイグルとマルブタが手伝いに来てくれたので朝食の時ほど忙しくなる事はなく、無事に仕事を終えたのだった。

そして次の日にはサリアさんも元気になり、いつも通りの日常へと戻っていった。

あとがき

読者の皆さま、お久しぶりです。作者の服部正蔵です。

まず最初に「引きこもりだった男の異世界アサシン生活」の二巻を手に取って頂き本当にありがとうございます。

一巻の時点では二巻が出るかは不明でしたので、こうして二巻を出せた事を本当に嬉しく思います。


さて二巻の内容ですが、ＷＥＢ版とは少し違った展開になっているところもあると思います。

ただ本筋はＷＥＢ版に準拠しておりますので、ＷＥＢを読んでいる方も書籍から入った方も安心して読むことが出来ると考えております。

それに加えて、今回は書き下ろし短編を含めた三つの短編を収録しております。

このうちの二つはＷＥＢ版に準拠した短編になっており、本編の中に入れる事が難しかった為に短編という形に落ち着きました。

そして書き下ろし短編ですが、割と重要な話も出てきますので読んで頂けると嬉しく思います。

最後になりますが一巻と変わらず素敵なイラストを描いてくださったイラストレーターのシロジ先生、二巻制作に関わって下さった皆さま、本当にありがとうございました。

三巻で再び皆さまにお会い出来る事を祈っています。それでは失礼します。

引きこもりだった男の異世界アサシン生活２

2017年11月1日　第1刷発行

著　者　服部正蔵

協　力　株式会社MARCOT

発行者　本田武市

発行所　TOブックス
〒150-0045
東京都渋谷区神泉町18-8　松濤ハイツ2F
TEL 03-6452-5766（編集）
0120-933-772（営業フリーダイヤル）
FAX 03-6452-5680
ホームページ　http://www.tobooks.jp
メール　info@tobooks.jp

印刷・製本　中央精版印刷株式会社

ISBN978-4-86472-619-1